農門第一剩女 上

文創風 947

藍夢寧 著

風 文創
947

目錄

序文

藍夢寧

當「完結」兩字出現在檔案裡，我對著電腦螢幕深呼了一口氣，又是一本經商種田小說完結。

每一個故事的結束，便象徵著每種人生的起起落落。

我成長於眼鏡之鎮，出生於一個美麗的村落，每天推開窗戶，就能看到一望無際的田園、隨風搖曳的綠色秧苗、緩緩流動的溪水。

細碎的陽光灑在鄉村的小路上，偶見孩童嬉戲打鬧，村民三三兩兩幹活，村婦們家長裡短。

剛開始也寫過很多不同類型的小說，幾經輾轉後才發現，寫經商種田，就是有一種渾然天成的靈感，可能是跟從小的生長環境有關。我筆下的種田文男主角，常常是清一色的年輕後生，沒有金手指，沒有背景，全靠勤勞的雙手、睿智的頭腦，從草根奮鬥到高位。而女主角亦是美麗勤勞的，在奮鬥改造中吸引了男主角，兩人相知相愛相守，一起奮鬥出錦繡人生。

我想說的是，不管在書裡還是現實，家貧家富都不要緊，只要全家人齊心協力，擰成一股麻繩，生活總會越來越好的。

這個故事裡的男主角性格冷面腹黑、沈穩睿智，拋開以往的草根設定，換成了光芒萬丈的王爺。男主角在一次外出遇襲後失憶，從而被女主角的父母所救。

原女主角性格囂張、懶惰自私，對男主角一見鍾情，為了嫁給他，不擇手段。這樣的女主角不僅村民不喜歡，就連男主角也避而遠之。

男主角打算掙夠了錢報完恩就離開，可穿越過來的女主角潑辣又聰明，顛覆了他對她的成見，朝夕相守中，兩人結出了豐碩的愛情果實。

通過這個故事，也希望廣大的讀者多經營自己，讓自己變得更美好，努力成為一個值得別人去愛的人，而不是強求別人喜歡這樣一個糟糕的你。

第一章

清明，細雨濛濛，天氣陰沈得讓人昏昏欲睡，屋裡溫度適宜，窗外嘹亮的山歌蕩漾山谷，在靜謐的村莊蕩起一圈漣漪。

睜著惺忪眸子的喬喜兒，這會兒正用力的掐著自己，她看到通紅的手臂，眼睛又盯上牆壁那紅得刺眼的喜字，眼睛都快被揉紅了，這才確定屋裡的一切不是幻覺。

眼前環境十分簡陋，破舊衣櫃、斑駁掛帳、土胚黃泥牆……

好吧，雖落到了貧窮的家庭，但總比死了強。

她從榻上下來，走到泛黃的銅鏡前，鏡子裡晃出一張出水芙蓉的臉——細長的平眉很天然，靈動的翦水秋瞳，彷彿是鑲嵌在湖水中的一塊寶石。小巧的瓜子臉，比例完美。飽滿的唇瓣甚是勾人，這種美人類型媚而不妖。

她揉了揉腦袋，像是被打通了血脈，瞬間有了原主的記憶。

原來她這名外科醫生勞累過度，猝死之後穿到歷史上沒有的朝代，魂穿在一個農村姑娘身上。

有著十里八鄉一枝花名號的喬喜兒，能不美嗎？美貌如同她的脾氣一樣名聲赫赫，從十四歲可以談親事開始，上門提親的媒婆都快要將喬家的門檻踏破了。

只是，喬喜兒雖有美貌，卻直到十六歲仍遲遲未訂親，因為跟她相過親的男人，回去後不是大病一場，就是倒楣受傷，有人拿她的八字去算，這才發現此女命硬剋夫啊！是以雖長得美，但一般人可無福消受。

從那以後，原本的香餑餑就成了爛泥，人人避而遠之。

另一方面，喬家在村裡原就是出了名的窮，三個孩子中長子喬松雙腿不良於行，長女喬蓮兒是遇人不淑的棄婦，再加上一個剋夫的妹妹喬喜兒，這樣的組合更讓他們在村裡抬不起頭來。

好男兒是不可能娶喬喜兒的，於是乎為了順利嫁人，喬喜兒就把腦筋動到了欠喬家恩情的秦旭身上。

秦旭是個外地人，某一天不知為何渾身是傷的躺在山上，被上山砍柴的喬喜兒的爹爹發現了，回家喚妻子方菊一起把人救下山，還四處借錢給他看傷勢，若不是他們，他肯定已經沒命了。

秦旭歷經九死一生的醒來，發現自己失憶了，然後便硬生生的被喬喜兒道德綁架要求報恩，使了手段讓他成了上門女婿。

這樣的膽大妄為，這樣的厚顏無恥，讓喬喜兒成了村裡人津津樂道的話題人物，這不，窗外就有人議論了。

「哎喲喂，太陽都曬屁股了，喬喜兒還沒起來，真是個懶婆娘。」

「是啊，倒楣了那麼個英俊小夥兒，入贅到他們家去。」幾個婆娘湊在一塊兒蹲牆角，瞇著眼睛往屋裡望。

這會兒不是農忙，村民也沒那麼忙碌，這有了空閒，自然是家長裡短。

「哎，說好聽點叫上門女婿，說難聽點叫強娶美男！那小夥子也是個命苦的，不知從哪來的，落難失憶了不說，還差點丟了性命，幸好被喬老爹救了，可原以為碰上了個好人家，卻不想這喬喜兒為了自己能嫁出去，竟給人下藥，這般的厚臉皮，誰能做得出來？」

這番譏諷話，自然引起一番哄笑，後面的話越發不堪入耳，喬喜兒聽不下去，隨手抄起桌上的瓷碗朝窗外扔了出去，一地瓷片聲，幾個婦人如鳥獸散溜走。

喬喜兒嘴角抽搐得厲害，她想起來了，喬喜兒就是因為太在意外人的議論，自此更是性情大變，越發急著想嫁出去。

不過竟然真敢給人下藥？嘖嘖，這原主的膽量不小。

但那男人也不是吃素的，都被下藥了，還硬生生的撐住，寧願自我焚燒，也不願意碰她，她這是有多讓人討厭呢？

這爛攤子得由她收拾，真是愁人，不過看在這張臉比她原來還要漂亮的分上，她也算是掙到了，至於這剋夫命……她反正不相信這些，我命由我不由天，不僅如此，她還要改造全家人的命運，帶領著一家老小奔小康！

話說這一家也真是窮，喬喜兒邊走邊打量屋裡，到處都是破舊的家具，屋頂是茅草，看著就挺單薄。

這一整排四間茅草屋，就她這間最像樣了，房間雖然簡陋，但打掃得十分乾淨，窗戶上、衣櫃上貼了幾個耀眼的喜字，看來這家人挺疼她這個任性的小女兒的。

想來喬家窮也是有原因的，封建社會重男輕女，誰家要是沒幾個兒子，定是要被人欺負的。

偏偏喬家只有一個兒子，也就是老大喬松。小時候因為她貪玩，自個兒跑去山上玩，卡在崖邊的樹上下不來。喬松為了救她，不慎從崖邊摔下，變成了雙腿殘廢，從此就窩在房間裡度日。

好在娶了媳婦，育有一女，雖然腳殘了，但不影響夫妻間的正常生活，日子過得倒也安穩。

喬家兩個閨女，大兒子指望不上，老爹喬石就找了個上門女婿，也就是長女喬蓮兒的女婿，逃荒過來的，誰知竟是個不成材的，表面一套背後一套，好吃懶做，沒多久就跑了。

喬蓮兒成了棄婦，喬喜兒又有壞名聲，家裡沒個得力壯丁是要被人看不起的，這也是老倆口想再要個上門婿的原因。

收回思緒，喬喜兒望了望手臂上那顆耀眼的硃砂痣，呵呵一笑。看來這男人恨極了她，美人當前，都能坐懷不亂。

話說，這報恩有很多種方式，也不一定非要以身相許，偏偏她就用了最惡劣的一種逼人家，這不讓人嫌棄才怪！

喬喜兒想著，這門親事遲早也會跟喬蓮兒的一樣下場，這男人肯定會走的，不光她這麼認為，全村人都等著看笑話呢。

不過無所謂，有著現代思想的她，沒有非依賴男子不可的舊觀念，何況結婚是要以戀愛為前提的，要她跟一個沒感情基礎的人生活，她也不同意。之後吧，等日子好過一點，她找個機會和離，至於眼下，還得先想想怎麼改善這家的貧困。

這會兒，一陣鏗鏘有力的腳步聲傳來，喬喜兒抬眸望去，看到一道高大的身影沒入。

面面相望，喬喜兒眼睛裡一陣流光溢彩閃過，她被驚豔到了。

由於背著光，秦旭的臉部輪廓更加立體深邃，凌厲的劍眉，一雙黑眸泛著冷硬……筆挺的雙腿、結實有力的身軀、小麥色的健康肌膚，嘖嘖，這身板，這長相，個頭健壯，走路帶風，看著就有勁。

別說一些小姑娘見了會臉紅心跳，就連一些寡婦和上了年紀的老娘們，見了大概也會春心蕩漾的，可見這秦旭的魅力。

她這番審視般的打量，在秦旭眼裡就成了犯花癡。他冷哼一聲，丟下手中的野雞跟野兔，輕蔑的看著她。「看什麼？不認識了？」

要不是看在恩人的面子上，早就捏死她，眼下沒好去處，面對她的要脅，只能暫且忍著。

「你……你去山上了。」喬喜兒掃了他的手中，語氣訕訕。

這男人雖說是她名義上的夫君，但兩人一對視，就是針尖對麥芒。罷了，誰讓原主幹了缺德的事，殃及池魚了，她不與他一般見識。

秦旭冷哼。「我不去山上打獵，難道私自跑了嗎？妳放心，我恩怨分明，在沒有改善這個家的境況前，我是不會離開的。」

這話說的，眼神都射出怒火，牙根都癢癢的，喬喜兒看得清楚明白，行，這樣的話，後面和離就容易了。她輕笑了下，可心裡有個聲音在叫囂，你不能走……她趕緊壓制住，這是原主殘留的意識。

這女人也真是執著，對方都嫌棄成那樣了，還想倒貼上去？

「喬喜兒，我警告妳，這段時間不要有過激的行為，要不然我可不會再顧及恩公的面子。」

面對這男人的怒氣，喬喜兒差點就跟他理論，但想想多說無益，她就撿起了地上的獵物。「辛苦你了，那這兔子我先養著，野雞我拿去燉了？」

秦旭邁著長腿就去了屋外，也沒有正面回答她的問題，高大的背影格外森冷，沒一會兒外面響起劈柴的聲音。

喬喜兒逕自洗了把臉，在灶房的櫥櫃裡翻了一番，空蕩蕩的沒什麼食材，不過她知道喬家是有一塊菜地的，但這個季節菜大多還沒成熟，可能也沒多少菜可採。

她來到後院，一群母雞餓得慌，在賣力地啄著一邊的爛菜葉，她抓起一點糠米撒了過去，見牠們撲騰著翅膀搶食，拿起門邊的一個菜籃子，提著就出門了。

小路兩邊是冒土的青草，一塊塊的菜地種著不同蔬菜，還夾帶著不知名的野花，找到喬家的那塊菜地，喬喜兒開始採菜。正忙著，眼前出現一雙布鞋，上面繡著杜鵑的花紋，活靈活現。

頭頂上飄下溫婉又帶著嘲諷的聲音。「堂妹，難得妳這麼勤快。」

這個十七歲的姑娘，便是大伯家的閨女喬珠兒。

喬珠兒長得秀美端莊，加上會打扮，在胭脂水粉的修飾下，原本的六分容貌也有了九分，穿著新裙子，鵝黃裙襬飛揚，像極了那絢爛的油菜花。

喬喜兒懶得跟她一般見識，都是一家人，命運是天差地別。

她有著剋夫之名，而這堂姊卻有著旺夫之命，加上長得好看，提親的人自然不少，但她眼界高，可看不上這些鄉下泥腿子。

只不過這番的洋洋得意，倒是激發了喬喜兒的鬥志，命運這東西，她會去證明突破。

見喬喜兒提著菜籃子一聲不吭的走了，喬珠兒倒是納悶了。這個賤蹄子這會兒倒是沈得住氣，若往日這麼說她，鐵定會暴跳如雷，難道是學聰明了？

不過再聰明也就是這樣，就憑她那不要臉的勁，還想跟杜秀才成親，也不看看自己什麼命，也就秦旭那個倒楣的男人，才會被迫成了上門女婿。

喬喜兒逕自回家去，行至半途，只見前方有個孩童，看了她就跟見了鬼似的跑，跑得急了，在地上絆了一跤，褲子都磕破了，隱隱透出血跡。

喬喜兒見狀，四處看了看，在路邊摘了一片車前草，放在嘴裡快速的咀嚼幾下，來到男童身邊彎腰蹲下，捲起男童的褲腿，正小心翼翼地把車前草塗在那淌血的傷口處，卻被人猛地推開了。

「妳這個壞心眼的，在對我孩子做什麼？」一個膚色黝黑的婦人，一臉怒意的將她推開。

喬喜兒沒有防備，被推倒在地，一時手磨到地上蹭破了皮，手心火辣辣的疼，還來不及反應，就被人扯著手臂。

那張帶著怒火的臉，眼神間滿是厭惡。「我打死妳個壞心眼，這麼小的孩子妳也欺負！」

在巴掌快要揮下時，小男孩稚嫩的聲音急道：「娘，我膝蓋不痛了，她剛才是給我止血，我跌倒了。」

婦人這才看到兒子的膝蓋，青紫瘀血傷口被止住了血。

見真相如此，婦人輕咳一聲，將孩子拉到身後，板著臉。「你這孩子，離她遠一點，名聲那麼臭，怎麼可能安好心，誰知道在打什麼歪主意？」

這喬喜兒性子暴躁又剋夫，平時就喜歡搞破壞，大家只當她脾氣不好，平日盡可能避著她點就算了，誰知她連強娶男人這等厚臉皮之事都做得出來，給他們長河村丟盡了臉。

喬喜兒知道成見根深蒂固，短時間是消散不了，只道：「對不起，王秀嫂子，以前都是我不對。」

王秀嫂子驚訝她會道歉，橫了她一眼。「妳知道就好，可別再一聲不吭的偷割我家的菜。」

「啊？不、不會的。」喬喜兒小聲說了一句，便落荒而逃。

原來是有前科，怪不得剛才割菜時，就感覺有一道目光緊盯著她。

就在她快到家前，有一道小身影從後面追了過來，紅撲撲的臉帶著笑意，也不說話，直接塞給她一個雞蛋，就一陣風似的跑了。

喬喜兒還不清楚什麼情況呢，後面又有罵罵咧咧的聲音傳來，只見王秀嫂子跑過來看著她手中的雞蛋，一副想拿回來，又拉不下這面子的樣子。「這傻孩子，就知道往外送東西。」

喬喜兒看著手上的蛋，雞蛋還溫熱著，是水煮蛋。小孩子的心思最為單純，她心裡流過一股暖流。「王秀嫂子，這雞蛋還給妳，剛剛只是舉手之勞，不用客氣。」

王秀嫂子接過雞蛋，反倒不好意思了，盯著喬喜兒多看了幾眼。

奇怪，這姑娘今天怎麼轉性了？若是一直這般好性子，早就嫁出去了……也不對，命不好，有剋夫的頭銜，沒有人敢娶，也就那個倒楣蛋中招了。

喬喜兒繼續往回家的路上走，一邊想著這靠山吃山、靠水吃水，最好還是做點小生意才能多掙點錢，秦旭也一心想要掙錢，才會上山打獵打那麼勤。

她掙錢是為了改善一家人的生活，而他是為了從這樁不滿的婚姻裡掙脫。不過說真的，那男人長得真是玉樹臨風、高大挺拔，也難怪原主癡迷，但沒有感情的兩個人，勉強湊在一塊兒也沒什麼勁，這一點，她想得很開。

喬家的幾間茅草屋實際上共分兩排挨在一塊兒，前排是大伯家的，後排是喬喜兒家，這會兒她正見到前院有人影晃動。

「大伯。」喬喜兒喊了聲。

大伯跟她爹是親兄弟，爺奶過世得早，兩個姑姑嫁去別村，在這個村，也只有這兩兄弟來往。

喬大峰抬眼看了喬喜兒，見她手裡拎著菜籃子，看樣子是去菜地了。

這孩子長得好看，從小就聰明伶俐，弟弟跟弟妹也格外寵她。原指望著她嫁個好人家，誰知道她命不好、性子也差，出門常常跟別人講不到三句話就吵起來，在家還十分懶惰，幾乎是一點忙也幫不上。

看著大伯打量的眸光，喬喜兒臉色有些不自然，她正準備走開，就見到在淘米的大伯母馬氏瞥了她一眼，譏笑道：「呦，小蹄子這麼金貴，也下地了啊。」

喬大峰接過話茬。「那可不，這孩子總算懂事了。」

「切，得了吧，也就裝裝樣子，實在可憐了那個倒楣男人。」

「妳說什麼呢？若不是喬家救了他，他現在命都沒了。」喬大峰辯解。

「是啊，所以你姪女這麼對人家，騙人家當上門女婿也是合理的。」馬氏滿心譏諷，瞥了喬喜兒一眼，一副好白菜被豬拱了的樣子。

「妳什麼意思？」喬大峰有些不高興了。

眼看這兩人都要吵起來了，喬喜兒擺手。「大伯，伯母說得對，你們別吵了。」

「呦，轉性了，還會勸架了。」以往這麼說喬喜兒，她非要跟自己吵一架不可。

喬大峰有些感慨。「喜兒長大了啊，她以前是年紀小不懂事，現在嫁人了，自然懂事了。」

喬喜兒沒有再多說什麼，笑了笑便往自家那排屋走去。

傍晚的夕陽將天邊染得通紅，柴房前秦旭在砍柴，那把斧頭看起來很重，卻被他輕鬆的拎在手裡。

隨著啪啦啪啦的劈柴節奏，柴火粗細勻稱的落在地上，汗水浸濕了他的衣裳，凸顯他格外有力的肌肉，麥色的肌膚流淌著晶亮的汗水，他的一舉一動，荷爾蒙爆棚，看著就很有力量。

「嗤……」一聲輕嗤聲，將她從自己的思緒中打醒。

突然放大的俊臉，讓喬喜兒差點一個踉蹌，心臟這會兒怦怦直跳。

「你靠這麼近做什麼？」

「呵，妳果然跟一般姑娘不一樣，面不改色的盯著一個男人看，也難怪敢做出那等不要臉的事。」

鼻息間都是她的芳香，他厭惡的定了定神，這個女人又在耍花招了，想生米煮成熟飯？哼，門兒都沒有。

「你不看我，又怎知我在看你？如此說來，你更不要臉。」

「妳……」秦旭氣結，這種話虧她說得出來。

「你什麼你，我不跟你計較了，時辰差不多了，我要去做晚飯，先幫我抱些柴火進去。」

喬喜兒說著，見他沒動作，索性自己蹲下去想抱柴火，卻見秦旭快她一步，抱了一堆柴火進去。

這男人也不壞啊，就是傲氣。也是，這樣相貌好的當上門女婿，可不得傲氣？

這柴火有了，該做飯了，不過這裡的灶房她還沒有用過，這火摺子是放在哪兒了？這個家對她來說，是陌生又熟悉的……

門外有動靜傳來，吱呀一聲，有人回來了，走進了灶房。

「喜兒啊。」滄桑略微嘶啞的聲音響起，兩道身影一前一後的進來。

她正在發怔時，一個面容慈善的婦人就衝過來抓住她的手。「閨女啊，妳趕緊歇著，這做飯的事讓娘來。」

喬喜兒看著站在面前的這對中年夫婦，那慈愛的模樣讓她眼角都濕潤了。

從小父母離異，被爺爺奶奶帶大的她，特別渴望親情，感受到他們散發的濃濃愛意，落寞的心跳動了起來。

喬喜兒閃著淚花，抖著唇道：「爹、娘，你們回來了。」

「妳這孩子怎麼哭了，妳身子弱，趕緊歇息去。」喬石笑得眼角紋都出來了。

喜兒雖然嫁人了，但在他們的眼裡永遠都是個孩子，這閨女要是嫁出去，他才捨不得呢，這天天能看著，老倆口就高興。

「我、我不累。」喬喜兒原本想勤快一回，但這灶房她也不會用，只能笑笑。

「閨女，妳啊，什麼都不用幹，好好的養身子，早點給家裡添丁才是正事。」方菊抓著她的手，笑咪咪道。

經過她這段時間的滋補，喜兒確實比之前要豐潤了不少，這女婿時不時的打野雞回來，這補進去肯定有效果。原本就怕她成了老姑娘，現在找到了個這麼好的上門女婿，他們心裡也是歡喜得很。

「爹、娘……」喬喜兒臉一紅。

方菊盯著她害羞的樣子，不禁腦洞大開。「你們成親也一個月了，說不定妳都懷上了……」

喬喜兒尷尬的捂臉，看著這老倆口，她還真不好意思說她跟秦旭根本只是有名無實的夫妻，等到時候這男的跟喬蓮兒的相公一樣跑了，也不知道二老會有多失望。

倒是老爹拍了她的背，解圍道：「好了，閨女肯定餓了，咱們趕緊做飯吧。」

「爹，我來幫你。」

「不用了，我跟妳娘忙得過來，妳呀，趕緊去院子裡陪著女婿吧。」喬石笑著將她推出去。

瞧見那兩抹身影待在一塊兒，喬石嘴角就揚起莫名的笑意。

只要他的孫子呱呱墜地，那他就有面子了，看村裡哪個人還敢嘲笑他們家，這些年受的嘲笑跟白眼，就差一個男娃來證明了。

灶房裡很快就有了煙火氣，喬喜兒站在門口看到等會兒要煮的糠米時，眼眶都紅了。窮人家吃不起精純的白米，只能買混著雜質的糠米，只見老爹正細心的將糠米裡頭的小石子挑出來準備煮飯。

這個家還真是窮，她胸口悶悶的，就見耳邊有道細微的聲音傳來。「真是稀奇，沒心沒肺的人也會哭。」

見喬喜兒飛了一記冷眼，秦旭又道：「妳放心，我會讓這個家過上好日子再離開的。」

秦旭神色淡定，他能打獵，每回打到的獵物拿去鎮上都能賣一筆錢。

「欠的藥錢還清後，你們家就能吃上精米。」說著，他將荷包裡僅剩的銅板，塞到她手裡。

喬喜兒掂了掂，看他的荷包做工精緻，價值不菲，這男人到底是什麼人，看氣質不像是窮苦人家，可都一個月了，他的家人都不用來找人的嗎？

「行，等銀錢兩清，咱們就互不相欠了。」

見喬喜兒如此正經，他愣了下，反而不適應了。「這麼痛快？告訴妳，妳如果想打什麼鬼主意，我勸妳別作夢了，同樣的當我不會上第二次。」

他跟這村裡的人還是格格不入，住在這個家更是尷尬的存在。

「呵……」喬喜兒想笑，她看起來這麼像女色狼嗎？

「放心，我絕不會讓妳得逞。」秦旭捏著拳頭。「我有功夫。」

喬喜兒抖了抖唇，這男人還真是……算了，懶得爭辯，由他去了。

兩人在聊著天，就連身後站了個人都不知。

喬蓮兒抹了眼淚，一臉動容的走進屋裡，衝著在灶房裡忙碌的爹娘，笑道：「爹、娘，三妹終於熬出頭了，我看著她跟秦旭這麼合得來，還真是鬆了一口氣。」

「是啊，這小倆口過得好就好。」喬石笑咪咪道，幾絲皺紋爬上了眼角，不顯得蒼老，反而多了幾絲慈祥。

淚水從眼眶湧出，喬蓮兒背過身去，有些感同身受。妹夫能安心的住下就好，千萬別跟她那個沒良心的丈夫一樣，不到一個月就跑了。

喬石看到閨女偷偷落淚，心疼的過來拍拍她的手。「蓮兒，妳別傷心了，是那小子沒福氣，以後若有合適的，爹定要再給妳尋門親事。」

只是眼下家裡名聲不太好，沒有人願意說媒，還有村裡人那些指指點點的眼光，也著實叫人難受。

「爹，我沒事，我不想嫁人了，只想陪著你們。」

「傻丫頭，哪有不嫁人的？好了，快叫妳妹夫、妹妹來吃飯。」喬石擠出笑容。

「好。」

喬喜兒跟秦旭一前一後的走進來，看到桌上擺了三道菜，野雞蘑菇，嫩黃的湯飄散著香氣；碧綠的炒青菜，看來清脆可口；鮮嫩的雞蛋羹上面撒了一層蔥花，淋了香油，香氣四溢。

以往大家都是吃鹹菜配饅頭而已，有野雞明明可以拿到鎮上賣錢，卻沒有，還特地留給她補身子，家裡已經窮成這樣了，還竭盡所能的給她最好的，真的是……

喬喜兒想起自己屋裡的那幾套新衣服，跟其他家人身上打滿補丁的衣服形成鮮明對比，眼角更濕潤了。

「來，閨女、女婿，趕緊坐下來吃吧。」喬石將飯盛好，笑咪咪道：「今晚菜色不錯，你們多吃點，就是這米有點糙，不過雜質都被挑出來了。」

「好吃。」喬喜兒扒了一口飯，笑道。

這樣的飯菜，對這樣的人家來說無疑是奢侈的，雖比她在現代吃的差，但這份濃濃的親情，無可替代。

「嗯，我閨女長得可真好看，就是瘦了點。」喬石給她挾菜，又瞅了一眼相貌堂堂的女婿，這兩人越看越登對，他越看越滿意。

「女婿也多吃點，你們補好了身體，將來的娃兒才能白白胖胖。」

「噗……」喬喜兒剛喝了一口雞湯，就噴了出來。

秦旭坐在她身邊無能倖免，警告的眼神看著她。

喬喜兒紅著臉。「沒事，沒事。」

「哈哈，喜兒害羞了，秦旭你可要多擔當點。」喬石哈哈大笑。

一頓飯，在眾人心思各異中吃完。

夜深了，各人回各房歇息。

小倆口同住一個房，卻是各睡各的。

喬喜兒睡床，她看了一眼睡在地上草蓆的男人。

他已經進入了夢鄉，深邃五官在昏暗的燭光下更顯立體。這樣的男人，放在這山村裡，無疑是香餑餑，也難怪原主一眼就看上了。

偶爾聽見他輕咳了幾聲，喬喜兒心想，他的病還沒好俐落嗎？

小心翼翼下了地，她湊過去給他把脈，脈象還算平穩，心跳也有力。記得當時爹娘從山上抬回來的人渾身是血，才休養短短時間就能恢復，這副體魄著實不錯，她來瞧瞧還有什麼內傷沒有……

「妳幹什麼？」深邃的雙眸猛然張開，對上一張俏臉，他沒好氣道：「妳還真是賊心不死。」

喬喜兒收回把脈的手，心裡已有數，他表面上恢復得不錯，但腦部應該還有殘留瘀血沒有清乾淨，體內的內力也憑空消失了。

結合穿越到這裡的情況，她道：「好心幫你看看身體狀況而已，別誤會。怪不得你打獵那麼厲害，原來是有功夫底子。你的內力消失了，是被廢了？」心裡是在猜測，但說出來的語氣是肯定的。

「妳……」秦旭俊臉就跟冰霜似的，眼底的那抹嫌棄跟厭惡，絲毫不掩飾。「能把占便宜說得這麼清新脫俗，妳還真是可以。」

她不跟他計較，腦部有瘀血會影響人的記憶，聽他說過不記得家人的事了，這瘀血若不清除，恐怕還會引起更多後遺症。

「你不僅內力被廢，腦子裡還有瘀血，人還沒有好徹底，還得多休養身體知道嗎？之後我可以幫你治療，等瘀血清乾淨，內力還可以恢復的。」喬喜兒一本正經道。

但秦旭並不領情。「虛張聲勢。」

「是，我承認以前是我不好，對你做了不好的事。但我現在想明白了，強扭的瓜不甜，你放心，等熬過這段時間，我們就和離，不再糾纏你。」喬喜兒說得乾淨俐落，眼底沒有留戀。

「欲擒故縱，我勸妳省省，開口閉口就提什麼救命之恩的恩情。」秦旭才不信她的這些鬼話，轉過身，背對著她。

他的傷勢情況大夫都說過，但說沒問題了，她還用來大作文章，弄得好像自己會醫術似的，他怎麼不知道她還有這一手？手腕上還殘留著她的指尖溫度，這個女人心機頗深，不得不防。

見對方不領情，喬喜兒也不強求，而是吹滅油燈，上床翻身就睡了。

迷迷糊糊間，手腕上的銀手鐲貼到冰涼肌膚，這是只簡樸的銀手鐲，上面刻著繁複的花紋，中間雕刻著一個福袋，是喬喜兒的娘方菊特意買給女兒轉運的。

眼下她下意識地摸著，沒想到凸起的福袋圖案竟奇跡的變大，伸手一拉，居然能拉開福袋上面的繩子，她一睜眼，卻見眼前一片霧氣。

在一片霧氣中，她像置身在夢境，等視線清晰後，發現自己不是在房間，而是在不知名的山林野地，眼前是塊綠地，旁邊還有間小木屋，木屋前有口井，正汩汩的冒著霧氣。

「有人嗎？」

喬喜兒喊了幾聲，沒人回應，索性好奇地踏步走進木屋。

裡面很小，小到光放一張床就很擠了，床上有個藥箱，她上前打開，看到裡面放了很多東西——

有藥方、藥材，還有一套嶄新的銀針，更讓人叫絕的是連西藥都有！

這、這福袋空間是傳說中的金手指吧！她也太幸運了，居然擁有這個技能，有了這些，她就能靠自己的醫術掙錢了。

不過眼下還不能太高調，得慢慢來。

喬喜兒是被公雞的啼叫聲給驚醒的，一睜眼已是日上三竿。昨兒原本還想著一早要幫忙幹農活呢，這又睡過頭了，看來這生物鐘得調整了，要不然坐實了懶姑娘的名聲，形象就更差了。

外面一陣喧鬧聲，門口一群人在那兒嚷嚷。

「大媳婦啊，妳這是做什麼？我都說了，我們沒錢了。」老爹喬石一臉難色，看著咄咄逼人的大媳婦。

喬喜兒揉著眼睛走出房，迷糊的問：「爹，怎麼了？」

喬石轉過身，看著閨女這睡眼惺忪的樣子。「妳起來了，時辰還早呢。」

「爹，我要幫你幹活呀。」看著老爹這飽經風霜的樣子，喬喜兒很心疼。現在她霸占了這父愛，就要盡責，以後要好好保護父親，不容許別人欺負。

喬石欣慰的點頭，轉頭衝著大媳婦道：「大媳婦，妳也看到了，這喜兒剛成親，家裡還有個剛好的病人，咱們不僅所有的積蓄都沒了，還欠了別人錢呢。」

他們家原本就窮，這給女婿治病、給閨女辦婚事，已經欠了很多外債了。

「公公，你這就偏心了，憑什麼給一個來歷不明的外人花這麼多錢！我不管，我們夫妻想做點小本生意，這必須要錢。」劉碧雲強勢地道。

她想了很久了，她還年輕，一輩子都要這樣照料喬松這個殘疾男人，她可不甘心。再說了，家裡的錢財都應該要留給兒子的，哪有留給閨女的，也就這老不死的拎不清！

「這，好吧，妳想要多少，我想想辦法……」喬石的臉皺成了苦瓜臉，手心手背都是肉，兒子雖然殘了，但終究是兒子，還得靠兒媳婦照顧，他不可能不管，只能再去借一些。

「怎麼也得五兩銀子吧！我們準備去鎮上租個鋪子，你也知道你那兒子是個殘廢，這走街串巷的當貨郎不太可能。」

「這……」老爹一臉菜色，幾百個銅板還能借，這五兩銀子，誰敢借啊？

「公公，你這臉色是什麼意思？難道我們這樣合計不應該嗎……」兒媳看公公有絲猶豫，大喊大叫起來，這喊聲震天，沒多會兒就將村裡愛瞧熱鬧的村民給引過來了。

大家在門外圍成一個圈，你一言我一語的議論。

「這喬家怎麼又鬧起來了？」

「是啊，這家子就是不太平。」

「我聽說是這大媳婦要做生意，想跟公公拿錢。」

「可喬老爹還有錢嗎？小閨女難得找了個上門女婿，可是花了不少。」

「所以這大媳婦吃味了，畢竟老大就算殘廢，也是家裡唯一的男丁。」

喬喜兒也看見了門口那些村民，大多都是看熱鬧的，連大伯那一家子也湊過來，全是幸災樂禍的目光。

見外頭人多了起來，劉碧雲更是開始作妖，拍著大腿鬼哭狼嚎。「鄉親們！你們都看見了，這喬家也偏心得太厲害，難道分了家的大兒子，就可以不管死活了嗎？」

「大嫂，妳這麼說就不對了，妳若是真心想做生意，完全可以從擺攤做起，妳明知道家裡的情況還這樣鬧，不是無理取鬧嗎？」

劉碧雲愣了下，沒想到一向無腦的喬喜兒居然言語如此犀利。

對上她那清亮的眸子，她有點心虛。「妳知道什麼？妳又不懂生意，這開鋪子才能掙大錢，妳別忘了，我在鎮上做過工，有這方面的經驗。」

喬喜兒看了老爹一眼，話卻是對嫂子說的。「妳這是強人所難。」

劉碧雲這眼淚瞬間就來，像是受了天大委屈。「怎麼就為難了？公公分明就是偏心！為妳找個男人，下了多大的血本，又是給治病，又是置辦嫁妝的，哪樣不是錢？這都是一個爹娘生的，怎麼就區別對待啊！就是我命苦，可憐我伺候了相公這麼多年，換不來你們一個好字，當初若不是我肯嫁，妳以為誰瞧得上你家這殘廢兒子……」

喬喜兒蹙著眉頭，這都上升到人格侮辱了，大哥不就是腿傷了而已嗎？她堂堂一個醫生，還能治不好？

「兒媳啊，妳再等等，等家裡還點債，我就想辦法給妳錢。」喬石賠著笑臉。他就這麼一個兒子，怎麼可能不疼呢？何況這兒媳婦脾氣大，他惹不得啊。

「是啊，碧雲，就算分家了，我們還是一家人。」方菊走到院門口，對著外頭圍觀的村民揮手。「好了好了，都別看了，各自回家忙吧。」

「婆婆，我就是想做點小本生意，我想著掙了錢給相公看名醫呢。」

方菊轉回屋裡，面色有些和緩，原來是錯怪這兒媳了。

就見外頭的村民嘲諷。「瞧瞧這媳婦還真是不錯，相公殘了也不離不棄，開鋪子原來是為了籌醫藥費。倒是有些人，對外人都那麼上心，自家兒子反而自生自滅了，也不知怎麼當爹娘的。」

這番話，惹得周圍人都哄笑。

「你們到底說誰是外人？我的夫婿跟我已經成親了，那就是一家人，籌我大哥醫藥費的事，我們自然會上心，用不著你們瞎操心。」喬喜兒冷眼看著外頭的村民，言語犀利。

這話說得蠻橫，卻也讓人挑不出個錯來，關鍵這氣勢壓倒眾人，村民個個都瞪大眼睛。

還真是邪門了，這性子潑辣、平日只會亂罵的花瓶，怎麼今天倒說得頭頭是道了？

「成了親的姑娘便是潑出去的水，誰知妳是不是真的有心？」一村婦冷聲嘲諷。

喬喜兒瞅了那婦人一眼，有點印象，這不是那書生杜啟明的娘嗎？

當初被一個算命的冠上剋夫的名號後，幾乎所有青年男子都對她避而遠之，也就只有杜啟明一個還敢接近她對她示好，要她別自暴自棄。

他是個讀書人，不同於一般人的封建，一來二往，兩人擦出愛情火花。杜啟明表明有意想娶她，喬喜兒自然感激，在她看來，能不嫌棄就是真愛了。可誰知還來不及答覆，就遭到這杜嬸子冷嘲熱諷，說她痲雀還想攀高枝，光這張喇叭嘴就把她的名聲說得更臭了。

看著這些村民，喬喜兒高聲道：「妳就會挑撥離間，沒想到一個秀才的娘這麼沒素質，倒是讓人大開眼界。」

還好她沒選這個婆婆，要不然這日子豈不是雞飛狗跳？

「妳……」杜嬸子氣結，這丫頭就是不要臉，好在她沒把自己兒子給害成，如今喬喜兒都成親了，算是能鬆口氣。

「既然我跟妳沒緣分成為一家人，妳也別管我的閒事，別說得妳像是我肚子裡的蛔蟲，什麼都知道一樣。」

「好妳個牙尖嘴利，也就秦旭這個倒楣男人才會收了妳。」杜嬸子跺跺腳，如一隻撲騰的老母雞，揮揮翅膀就走了。

方菊一臉欣慰，這閨女跟之前不同了，以前還嫌棄這殘廢哥拖累家裡，現在倒上心了。

她轉頭跟大媳婦保證。「碧雲，妳放心，松兒的腿我們會籌藥費來治……」現在他們家有兩個男丁，不是那麼好被人欺負的。

婆婆再三保證，劉碧雲也不好再說什麼，只好暫時算了，看向這轉了性的小姑子，她故作遺憾道：「真是可惜，若是咱家能出個秀才女婿，也不至於被人欺負，某些人就是沒福氣，只能招個來路不明的上門女婿。」

「大嫂看來挺閒的，還操心我的事。」喬喜兒嘲諷道。

這大嫂擺明是個無理取鬧的潑婦，真是日久見人心，剛嫁進來時一家人都覺得她挺好，想不到不出一年，什麼都暴露了。

沒辦法，誰讓大哥殘了後，不好娶媳婦，要不怎麼會挑了她？

「算了，以前的事都過去了，現在咱們過自己的日子，他讀他的書，互不相干。」方菊說道：「何況杜家那孩子心氣高，喜兒那時若是嫁過去，肯定壓不住他。」

「娘說得對。」喬喜兒挽著她的手笑。

這個家是窮，但一家人齊心，遲早會發家的。

方菊挺意外的，這閨女真是想通了？當初可是追著那杜秀才到處跑的。

既然話都說到這分兒上了，劉碧雲只好悻悻地回去了。

回屋後，方菊忍不住唉聲嘆氣，自己的兒子過得這般慘兮兮，當娘的怎麼不心疼？

「娘，妳別發愁了，等我們攢了錢就給大哥看腿。」

方菊看著越發懂事的喬喜兒，心裡欣慰，這孩子成了親就是不同。「妳惦記妳哥是好事，但也別太奴役女婿了，這孩子成日往山上跑，雖說收穫獵物不少，但多危險啊。」

「是他自己要打獵的。」喬喜兒不冷不淡。某些人為了逃離她，迫不及待想要還清債呢。

方菊拉著她的手，嗔了一眼。「妳這孩子，自己的男人可要懂得心疼，女婿這麼勤快，也是為了你們的小家，話說，妳這個月的月信來了沒？」

喬喜兒抽了抽嘴角，娘又在打聽了，若她說自己還是黃花閨女，估計老母親能鼻子氣歪。

她尷尬的輕咳。「娘，這種事急不得，得看緣分。」

「怎麼看緣分了？你們倆都這麼年輕，女婿又健壯。」想到村裡的那些流言蜚語，多少人眼巴巴的等著看這個女婿也飛走，還有那些狐媚子，總是盯著女婿看，這娃娃一天沒落地，她這心裡都不踏實。

「娘，快別說這個了。」喬喜兒故作害羞，這個話題讓她聽了就想開溜。「娘，我還有點事要出去轉轉，先出門了喔。」

說完，她作勢急匆匆地出了門，母親見她如此，也不好再追問。

第二章

喬喜兒出了門，心下已有打算，她得好好去瞭解一下這個村子，看看有什麼資源可以發家的。

村裡頭基本都是清一色的茅草屋，上百戶人家中唯有幾家瓦片房鶴立雞群，村子右邊有排小樹，一條小河貫穿了大半個村子，綿延到山腳下。

村子後頭是層疊的高山，深藏獵物。打獵是個生存之道，但不長久，她想想還是得做點小生意，等有了錢，可以開醫館什麼的，眼下還是脫貧為先。

逛完了村子，她身上還帶了點碎銀、乾糧，毫不猶豫就往鎮上的方向走去。

陽光和煦、微風徐徐，這一路前行，身上也是沁滿一層薄汗。喬家所居住的長河村已經不算偏僻的，但去臨江鎮上還得走一個時辰，所以去一趟也不太容易。

他們家很少去鎮上，幾乎是十天半個月才去一次。倒是秦旭去得勤些，隔三差五有了獵物，就會拿去鎮上賣，每回除了帶回銀子，還會帶些糧食、麵粉等等。

等他把欠下的藥費還清，改善了家裡的生活，這救命恩情也算兩清了。

她正想著事，就見一輛牛車經過，停下的時候，塵土掀了一地。「小媳婦，去鎮上嗎？」

「對。」這有前往鎮上的牛車經過，喬喜兒如遇救兵。

「妳這都走了一半，收兩文就好。」

「得。」喬喜兒趕緊給了兩文錢，俐落地跳上牛車，這牛車上沒有人呢，花兩文包一次牛車，值了。

坐上牛車，一路上掠過許多風景，整個人也沒那麼熱了。

這個歷史沒有的朝代，也分一年四季，不過看這氣候，跟現代南方差不多，路上除了莊稼、菜地，就只有稀稀落落的幾戶人家，還真荒涼。

到了鎮上，車水馬龍、行人如織的還算熱鬧，古色古香的鎮子，青石板路，兩邊的店鋪一間挨著一間，茶水、酒樓、布莊、雜貨店應有盡有，除此之外，街邊還有很多攤位。

喬喜兒逛了幾條街，總算把這個鎮子弄明白了。

街道最繁華的就是香街，店鋪一間間都十分奢華，這口袋若是沒點銀子，都不好意思踏進去的，出入的都是豪華馬車，看來鎮上的有錢人家其實也不少。相比之下，另外幾條街就顯得寒磣了，出入的都是衣服打有補丁的百姓。這店鋪招夥計的也不少，但大多都是打雜的，像他們這種沒背景的村民，就連打雜工都擠破了頭去搶。

路過包子鋪，喬喜兒買了兩個肉包，一口咬下去，那肉多皮薄，吃得滿嘴油。

將整個鎮上都逛遍了，喬喜兒停在一家香料攤前。

賣香料的大娘見她看了半天，趕緊賣力介紹。「姑娘，妳看這香囊繡得多精緻，裡面裝的是香料，戴在身上、掛在幔帳上是既好看又好聞的。」

喬喜兒沈吟不語，心裡有了主意，這香囊的香料味道濃烈刺鼻，根本不耐久聞，她不如也來賣這個，開發更討喜的香味，鎮上賣香料的攤子不多，賣這個肯定有市場。何況她對藥理有優勢，若是再搭一些能治傷風感冒之類有療效的藥材，豈不是一大特色？

她隨口問道：「這幾個都什麼價？」

大娘熱情的說了一遍。

喬喜兒挑了個最喜歡的買下後，就準備回去了，誰知路過一間酒樓，看到了一個熟悉的身影。

秦旭剛把今日的獵物賣了，只見地上有兩隻兔子、一隻麂子，一個夥計正在打秤，旁邊那個年長的像是掌櫃，正在撥著算盤。「兔子十二文一斤，十斤就一百二十文，麂子肉三十文一斤，有八十五斤，加起來總共二兩六多銀子，就給你二兩七吧。」

「劉叔，給他三兩銀子。」

一道柔甜的聲音傳了過來，伴隨著細碎腳步聲，一個粉衣少女婀娜多姿的出現。

喬喜兒打量著，這小姑娘生得俊俏，一身行頭穿戴，一看就是富裕人家，絲滑的衣裙、一頭黑髮梳得精緻，圓乎乎的臉蛋，眼睛烏黑，下巴揚起時，透著高傲。

她立馬心中有底了，嘖嘖嘖，這男人，這是迫不及待的要找下家了？怪不得經常往鎮上跑，存的就是這份心思吧！

只不過，她沒看到就罷了，現下看到了，她就不會坐視不理，和離後他要怎麼樣是他的事，現在若敢頂著她夫君的名義去勾搭小姑娘，讓她家蒙羞，她可不能忍。

正當她要開口之際，低沈的男音道：「不了，該多少就多少。」

男人拿過錢袋子數了數，見數量對上，便毫不猶豫地闊步離開，準備收拾東西走人。少女裙襬飛揚，緊追而上。「秦大哥，等等啊！你上回幫我追回錢袋子，我還沒有謝你呢，讓我請你吃頓飯嘛，你何必跟我這麼生分？」

秦旭語氣淡淡。「舉手之勞而已，這是應該的，姑娘不必客氣。」

「可是……這獵物的錢是你該拿的。」粉衣少女拿著銀子跟在後頭，還是不死心。

喬喜兒突然走出來道：「那多的錢我代我相公收下好了，多謝姑娘的打賞。」

語氣淡然如水，也沒有貧窮村姑見錢眼開的財迷模樣，不就是多一點賞錢罷了，她也不必刻意多討好。

「什麼？你、你成親了？」喬喜兒的出現，讓粉衣姑娘一驚，如被雷電劈中，愣在當場。

但隨即看了看眼前這一身素衣的姑娘，又很快恢復了鎮定，不過是個鄉下村姑而已，成了親又如何？她看上的男人必須得到。

「是的，姑娘，在下成親了，若沒別的事，就此別過。」秦旭似乎也不意外喬喜兒會在這兒，看都不看她一眼，拿起扁擔、麻袋逕自從她身邊擦肩而過。

這表現讓粉衣少女看出反常，看來這兩人關係並不好呢。

她提著裙襬，興奮的跟上他。「秦大哥，你家住哪兒？我讓夥計送送你。」

「不用了。」

「客氣什麼，以後咱們可以長期合作，還會常見面呢。」少女揚起下巴，眸光灼灼的看著他，笑容美得令人心醉。

秦旭蹙眉，也沒理她，徑直站在路邊，攔了輛要出鎮的牛車便跨上去。

少女看著他矯捷的身手、高大的背影、結實的胸膛，差點看入迷了。這男子長得可真英俊，是她見過最好看的男子，又踏實能幹，絕非是鎮上那些花花公子能比的。

此時的喬喜兒站在路邊沒好氣地看著這眉來眼去的一幕，當牛車路過她身旁時，一股蠻力將她抓了上去，她沒有防備，一下跌倒在他懷裡，親上他硬邦邦的肌肉，那觸感瞬間就讓她臉紅了。

「還不鬆開？」頭頂上傳來的冷聲，讓她渾身透心涼。

哼，不就是型男嗎？搞得像姊姊沒見過美男似的。

瞇著眼睛看他，喬喜兒決定要振威風。「秦旭，我警告你，在我跟你還沒有和離之前，你可不要和外面那些姑娘多糾纏。」

男人沒有說話，等牛車行駛出鎮，薄唇才冷冷吐出兩個字。「下去。」

「……」

不等喬喜兒反應，她被他扔下了牛車。

塵土飛揚的瞬間，喬喜兒吃了一嘴灰，摔了個踉蹌，咳嗽得臉都紅了。

看著那輛揚長而去的牛車，喬喜兒眸光冷了。

看來這男人當真是厭惡極了她，剛剛拉她上牛車，不過是為了作戲，利用她來斬桃花！好，沒關係，這腳疼之仇就此結下了！

喬喜兒憤憤的走了一個時辰，等回到了村裡，已夕陽西下。

村裡進進出出的人挺多，大家都盯著她看。

「喜兒，妳怎麼現在才回來？我看到妳相公早就從鎮上回來了，你們怎麼沒一起？是不是兩口子吵架了？」

喬喜兒一看是村裡富戶張家的姑娘張翠，愛慕秦旭已久，說話這麼陰陽怪氣的，讓她火氣更是冒上來。「怎麼，妳一個未出閣的姑娘，還要管別人兩口子的事？」

犀利的話讓路過的村民聽得都笑了出來，這張家姑娘的心思確實全村皆知。

張翠到底還是個小姑娘，臉色通紅的跺腳道：「妳胡說什麼？妳一個剋夫女就等著被休吧！使手段搶來的上門女婿，妳以為會長久嗎？」

喬喜兒冷笑。「合著妳惦記著別人的相公，就能美夢成真？」

這話又是引起一陣哄笑，從來都是覺得喬喜兒脾氣不好愛亂罵人，倒沒發現嘴皮子這麼索利，說話還有幾分道理。

只是在村裡，誰不給這姓張的一家幾分面子？張家除了是村中的富戶外，還跟鎮上的繡莊有生意往來，不時轉介一些活兒給村裡的人幹，像繡手帕、幹點女紅活兒，都得跟她家拿，這喬喜兒如此不留情面，以後在村裡日子會更難過的。

張翠又氣又急。「妳竟敢對我這樣，妳等著，別後悔！」

「我等妳！」說完，喬喜兒直接走人。

她才不怕她，這樣的小三，來一個懟一個，來一雙懟一雙。

腦海裡浮現一抹高大挺拔的身影，這個男人真是會招惹桃花，就這段時間都不安分，真讓人不消停。

喬喜兒一路走回家，看到路邊的野菜長得挺好，順勢摘了一堆回去。

回到家，見爹娘和姊姊都還沒回來，她準備先開始整治晚飯，開了櫥櫃，看見除了糠米之外有些醃菜乾，便一一拿出來，然後又找到了一小袋糯米粉。

家裡沒什麼新鮮食材，這糯米粉放了也有段時間，再不吃容易長蟲，她靈機一動，想到了能做什麼。

清明剛過，有樣美食，她是忘不了的，那就是青糰。

她將摘來的野菜搗鼓成汁，加入糯米粉裡，揉成青色的麵團，放在桌上待用。

她雖然廚藝不行，但是青糰、粽子之類都是會做的，以前就最喜歡幫奶奶包餃子、做青糰了，尤其是這個青糰她愛吃，眼下材料都足，不禁就想試試。

這灶房她看爹娘用過，再加上有原主的記憶，剛開始用時對工具還有點不熟悉，但馬上就得心應手了。

鍋燒熱後，刷了一層菜籽油，待有了嗞嗞的響聲後，將野菜、青菜以及筍乾混在一起翻炒，很快香味溢出，炒好後呈出，放涼一會兒就是餡料了，可以包在青糰裡。

看著變成了一個個胖娃娃的青糰，她喜上眉梢，也好讓爹娘嚐嚐她的廚藝，她再也不是那個什麼都不會的姑娘了。

灶房的門突然被人推開，喬喜兒抬頭，還以為是爹娘回來了，卻對上一張英俊的臉。

秦旭穿著一件單薄的衣，汗水浸濕後，能看到裡面分明的肌肉，手裡抱著一堆柴火，原來是撿乾柴去了。

喬喜兒一見他就沒好氣，心情瞬間不美了。「放一邊。」

今晚又不炒菜，也不需要那麼多乾柴。

看著她將一個個包裹葉子的青色麵團，整齊的擺放在蒸籠裡，秦旭愣道：「這是什麼？」能吃嗎？怎麼是那種顏色？

太陽打西邊出來了，成親一個月來，就沒見她下過廚。

這個眼神，讓喬喜兒語氣冷冷。「有種晚上別吃。」

蓋好鍋蓋，她往灶膛裡加柴火，火光將她的皮膚映襯得白裡透紅，如一朵盛開的玫瑰。

帶刺的那種。

「……」

秦旭還是將乾柴搬了進來，忙完後就坐在門口的石墩上沈思。

對於這個使手段設計他當上門女婿的媳婦，他當然是不滿意的。但偏偏是這一家子救了他，還為了請大夫向外借了不少錢，若不是他們，他早已沒命了，這恩情確實不能不報，因此雖然他現在行動自如了，也沒法說走就走。

恩公一家都是本分的人，相處也都挺好，可就這個閨女不是個省事的，在這村裡住了一個多月，他已經將喬喜兒的底細了解個透澈。

以她的樣貌可算得上是美的了，只不過言行無禮還有剋夫命，自然也很難嫁得出去。正好當時遇上他在喬家養傷，她探問得知他雖記不得自己是何方人士，但尚未娶妻，眼前就有個合適的對象，她又豈能放過這個好機會？

某日趁他服藥之際想迷昏他，製造生米煮成熟飯的假象，偏偏他底子好，沒完全被迷倒，她便改以救命之恩要脅，總之就是要他做上門女婿。

他不信什麼剋夫命，也是有心報恩的，但可沒打算以身相許來報恩，總之最後兩人雖是成親了，不過他並沒有讓她圓房得逞。

正想著，屋裡飄出來的飯菜香更濃了，不知怎的，肚子就咕嚕作響。

「秦旭，你怎麼坐在外頭？」喬石的聲音，打斷他的思路。

他回神，見岳父岳母將鋤頭上的泥往地上敲了敲，清理過鞋子後，進屋了。
看到那一個個顏色深綠、飄散著香氣的青糰，還有一鍋白米粥，喬石也是愣了。
閨女竟然下廚了，這做的什麼？還挺香的。
「爹，娘，你們回來了，快過來吃飯吧！」喬喜兒舀了幾碗香米粥。
這煮粥的米可是挑了半天雜質，炒香後，泛著一朵朵米花，聞著就讓人有食慾。
「欸，好。」方菊格外的高興，招呼著秦旭。「女婿，你也坐下準備吃飯。」
這樣的其樂融融，還是頭一回。
青糰是什麼東西，他們不知道，只是沒想到野菜、筍乾也能做出這樣的美味。
「閨女，這是跟誰學做的，我怎麼就沒見過呢？」
喬喜兒拿起筷子的動作一頓。「娘，在鎮上學的，有一回看人家這麼做，就照著試試，沒想到還挺成功的。」
她隨口一說，村裡的人很少去鎮上，自然不會打聽得那麼仔細。
方菊慈愛的笑笑。「好好好，我閨女就是聰明。」
下次誰還敢說她閨女好吃懶做，非要撕爛他們的嘴不可。
晚飯還沒有結束，就有人怒氣沖沖的上門興師問罪，是個很有派頭的中年男子，應門的喬喜兒認出來，這是村裡的富戶張福，正是張翠的爹。
「張叔，你怎麼來了？」

張福直接就進了屋，也不回話，看到他們一家正在吃飯，眸光打量了秦旭幾番，這男人貴氣不凡又透著一股野性，再加上能幹，確實是百裡挑一的人才，比閨女相看過的那些貴公子好，也難怪令人念念不忘了。

顧忌有這個「未來女婿」在，他輕咳了一聲，還是先打了聲招呼。「在吃飯啊？」

「張叔，您有何指教？」秦旭開口問道。

張福輕笑。「指教我可不敢，只是想來提醒一聲，某些人手段了得，臉皮又厚，自己的言行可要知些分寸，在外頭張牙舞爪的，一般的姑娘家哪吃得消。」

這敢情是給閨女討公道來了！喬喜兒有些想笑，果然是衝著她來的，只不過這姑娘家之間的鬥嘴，把大人都摻和進去，果然是未長大的花朵。

秦旭也聽出這弦外之音，瞅著她的表情一探究竟。

張福刻意想讓秦旭不喜喬喜兒，氣道：「秦旭，你這媳婦實在是欺負人，我家翠兒多好的一個姑娘，她在大街上罵她，還胡說八道指責翠兒的不是，說她惦記著別人的相公什麼的，這話是能胡亂栽在一個姑娘家身上的嗎？」

秦旭俊臉風雲變色。「對不起，張叔，是我管教不嚴。」

張福擺手。「這跟你沒關係，全村人都知道喜兒這性子就這樣了，也難為你，娶了這樣的媳婦，不過她這性子再不改改，可要吃大虧的。」

喬喜兒忍不住了，論嘴皮子，她就沒有敗下陣過。「我沒說錯啊，有些人生怕嫁不出去，非要惦記著別人的相公，可是要吃大虧的。」

秦旭一驚，見張福正欲發火，趕忙起身站在中間。「張叔，喜兒是有口無心，沒有什麼別的意思。」

喬石也發話了。「是啊，也請您家千金別多想，您先回去吧。」

此時方菊拉著喬喜兒，不讓她再開口，秦旭趕緊送他出門。張福見目的達到，也沒有堅持再留下去，畢竟二老都在，這打起架來，他一個人占不得便宜，只要這兩夫妻生出嫌隙，日子過不下去就成。

待將人送出門，秦旭回到屋裡，拉著喬喜兒的手就走進兩人的房裡密談。

將門合上，秦旭不悅的聲音落下。「喬喜兒，妳能不能別在外添亂了，我跟妳保證，在沒有和離前，我不會招惹那些花花草草，咱們好聚好散。」

喬喜兒一肚子的火，這男人還真是吃裡扒外。

「你憑什麼說我？是非曲折，你沒有親眼目睹，就沒有資格評論對錯。」

「就妳這性子，還用目睹？這段時間妳惹的事還少嗎？別忘了別人在外頭是怎麼說妳的。」

「就事論事，少提從前。」

小倆口關起門來吵架，可讓爹娘急得跺腳，不過轉念一想，兩夫妻哪有不吵吵鬧鬧的，床頭打架床尾和，這麼想想也就不必管這閒事了。

秦旭蹙著劍眉。「喬喜兒，妳別再惹事了，還嫌這個家名聲不夠差嗎？」他替恩公抱不平，出了這樣的閨女，真是家門不幸。

喬喜兒咬牙。「我不惹事，但事來了，我也不怕事。」

「妳就嘴硬，繼續折騰吧。」

見秦旭處處幫人說話，喬喜兒火冒三丈的推了他一把。「怎麼？欺負到你心上人，你心疼了？想儘快和離娶她是嗎？」

「妳別將過錯推給別人，當初我為什麼娶妳，妳不清楚嗎？要不是我欠著救命之恩，妳以為我會任由妳安排？」

喬喜兒怒氣沖沖，揚手甩了他一巴掌。「你放心！三個月內，我們會和離的，等我掙了錢，想要什麼男人沒有？誰要你這樣的！」

她這一系列操作太過俐落，以至於他沒有反應過來，臉上火辣辣的疼，可見這女人下足了勁。

秦旭有時真的很想掐死她，但看見這雙倔強又清澈的大眼，怎麼也下不去手。

算了，他不打女人。等攢夠一百兩銀子就和離吧！這個錢足夠這一家人衣食無憂了，從今以後，誰也不欠誰！

再說這張福回去後，就見自家閨女站在門口左顧右盼。

見爹回來了，臉上的委屈一掃而光，有些期盼道：「爹，怎麼樣了？」

張福氣道：「那臭丫頭嘴巴索利，但我看得出來，秦旭也對她這樣感到很厭煩了。」

這種丟臉的事，再多發生幾次，是個男人都會受不了的。

「哼，這種手段得來的夫婿，自然是不長久的。爹，我就看上他了，你一定要幫我。」

張福有些糾結。「閨女，這秦旭好是好，就怕妳駕馭不住他。」

張翠不服。「爹，我才貌雙全，又有家世，難道不比那喬喜兒強？」

張福擺手。「行了行了，妳有分寸點就成。」

父女倆去吃飯了，喬家這邊直到睡前依舊還在暴風雨邊緣。

喬喜兒知道誤解不是一下就能消除的，但她要表明態度。「秦旭，算我錯看你了，以為你是個是非分明的人，沒想到你隨隨便便就相信別人說的話，和其他人一起指責我。」

秦旭承認自己對她是有偏見，誰讓她有前科在先，原本這件事認個錯就過去了，見她倔強得跟塊石頭一樣，剛壓下去的火又冒起來。

「雞蛋若沒縫，蒼蠅怎能盯上？」

喬喜兒擰眉握拳。「這句話比較適合你，我跟你還沒和離呢，你就招來不少花蝴蝶糾纏，你就算看我不順眼，現在也還是我名義上的丈夫。我警告你，你若是先撕破臉皮，你也別想自由了！」

「和離是妳自己說的，現在又反悔了？」秦旭不怒反笑。這女人就是花樣多，一天不作妖鬧得慌。

喬喜兒冷笑。「你放心，只要你安分守己，我定放你自由。」

秦旭臉色冰冷。「妳最好說到做到，半途別耍什麼花樣。」

喬喜兒氣得躺進被窩裡去，將自己裹得嚴嚴實實的。這原主可是把她給害慘了，她不知道強扭的瓜不甜嗎？

秦旭將蓆子鋪開，躺下後翻來覆去的睡不著，瞅著床上那個單薄的背影，竟覺得幾分落寞。

雖然兩人以前也不時爭吵，但她會求和討好，而不是這般的理直氣壯，回想她這幾天的表現，跟以前有些不同，難道真轉性子了？

喬喜兒可沒有悶被哭泣，她這是被氣的，想要獨自冷靜冷靜。

男人要是靠得住，母豬都會上樹，反正都沒感情，索性就當陌生人好了，當務之急是想辦法掙錢，這有了思路後，就得行動起來。

就這樣背對背過了一夜，次日，喬喜兒醒來後，屋裡已沒了那抹身影。不用說，這男人肯定又上山了。

爹娘也出去了，隔壁姊姊家也沒了人影。

灶房裡鍋中的早飯還溫熱著，喬喜兒隨便吃了點，到附近走走看看，就在王家看到了喬蓮兒。

「二姊。」

喬蓮兒見她起得還挺早，有些意外。「三妹。」

「二姊，妳在繡手帕嗎？」喬喜兒湊過去，看到一旁的凳子上放有不少布料。

村裡的姑娘靠做女紅是唯一的收入來源，一天下來也是累，但好歹有個幾文錢。看這手帕繡得都挺簡單的，沒有太多繁複花紋。

王秀嫂子剛伺候好孩子，見喬喜兒來了，笑著打招呼。「來啦。」

從在路上看到她給孩子敷藥的那天開始，她對喬喜兒的想法就改觀了，到底是小姑娘，不會有那麼多壞心思才是。

大人的心思又遠遠不如孩子來得單純，孩子一看喬喜兒來了，忙抓了把野果給她。「喜兒嬸，這是我爹早上採的野果，可好吃了，妳嚐嚐。」

喬喜兒看了看那紅彤彤的小果兒，叫山莓，像極了縮小版的草莓。

她吃了一口，脆脆甜甜。

「謝謝牛牛。」摸了摸他的腦袋，喬喜兒笑得一臉燦爛。

王秀嫂子跟喬蓮兒就這麼看著，這喜兒成了親還真是變了樣，以前她最討厭小孩，說什麼鬧騰，現在倒是對小孩很和善。

喬喜兒沒理會這些，她到處走走看看就是在想點子、找門路，她有了做生意的念頭，不管成不成都得試試，反正需要的本錢不多，大不了就是浪費一些時間，也能積攢一些經驗。

看著眼前這堆半成品手帕，喬喜兒問道：「王秀嫂子，妳這兒有剩下的邊角料嗎？」

「有，但都很小，妳有用處？」一般這些邊角料，也就只能給孩子縫製沙包或者給衣裳補丁用，王秀嫂子見她要，就拿了一堆出來。

喬喜兒看了一眼，小是小了點，但做香囊，幾塊拼貼一下不成問題。「這些邊角料多少錢，我買。」

「妳是要拿去縫補衣服嗎？這些沒什麼用的，妳想要儘管拿去。」

不愧是王秀嫂子，好生大方。

喬喜兒心裡欣慰，這個村子終究是好人多。「王秀嫂子、二姊，妳們會繡香囊吧？我說一些圖案，能請妳們幫忙繡嗎？我可以給工錢。」

兩人一聽都愣了。

「香囊是會繡，但裡面還得裝香料，好的香料可貴了。」

這一點喬喜兒當然想過，香囊這東西，就圖個味道好聞，味道要好聞，就得靠好的香料和比例。她是學醫的，自然懂得調配比例，而香料的品質就得看成本願意下多少，但不管怎樣，就先做一批試試。

她說出想法後，王秀嫂子跟喬蓮兒見她堅持，沒再多說什麼，義不容辭地幫忙繡香囊，工錢也不肯收，但喬喜兒仍按每個該賣三文錢的手工照算，平日繡一塊手帕也就賣八文錢，這香囊的做工相對更容易許多，她們當然更願意繡，至於邊角料，常年做手帕這些的，自然都有剩。

落實了這件事，喬喜兒的心情雀躍起來。

兩姊妹一前一後的走出王秀嫂子家，就見喬蓮兒左看右看，見四下無人，將妹妹拉到角落裡。

「喜兒，妳做這麼多香囊，真打算拿去賣？」喬蓮兒擰眉問。

「對啊，姊姊，端午也快到了，這肯定會有很多人喜歡。」

「這玩意兒，是個姑娘家都做得出來，哪能賣呢？有錢人家是講究，但他們都是上店鋪去買，我們沒那麼多本錢開店，也沒這麼好的手藝，妳還給王秀嫂子工錢，這……這還沒開始做就虧大了。」喬蓮兒急得都快哭了，剛覺得這個妹妹開竅了、懂事了，卻沒想到開始敗家了。

「姊，妳也知道，家裡沒什麼收入，全靠秦旭打獵，這家裡有了男人是頂梁柱，但這不長久啊，還是得自己掙錢，而且……」喬喜兒嘆了一口氣，有些話不能跟娘說，但跟姊說，定能感同身受……

聽到他們還沒圓房，喬蓮兒的眼睛瞪得比銅鈴還大。「天啊，他該不會對妳三心二意吧？」

想想也是，畢竟當初妹妹是用了點見不得人的手段，否則就他們家這樣的條件、名聲，別說上門女婿了，就算要嫁出去都不太容易，如今也難怪妹妹要搏一搏了。

雖說喬蓮兒心裡仍有些不贊同，但妹妹有心要做，她這個當姊姊的理應全力支持。

「好，那妳放心大膽的去試，就算失敗了也沒事。妳那兒銀錢還有嗎？沒有的話，姊姊這兒有。」

一回到家，她就一陣風似的小跑到自己屋裡，拿出一個錢袋塞到喬喜兒手裡，裡頭是碎銀子，還有一堆銅板。

喬喜兒瞬間眼眶濕潤了。「姊，謝謝妳，這錢我不用，我有。」

「拿著。」

推辭不過，喬喜兒只好先收起來，擦乾眼淚，接著閒不下來的她又揹著背簍，手裡拿著一把鐮刀匆匆上山了。

三月的山十分青翠，小溪涓涓流淌匯聚到深潭裡，像極了一塊綠寶石，從斷崖流下的小溪，則是形成了一座天然瀑布。

一路上山都沒遇到什麼村民，她對那些野果、野菜置之不理，倒是每看到一株藥草，就小心翼翼的挖出來。

這時節牛角花挺常見的，不知道的村民只會將它認作是野花，但其實是可賣錢的藥草，她就是想著沒事自己也能上山挖些藥草來賣錢，即使只是多攢些銅板也好。

這裡是好幾個村才會出個郎中，像他們村沒郎中，導致這些藥草根本不會有人採摘，這回可讓喬喜兒弄了個滿載而歸，她翻遍半個山腰，採了不少香料跟藥草。

她爺爺是個中醫大夫，她自己雖然是學西醫的，但跟著爺爺的時間久了，也耳濡目染學了不少。

這座大山還真是個寶藏，可惜了那一跑而過的動物，她不會狩獵，只能眼睜睜的看著小兔子、小野豬跑走。

「喬喜兒？」

一道低沈有力的聲音響起，喬喜兒回頭，就看到一身布衣、揹著弓箭的高大男人走過來。

他頭髮束在髮帶裡，五官立體，稜角分明，一雙深眸黑亮又不見底，隨著闊步走來的架勢，帶著迎面而來的壓迫感，身上的背簍看起來沈甸甸，看樣子是有收穫。

喬喜兒尷尬的笑笑。「好巧。」

秦旭身上的衣服被樹枝勾破，頭髮凌亂卻又不失英氣，這底子好就是不一樣，往哪兒一站都是眾人矚目的焦點。

「今兒個收穫一般，就獵到了兩隻野雞，倒是妳來山上做什麼？」秦旭眸光銳利的將她從頭到尾打量了一遍。

喬喜兒白皙的臉蛋，流淌著細密汗珠，幾絲紅暈透著白裡透紅。她穿著湖藍色衣衫，配上出塵的五官，像極了山裡的精靈，但這不是重點，重點是她的背簍裡有東西。
不等喬喜兒回答，他就走過去一探究竟，見是一堆草藥，秦旭不由得發愣，像是新認識她一般。「妳居然會分辨草藥？」
明明這村姑別說認識草藥了，斗大的字都不識一個。
喬喜兒很滿意他的驚詫，冷傲一笑。「少瞧不起人了，以前我跟著隔壁村郎中採過藥，懂得可多了。」
她的本事何止這些，若不是怕嚇壞了這些古人，她用不著迴圈漸進。
秦旭冷哼。「鬼才信，妳若那麼有本事的話，也不愁嫁不出去。」
這一句直擊重心，喬喜兒嘴角抽了抽。「狗眼看人低，那你就好好看著，等姊姊一長本事，就休了你。」
秦旭忍住笑。「好，我就看著，誰休誰還不一定。」小丫頭片子還長本事了！
喬喜兒氣結，太小瞧人了，等著，到時亮瞎他眼！
天色不早了，兩人正好一塊兒下山。
「趕緊回吧。」喬喜兒率先搶在前頭。
秦旭看出她的變化。「妳是採草藥想要賣嗎？這值不了幾個錢的，再說山裡危險，以後妳一個姑娘家別來了。」
喬喜兒剛想說，我若是出意外，不正隨你意？就聽見一道溫婉的女聲飄了過來。

「這不是堂妹嗎？太陽從西邊出來了，妳居然也會上山？看起來好像挺有收穫的，還真是跟了獵戶會打獵。」喬珠兒高高在上的語氣，透著不屑。

喬喜兒冷眼對上前面的女子，原來是大伯的女兒喬珠兒。

這位堂姊也是搞笑，跟她一樣都是村裡的人，誰也不比誰高貴，卻老是擺出一副高姿態，以為被家裡人嬌養了幾年、穿得好一點，就是千金大小姐了？心比天高，命比紙薄，跟鎮上的公子無果後，就撬她的牆角。

話說，當初對她有意思、有意娶她的那個書生杜啟明這會兒正站在堂姊的身後呢，兩人一看，俊男美女，倒也般配。

喬喜兒在看她，對方也在看她。

才子佳人ＰＫ莽夫村姑，這雙雙一對比，喬珠兒越發覺得自己高高在上。

「堂妹，妳這是什麼表情？妳不會還在介意我跟啟明……唉，有些事妳可得認命些，畢竟算命的說了，妳是天生剋夫命，而我是富貴命，將來是要有丫鬟伺候的人，誰匹配得上誰都是自有定數的。」

杜啟明在後面輕咳了一聲。「珠兒，科舉還沒開始，往後的事也不好說，倒是妳有旺夫命是真的，自從跟妳一起後，我每回考試越發的順利了。」

杜啟明這麼說有點面子成分，但不得不說這就是事實。他當初是喜歡喬喜兒，還跟爹娘說要娶她，兩人雖沒有山盟海誓過，但在村裡處過，也形成了默契。

不過直到她的生辰八字被他母親拿去算過之後，他也就死心了。他是秀才之身，將來要做大事的人，千萬不能被絆住了手腳。

倒是這個喬珠兒，人美溫柔、善解人意，生辰八字跟他匹配得很，又有旺夫命，和她在一起之後，很多事情都變得十分順利。

聽得杜啟明這麼說，喬珠兒更加底氣十足。「放心吧，你學問那麼好，一定可以中舉人的。」

喬喜兒看著兩人旁若無人的秀恩愛，雞皮疙瘩都落了一地。

看來這個杜啟明不僅是個媽寶男，還很沒主見，還好原主沒嫁到杜家去，要不然這婆媳相鬥，日子鐵定不好過。

這算是初戀吧，既然分開了，他愛跟誰在一塊兒就在一塊兒，只是這堂姊總處處找存在感，那就很討厭了。

「唉，這春天總是有動物隨處發情，真是麻煩，你們兩個能不能讓讓？堵在路中間算怎麼回事？」喬喜兒翻著白眼，好笑道。

被比作動物，喬珠兒臉都綠了。她壓住憤怒，面上繼續裝大家閨秀。「妹妹，妳講話總是這麼直接粗俗，怪不得沒男人喜歡妳，作為姊妹一場，我勸妳啊，有了夫婿就好好過日子，不要多想以前那些事。」

秦旭聽不得這話，或許這就是男人的自尊心作祟，這個女人有什麼錯處他可以說，但別人不行。

他冷聲道：「放心吧，一個軟腳蝦，我媳婦還惦記不上。」

「你……你這個莽夫，說誰軟腳蝦？」聽聞此語，喬珠兒再好的儀態也撐不住了，氣急敗壞道。

這男人說話也太惡毒了，果真不是一家人不進一家門。

喬喜兒也笑了，沒想到這個便宜相公的嘴還挺毒的。「說得對啊！走這點路都氣喘吁吁的，不正是軟腳蝦嗎？話說你們特意跑到這兒幹麼？是為了幽會，怕被村民看見嗎？」

喬珠兒瞪著她，恨不得動手打她。「住口，妳身為姑娘家，怎能這麼說話？」也太粗魯了，毫無教養可言。

喬喜兒挑眉看她。「緊張什麼？難不成，妳還做了更加了不得的事？」

「時辰不早了，回去。」秦旭輕咳一聲，率先繞了過去。這些女人家的糾紛，他不願摻和。

喬喜兒想想也是，便跟著走了。

喬珠兒盯著兩人的背影，忍不住又生氣喊道：「喬喜兒，妳自己不要臉，以為大家都跟妳一樣嗎？秦旭，你若還是個男人，就該離這女人遠一點，要不然就是同流合污。」

秦旭回了一句。「多管閒事。」

喬喜兒回頭笑。「妳要臉，偷偷跟人幽會；妳要臉，眼巴巴的往鎮上有錢的公子身邊湊，沒戲後，才又看中了杜秀才。妳啊，確實是挺會挑人的，想嫁得好也沒錯，說真的，我是誠心祝福、真心佩服啊！」

這話說得喬珠兒面紅耳赤，氣得快說不出話來。「妳……」

杜啟明眉心緊鎖。「算了，我們不跟她一番見識。」

秦旭無奈的搖搖頭，這姑娘家吵架他算是見識到了，一般姑娘家一開始被說幾句，可能就會羞憤氣哭，這喬喜兒倒是戰力十足，甚至回嘴還有幾分道理……

喬喜兒自然不在乎這些，反而嘲笑道：「行，你們夫唱婦隨，我提前祝你們百年好合。」

喬珠兒羞得跺腳。「我們還沒成親，這話妳別往外亂說。」

喬喜兒眨了下眼睛，俏皮的笑笑。「那可不一定了，看我心情。」

後者氣得跺腳，前者跟隻狡猾的小狐狸似的，說完一溜煙的跑了。

秦旭暗自扶額，果然是牙尖嘴利！怪了，以前都聽說是喬喜兒脾氣暴躁，無端對人破口大罵，這些日子看來，還是外人挑釁、胡說成分居多。

但即便是這樣，也不會動搖他要和離的心意，這女人花樣多得很，他切不可被這些表面現象迷惑。

待兩人走遠，杜啟明跟喬珠兒就在小樹林裡摟抱起來，他們確實是相約在山上幽會的。

喬珠兒美麗大方，又會私下拿銀子贊助他，杜啟明覺得這樣的人當他妻子挺合適的，因此與她情投意合，暗中來往已久。

喬珠兒依偎在杜啟明懷裡，聲音柔柔。「啟明，喬喜兒那張嘴若是到處亂說可怎麼辦？」

好不容易攀上這棵有潛力的大樹，她自然是要牢牢握在手心。她比喬喜兒大一歲，都十七了，年紀不小了，眼光又高，看不上村裡漢子，要不然也不會拖到這個年紀未出嫁。

杜啟明在她額頭上吻了一記。「若是那樣，我們就提前訂親。」

這樣的答案，正合她心意。「你真好，這輩子我非你不嫁。」

「妳放心，我定不負妳。」

這男歡女愛，很是正常，喬喜兒也不會管這些閒事，只要他們別不識趣的上來討嫌就成。

喬喜兒回到家裡，爹娘還沒回來，她見姊姊已經在做飯了，便直接拿背簍去了臥房。

她進了福袋空間裡，將分類好的藥草、香料分別種在裡頭肥沃的土地上，種下的植物生長速度極快，還能自動繁殖。

一般收成後的香料洗淨、烘乾都是繁瑣的程序，很費時，有了這個福袋空間，豈止事半功倍。

小木屋裡的藥箱還在，喬喜兒看了看，裡面的東西一樣沒變，依舊齊全，木屋前的那口井水汩汩的冒著霧氣，聞著就沁人心脾。有這個金手指，她何愁不能改命？

這會兒，房門敲門聲叩叩叩的響起，秦旭等了一會兒，見房裡的喬喜兒沒回應，索性直接翻窗進去了。

喬喜兒聽到有人叫她，趕緊從空間裡出來，就見秦旭破窗而入。

「你做什麼？」她驚道。

秦旭不以為然。「我喊了妳半天，以為妳……」累暈了。

說著，他掃了一眼她丟在房裡的背簍，發現裡面的東西都不見了。

「草藥呢？」

「……」喬喜兒沒想到他留意到這個細節，腦子瞬間轉彎。「這背簍會漏東西，我把東西先放在我姊房裡那一個背簍，怎麼了？」

「沒什麼，我去鎮上比較勤，可以幫妳順便賣草藥。」

「不用了。」喬喜兒說了聲謝謝，就從他身邊擦肩而過，這掙錢的買賣才不要外人插手。

第三章

這幾天，喬喜兒都窩在家裡配製香料，做香囊需要的香料比較多，因為本錢有限，她決定先做常用的幾類。

她去鎮上買了一些香料、乾花、棉花、棉線、彩繩等等必備工具，一些難尋的香料，空間裡的藥箱偶爾會出現。

這個藥箱也是精明，只出昂貴的香料，數量也是少得可憐。不過，有了這個空間，至少凡事都順利許多。

這段期間，喬蓮兒跟王秀嫂子則是每日都按照她的要求縫製各種圖案的香囊，搭配各種顏色的流蘇，還沒裝入香料，看著就喜人。

姊妹倆數了數，有三十多個呢，喬喜兒看著這些香囊，信心十足，上好的香料、特色的寓意，肯定會有市場。

倒是喬蓮兒一邊擔憂，一邊幫著妹妹瞎折騰，好幾次爹娘問起來，她都打馬虎眼，也不知道後面該怎麼收場。

妹妹性子倔，勸不住，唯有讓她去試試才會死心。

喬喜兒這幾天忙著事，跟秦旭幾乎沒打照面，兩人雖同在一個屋，但沒有交集。

這一日集市，喬喜兒早早起來，喬蓮兒已幫她準備好東西，兩人來到村口等牛車。

霧氣環繞，天色剛朦朦亮，沒想到還挺多人在等牛車的，也有不少人為了省那幾文錢，靠著兩條腿走路。

乘牛車半個時辰就到了鎮上，這會兒天色大亮，太陽從地平線躍起，紅彤彤的照亮了整個小鎮。

車水馬龍，行人熙熙攘攘，美味的早點香氣以及小販們的叫賣聲，形成了這個小鎮的特色。

姊妹倆是空著肚子來的，這會兒聞到食物香氣，肚子都餓得咕嚕叫了。

「姊，我們先去吃碗麵吧。」

「買兩個饅頭就可以了。」

「好香啊，就這家。」喬喜兒不由分說的拉著喬蓮兒過去麵攤。

老闆看樣子是一對新婚夫妻，他們忙碌著，偶爾眼神對視，那默契程度，能看得出兩人感情很好。

雖然窮吧，但兩夫妻只要一起努力，一條心，總能把日子過好。不像她跟秦旭，心懷鬼胎，各自算計。

她在看，喬蓮兒也在看，不同的感悟，她眼睛裡都湧出了淚花，不禁感慨自己那段無疾而終的感情。

也罷，那樣的負心漢，不要也罷，以後也許還能找個好的，成過親畢竟是事實，好在沒孩子，這是萬幸。

很快的兩碗麵條上了桌，細細的麵條上臥著個金燦燦的荷包蛋，兩根青菜點綴格外誘人，再來一勺肉醬，光聞著香氣就讓人垂涎欲滴。吃了一口，麵條勁道，小夫妻的手藝不錯，難怪那麼多客人。

不同於喬喜兒的大口下嚥，喬蓮兒則是細嚼慢嚥，吃的時候，那小表情分明就是肉疼。

「姊，妳夠不夠吃，要不要再來點別的？」喬喜兒問道。

喬蓮兒連忙搖頭。「別，這已經夠奢侈了。妳說妳，錢還沒掙到，就這麼花錢大手大腳的，都嫁人了，可要勤儉持家，就算妳相公再會打獵，能掙銀子，也不是這個花法。」

「行了，姊，吃好點才有力氣幹活嘛，我們女人要靠自己，別指望那些臭男人。」

「妳啊，秦旭可跟妳姊夫不同。」她看得出來，秦旭是個正直的漢子，跟那個負心漢完全不是一類人。

「姊，那邊人挺多的，也有空位，不如我們就去那兒擺攤吧。」喬喜兒已經沒在聽了，她吃完麵後四處看了看，驚喜的發現了一個不錯的位置，剛好是十字街口，幾條街的匯聚中心，人群密集。

「好。」

喬蓮兒也趕緊吃完麵，將包袱、小桌子收拾一番，兩人並肩往街口走去。

這位置有點擠，旁邊又是賣首飾的。

「姑娘，需要給妳挪點位置嗎？」旁邊的年輕小販道。

喬喜兒扭頭看了眼眉清目秀的小哥。「如此最好不過，謝謝你。」

挪了一點，位置就寬敞不少。

年輕小哥又道：「妳們這香囊挺精緻的，自己做的嗎？」

「是啊，我們姑娘家也只會做這些，就想著拿過來試賣看看。」

年輕小哥一臉佩服。「兩位姑娘好生厲害，先試試總是沒錯的。」

喬喜兒點點頭，跟姊姊一起把攤位給擺起來，順手送了年輕小哥一個薄荷香囊。「小哥，謝謝你挪位置給我們，這個香囊送給你，裡面裝了薄荷、迷迭香、玫瑰，多聞聞不僅能提神醒腦，還香氣沁脾，很不錯的。」

小哥連連拒絕。「姑娘，這我不能收，妳們這還沒開張呢。」頓了下，撓了撓頭又憨乎乎道：「不如我買了吧，這個確實做得精緻。」

「就收下吧，大不了有合適的客人順便幫我宣傳一下就好。」她這個人就是別人幫她，她就會記住的。再說，這剛來鎮上，有個認識的人，打聽消息什麼也會方便許多。

小哥歡喜收下。「好吧，我到時候幫妳宣傳宣傳。」

「好。」

過了好一會兒時間，街上來來往往的行人很多，小哥攤位上停留的姑娘也有零星幾個，倒是喬喜兒這裡的攤位無人問津。

剛開始喬喜兒也很淡定，可兩刻鐘下來還沒開張，人也急了，這樣坐著等客人上門不是辦法，她得主動出擊。

說幹就幹，喬喜兒挑了些比較有特色的香囊，一手拿了五個，十指都是滿滿當當。

她顧不得姊姊那疑惑又焦慮的眼光，脆亮的聲音就響了起來。「走過路過的客人們，趕緊過來看看，精緻又好聞的香囊，有加了薄荷能提神醒腦的，有加了艾草驅趕蚊蟲的，有寓意財源滾滾、桃花連連的……」

這番叫賣，聽得喬蓮兒臉都紅了，這妹妹還真是什麼都敢說，還桃花連連、財源滾滾呢。

這番叫賣還挺有效果的，當即圍了幾個小年輕。「這香囊怎麼賣？」

喬喜兒心頭一振，別人家的香囊只需要三文一個，但從她空間加工過的香料當然不凡，價格漲三倍也不為過。

她落落大方道：「我們家的香囊跟一般的不同，配了好幾種香料，你們聞聞這個薄荷，是不是格外清涼芳香？再看這繡工，還有上面的圖案寓意，多好的彩頭。價格麼，不貴，這個八文，這個十文，這個十二文。」一文相當於現代的一塊，一兩銀子約等於一千文。

「還行吧，這比其他攤子貴很多，不過倒比鋪裡賣的便宜，看小姑娘這麼會說，就買個試試。」粉衣小姑娘說道。她不是被這東西吸引，完全是被喬喜兒的能說會道吸引。

喬喜兒知道，萬事開頭難，這香囊是好，但也要人識貨才行。總算是有了個開門紅，她笑道：「好咧，姑娘，我幫姑娘拿個新的，祝妳越來越漂亮。」

「姊姊太會說話了。」那小姑娘一高興，就拉著同伴一起買。「妳也買一個吧。」

「行。」

這有了兩個姑娘做榜樣，其他圍觀的也嘰嘰喳喳的跟著挑選，這人一多就氣氛熱鬧，關鍵是這個喬喜兒長得水靈，說話又超好聽，每一句都能說到人的心坎，就買個樂子也好。

不到半個時辰，攤位上所有香囊一搶而空，全程喬喜兒負責賣，喬蓮兒收錢收得手忙腳亂，找錢時，總是不放心的數了兩、三遍，生怕數錯，那樣子可別提多逗了。

有個沒買到香囊的小姑娘一臉遺憾。「姊姊，妳做的香囊味道好香，上面的繡工也精緻，可惜沒有了。」

喬喜兒笑得燦爛。「放心吧，下回集市，我們還會來。」

收攤後，姊妹兩人興奮的數著錢袋子，她們將一百個銅板串成一串，共串了三串，還多出九個。

「天，妹妹，妳快掐我一把，我沒數錯吧，居然是三百零九文！」喬蓮兒都數了兩遍了，還想數第三遍。

喬喜兒笑著攔她。「姊，沒錯，就是這個數，我看著呢。」

喬喜兒從中拿出一串銅板給姊姊，她多拿一點因為還得支出成本，給姊姊三成收入也差不多了。

「妳這是做什麼？這生意是妳想的，姊姊只是幫忙，這錢不能要。」

「姊，拿著吧，就當給妳自己攢嫁妝。」

「不行。」

就在兩人推拒時，有個人影飛快的靠近，一把奪了她們手中的錢袋，跟上了風火輪一般溜走。

「不好。」喬喜兒臉色一變，率先反應過來，連忙追了出去。

喬蓮兒驚恐過後，也趕緊扯著嗓子喊道：「來人……來人啊，抓小偷啊！」

小偷跑得飛快，一路上跌跌撞撞，首飾攤的年輕小哥立馬追了過去，將小偷給撂倒在地上，其他眾人紛紛圍了過去，只見兩人扭打成一團。

這小偷顯然是有點身手的，沒幾下就占了上風，見來人還抱住他的腳不放，猛然抽出藏在靴子裡的刀舉起，一把就要刺下去。

喬喜兒尖叫一聲，衝過去要阻止時，就感覺到一股力量從她身後襲來，刀子瞬間被踢落在地。她回過神，看見將小偷擒住的人竟然是秦旭，他正瞇著眼睛看她，像是在嘲諷她的不自量力。

很快幾個巡邏的捕頭過來，將這小偷帶走，而秦旭則被人圍著，不住稱讚道謝著。

等人散去後，喬喜兒忙著打量年輕小哥的傷勢，見他鼻青臉腫的。「你、你還好吧？我幫你看看。」

「沒事。」年輕小哥有些沒面子，原本想幫姑娘搶回錢袋，沒想到自己都差點搭命進去。

「來，這個給你。」喬喜兒從袖子裡一掏，掏出了一瓶從福袋空間裡拿的跌打損傷藥，白玉般的瓷瓶，看著就挺精緻。

她也不知怎的袖子裡就有了，心隨意動，下意識往袖子裡一翻就找到了東西，大概她跟空間心有靈犀吧！

「我真的沒事。」

「必須拿著，回去記得上藥。」

兩人拉扯中，一道輕咳聲響起。

秦旭一直站在她身後，看見她專注在關心別的男人上頭，心裡突然有些不是滋味。明明是他搶回錢袋子的，她居然只顧著別的男人，真是莫名其妙。

他冷著臉，闊步從她身旁略過。

「咦，恩公，你怎麼走了？我還沒跟你道謝呢！」

年輕小哥在後頭急忙呼喚，喬喜兒趕緊追上去，喬蓮兒也回過神來，趕緊收拾攤位。

今天遇到的連環驚險，還真是比她這十幾年遇到的都還多。

喬喜兒快步跟上秦旭，就見前方的秦旭又突然停住腳步，她沒有設防，一個箭步衝過去，剛好撞到了他結實的後背，疼得她眼淚都出來了。

「你這個人……」喬喜兒揉了揉鼻子，跟這人真是八字不合。

秦旭嘴角噙著笑意，不知怎的，看著她出醜，他心裡就樂開花。

他這一笑，彷彿世間萬物都失去了顏色，就算只是身穿簡單的布衣，也難擋他的英姿。

周圍已經泛起了花癡的抽氣聲，喬喜兒眼神閃過短暫的驚豔後，就恢復了理智，上前一步，手對他一伸，道：「拿來。」

「什麼？」

「錢袋子啊。」

秦旭的臉瞬間又黑了，還以為是急得要向他道謝來著，這女人，果然死性難改！

他掂了掂錢袋，沉甸甸的，少說也有幾百文，沒好氣地問道：「這哪來的？勾引男人得來的？」

想起她剛才對別的男人噓寒問暖，著實刺眼得很，難怪成日嚷嚷著要和離，敢情是找到下家了？就剛才那個年輕小哥，長的是眉清目秀，但跟軟腳蝦有什麼區別？

想起她跟村裡的秀才好過一段，秦旭不禁擰眉，原來她喜歡這種類型的，嘖，這看人的眼光真是……

喬喜兒蹙著柳葉眉，沒好氣道：「你以為誰都跟你一樣愛招蜂引蝶？」說著伸手去搶。

「快給我！」

「這就是妳的態度？對自己相公橫眉冷眼，對別的男人溫柔關懷？」他人高馬大的，手臂一伸，任由她怎麼搶都搶不到，這就是身高優勢。

喬蓮兒拎著籃子，愣愣的站在一旁，眼睛都看直了，卻是不敢上前。

這兩口子，說話那麼尖利，可行為卻是在打情罵俏，實在看不出在幹麼，她還是等看看，別破壞小倆口培養感情。

不過剛剛那會兒，她臉色都嚇白了，若是因為這錢搭上了一條人命，這輩子都要有陰影了。妹夫有功夫底子就是不簡單，那打架的姿勢行雲流水，一氣呵成，今日幸好有他在，他們家老的老、弱的弱、殘的殘，若是妹夫一直都在，那該多好啊，以後還有誰敢欺負他們？

喬喜兒搶了半天也沒搶到，氣得拉過看戲的喬蓮兒，攔了一輛牛車就回去了。

回到家，沒想到秦旭還比她先一步回去。

兩人對望又是兩看兩相厭狀態，喬喜兒氣得推門進屋，將臥房的門鎖住。

喬蓮兒想要勸勸，就被秦旭塞了錢袋子，後者正準備進屋，就被喬蓮兒叫住了。

「妹夫，你別誤會，這個錢來路正當，是我們賣香囊掙來的。」說著生怕他不信，連忙拿家裡那些還沒做好的香囊雛形給他看，還有正在曬的香料呢，滿屋子的清香。

秦旭瞬間了然，同時也十分驚訝。「她居然會這個。」

會製香料、會分辨草藥，那她前些日子說的可以清除他的腦部瘀血和恢復他的內力也是可行的嗎？不對，他又不是第一天認識喬喜兒，這女人有多少本事，他豈會不知？肯定在使壞。

喬蓮兒提起自己的妹妹，那是一臉驕傲。「對啊，我也沒想到妹妹深藏不露，居然會這些。你可是沒看到她今日的表現，三十多個香囊，她半個時辰不到就賣光了，我從來沒想到出去一趟可以掙這麼多。」

秦旭不以為然。「瞎貓碰到死耗子。」

喬蓮兒給他搬來一條凳子。「你們都成親了，還有什麼疙瘩解不開的，好好過日子吧！喜兒心地善良，就是脾氣差了些、命數差了些，但那也不是她願意的，試問誰成天被外人指指點點不會性情大變的？」

秦旭抿了下薄唇。「那是說，她下藥用非常手段得到的相公，也是對的？」

喬蓮兒臉色瞬間變了，說話支吾起來。「這……只能說，你能來到我們家，或許就是緣分。」

「我們會和離的。」

「為什麼？你們小倆口相處得不是挺融洽的？」

秦旭不想跟她繼續說這個，索性起身離去。

喬喜兒近來性子是變了，但他相信本質不會變的，吃過她的虧，他不會再上當的，等和離之後，他自會找個名醫幫自己恢復記憶，治好內傷。

他有自己的路要走，兩人絕不會是一條道上的。

喬喜兒出了房間就看見喬蓮兒坐在門口發呆，手裡拿著錢袋，她詫異問道：「姊，錢袋子怎麼在妳手裡？」

她可是要了很久都沒要到，那男人心眼多還愛記仇，煩死了。

喬蓮兒笑道：「他沒妳想的那麼壞，剛主動給我的。」

想起這兩人各自都有和離的念頭，她心裡一陣嘆息，挺般配的一對，怎麼就不能好好過日子了？她都是成過一次親的人，還是搞不懂愛情，想起那個負心漢，當初饑荒逃過來時多可憐，到處求人收留，村裡人都怕惹事，不願搭理，倒是他們家心地善良，收留了他。

那負心漢當時勤快本分，還主動當上門女婿，騙了家人的信任，騙了她的身。結果沒多久就偷走了家裡僅有的錢，就這麼悄無聲息的走了，讓她成了棄婦，也讓原本就貧困的喬家更加悲慘。

喬蓮兒每回想到這兒，心都在滴血，或許她從來就看不懂男人，又怎麼勸妹妹？

「這樣啊，算他識相！」喬喜兒不知她的想法，只是笑盈盈道：「姊，這香囊有市場，咱們再多做點，像今天那個小哥挺不錯的，我們以後可以放點貨在他那兒賣。」

讓別人賺點差價沒關係，畢竟她們不可能天天上街擺攤。

「這不妥，妳以後還是少跟別的男人接觸，流言蜚語能傷人無形。」喬蓮兒想都不想就否定了。

喬喜兒也不想跟她爭論，現在得多做點香囊才是真本事。

「怕什麼，我行得端坐得正，姊，妳別把我當香餑餑，憑我這臭名聲，就沒有男人敢靠近我。」她還是開開心心的樣子，說完就走出門外，路過在院子裡劈柴的秦旭，兩人眸光對視，寫滿了複雜。

看著她路過，秦旭嘴角抽了抽，原以為這個女人有心悔改，看來是仗著自己的名聲還有恃無恐了。

「旭哥哥，你在砍柴嗎？瞧你流了這麼多汗，我來幫你擦擦。」

喬喜兒聽到這聲音，腳步一頓，不用想就知道是哪個小妖精登門了。

秦旭的臉凍得可以結冰。「滾。」

這些女人可真煩，一個個跟蜜蜂採花似的，老是在耳邊嗡嗡直叫。

老是守在院門外觀望的張翠一臉委屈。「旭哥哥，你怎麼對人家這麼凶？」說著兩顆淚珠就滾落下來，那小模樣楚楚可憐中充滿做作，不知道的人還以為怎麼被欺負了。

這種性格，還不如蠻橫跋扈的喬喜兒來得好處理，想到那個女人又是一陣火，秦旭臉色更冷了。「滾遠點。」

「那手帕給你，你自己擦汗。」張翠不依不饒。

秦旭冷冷地回道：「請自重。」說完索性放下斧頭，轉身就進了屋裡，剩下張翠尷尬的愣在原地。

這個男人的脾氣一如既往的冰冷，但她就是喜歡。

等著吧，她一定能得到秦旭的，只有恩情的姻緣是不會長久的。

喬喜兒不管秦旭的事，逕自出門去了王秀嫂子家，一路上都在思考，原主真是個傻瓜，愛情不是靠強求能挽留的，遇良人才成家，沒有遇到前，唯有發家致富才是正經。

「喜兒，妳來了。」

喬喜兒剛踏進門，王秀嫂子就熱情的招手。

她聽喬蓮兒說了，這香囊一搶而空了，這繡工簡單錢又多，若是長期下來，她們就能多一份收入。

喬喜兒心生了然。「王秀嫂子，這次要多做點，讓牛大娘也一起來。」

牛大娘是王秀嫂子的婆婆，再加上她姊三個人，五天能做上百個，先這樣，後期就看銷量，若是好賣，多招點人就是。

村裡的女人家成日也就繡繡手帕、做做鞋墊了，還有更好的女紅活兒，定是大把人在搶的。

「好，好。」王秀嫂子自然求之不得，拉著喬喜兒熱乎的聊了幾句，突然笑容就凝固了。

喬喜兒抬頭望去，就看見一亭亭玉立少女，插腰怒氣沖沖的進來。「好啊，妳們私底下接私活！」

這人不是別人，正是剛剛在秦旭那邊受挫的張翠。

她走進來，將裝有邊角料的籮筐踢得東倒西歪。「居然還用我家的布料，妳們真會占便宜。」

「這……」王秀嫂子跟牛大娘都傻眼了。可多一份工，不會影響交手帕啊。

喬喜兒冷笑。「什麼叫占便宜，多勞多得不行嗎？再說這些邊角料都是要丟掉的，能廢物利用，不是更有價值？」

「呵，能把占便宜說得這般清新脫俗，真是不要臉。」張翠好不容易逮住機會，定要數落她一通。

就是這個賤女人，纏著秦旭哥哥不放，要不然她早就得償所願。

「翠姑娘，妳息怒。我們也就頭一回用這料子，喜兒她會買布料的。」王秀嫂子聲音囁嚅道。「當初喬喜兒就說要自己買布，是她覺得這些邊角料能用就好，小姑娘剛開始做買賣，挺不容易的，能節省就節省。」

張翠兩手一攤，訕笑道：「我不管這麼多，妳們用了就是犯規了。現在我給妳們一個選擇，若是繼續幫她做事，那就斷了我家的手工活兒。」

就這些窮人，還想靠手藝翻身，作夢呢。

「這……」兩婆媳一臉為難。

倒是喬喜兒笑得張狂。「你們張家也就這手段了，行，我今兒個就把話撂在這兒了，我不僅會持續做香囊，不出半年，我的財富定能超過你們家。王秀嫂子、牛大娘，若妳們繼續幫我，我定不會虧待妳們，若妳們不幫，我也心存感激。」

張翠覺得好笑，這賤人還真是口出狂言，夢還沒醒呢！這十里八鄉，誰家的生意能超過他們家？他們家可是跟鎮上有密切來往的，真是癡人說夢。

「呵，這樣的笑話，妳們信嗎？好，我也讓妳們選，趕緊的。」張翠並不懼怕，反而得意洋洋，得罪了他們家，今後在這村裡也就混不下去了，這孰輕孰重，傻子也知。

王秀嫂子跟牛大娘互相低語，看了咄咄逼人的張翠一眼，又看了看滿臉誠摯的喬喜兒，咬牙做了決定。

這個張家仗著跟鎮上的繡莊往來，經常找名目剋扣她們的工錢，而喬喜兒以前雖名聲不好，但不知怎的，就覺得她這次是鳳凰涅槃，能成大事。

「好，既然你們張家這麼欺負人，那我們今後就不做了。」牛大娘跟媳婦想法一致。

喬喜兒驚呆了，其實她沒有多大把握說服這兩人。

張翠十分驚訝，一臉青白交錯，氣得跺腳。「好，妳們等著，別後悔！一會兒我就找人把這些活兒搬走。」

她氣惱的直接跑出去，跑得急了，在門檻邊上還絆了一跤，疼痛讓她更加惱怒，幾乎是罵罵咧咧地邊走的。

喬喜兒蹙眉，這樣的蠻不講理，張家能做大也是神了。

「王秀嫂子、牛大娘，感謝妳們的信任，今後有我一口飯吃，定不會讓妳們吃虧。」喬喜兒感激道。

「沒事，我們也是看不慣這張家的作風，太欺負人了。」王秀嫂子義憤填膺，這都欺負到了頭上，不蒸饅頭也要爭口氣。

「就是，喜兒，我們以後幫妳做，不管妳能不能做大做長久，都不怨妳。」牛大娘通情達理。

「謝謝妳們，我一定不會讓妳們失望。」有了她們的支持，喬喜兒彷彿有了堅硬的盔甲，更加信心十足。

從王家出來後，喬喜兒就往回走，半路上看見秦旭，嗯了一聲算是打招呼就擦肩而過。

後者則是盯著她的背影，又看了看王秀家。

秦旭的確是驚訝的，以前喬喜兒跟牛家可是有過節的，那會兒吵架村裡人都看著呢，這會兒倒是和好有來往了？

王秀嫂子一出來就看見路邊站了個高大個兒，仔細一瞧居然是秦旭，笑著打了聲招呼，還說了對喬喜兒刮目相看云云。

秦旭尷尬的點點頭，出來就是要找人的，現在人回去了，他也跟著回去。

到了家，聽見灶房裡有響動，噼哩啪啦的聲音傳來，秦旭看著那個十指不沾陽春水的女人又在做飯了，只不過她的手法不太熟練，切菜切得粗細不一，就連用打火石，都打了很多下才點燃火，但那個認真的樣子，看起來分外可愛。

他忍不住走進去。「我來幫妳生火。」

他走得近了，喬喜兒才發現，猛然嚇了一跳。「行，那你生火吧。」

這男人也真是，幫忙就幫忙吧，靠那麼近做什麼？

她不擅長廚藝，一個人本就是忙得手忙腳亂的，這有人幫忙求之不得，她就先專心將幾個菜都洗淨切好備用。

喬蓮兒從隔壁走過來。「喜兒，妳歇著吧，我來做飯。」

「好。」喬喜兒見有臺階下趕緊下，她不是偷懶，實在是廚藝差強人意。

姊姊的手法就熟練多了，她在旁邊打下手，很快就見幾樣小菜新鮮出爐。

紅燒茄子、酸辣土豆絲，還有一個蒸蛋，都是一些普通家常菜，但對他們來說已算比較好的伙食了。自從有了秦旭這個女婿在，家裡時不時的能開葷，昨兒個吃剩下的野雞肉還有一半，盛起來剛好一大碗公，這有菜有肉的，生活真有滋味。

爹娘還沒下地回家，三個人靜靜等待。

與此同時，喬家的老大喬松家也正是用飯時候，卻是鹹菜、糙米的難以下嚥——

看著閨女光吃飯，劉碧雲一個勁兒的往她碗裡放菜。「多吃點，看妳快瘦成豆芽菜了，不知道的還以為我這個親娘虐待妳。」
劉碧雲沒好氣的抱怨，看到坐在房裡床頭的男人沒怎麼動筷，又含沙射影道：「呵，虧你還是喬家唯一的男丁，你們家就這麼對你，瞧瞧咱們吃的什麼菜，他們那邊居然還能聞到肉香。」
喬松嗆到了，一張蒼白的臉都給咳紅了，他啞著聲音道：「都分家了，妳說這個幹麼？」
劉碧雲掀著眼皮譏諷。「就你窩囊，什麼都不計較，你是無所謂，可孩子還小，正是長身體的時候，你怎麼就不知道去要點肉？」
她氣得都快磨牙了，那個上門女婿，三天兩頭的打到獵物，家裡時不時聞到野雞湯的香氣，偶爾他們也會送些雞肉過來，可更多的時候，還不是在吃獨食？
若是喬喜兒在這兒，肯定會說大嫂冤枉啊，每回新鮮的雞湯都會分去一碗，這剩下的湯他們會一家子解決，畢竟都是熱過一道的，沒那麼新鮮，也不好意思再送。
喬松見媳婦抱怨，也沒有說話。這些話他都聽膩了，自顧自的扒飯，對她的話充耳不聞。
劉碧雲越發的生氣，真是恨不得掀了桌。嘴裡食之無味，偏偏那邊香氣撲鼻，越想越生氣，就開始罵罵咧咧。
在本家這邊的喬蓮兒顯然是聽到了，面露難色，趕緊拿了一個小碗將野雞湯分了分。

「喜兒，你們坐會兒，我給哥端過去。」

喬喜兒自告奮勇。「姊，還是讓我去送吧。」

若喬蓮兒不在，就她跟秦旭大眼瞪小眼的，那多尷尬？

端著雞湯，喬喜兒來到了大哥這邊，剛要邁入門檻，就聽見瓷碗破碎聲。

劉碧雲的聲音響聲震天。「你個窩囊廢！倒是說句話啊，合著這分家了，他們就什麼都不管了，他們自己吃香喝辣的，你倒是哼一聲啊！」

喬松還是不說話，只是臉色不太好看。

「嫂子，我這都來給妳送雞湯了，妳怎麼還在罵？」喬喜兒冷冷出聲，一雙美目掃過一地的狼藉。

大嫂脾氣還真是大，這麼欺負她哥，當喬家沒人了嗎？

劉碧雲剛剛就瞥見喬喜兒的人影，這會兒叫罵得更難聽，也就是為了讓她看見，好讓她回去反應情況，近來她對喬家是越發不滿，這過的是什麼日子？伺候殘廢那麼多年，什麼好處都沒撈到，她做牛做馬，天天累個半死，她容易嗎？

喬喜兒將雞湯端上桌，從櫥櫃拿個瓷碗把湯倒了一半，端進屋去。

一進房來，就能聞到一股惡臭味，房間裡髒兮兮的，透過昏暗的燭火，看到床上的被子居然都長毛了，好大一股霉味。

喬喜兒的眉頭皺得老高，盯著喬松那蒼白的臉使勁地瞅，總感覺哥哥被人虐待了，一股心酸直往上湧，可能是這身體的血緣關係在作祟。

她道：「哥，雞湯趁熱喝，若你不嫌棄是剩下的，以後老喬家有的，當然都有你一份。」

「不用。」喬松擺擺手，他不在乎這些，只不過看妹妹的眸光十分期待，他只好喝了那碗雞湯，心裡卻有了內疚感。

這都分家了，實在沒必要這樣。

「哥，這些年你都一直躺在床上嗎？」喬喜兒盯著他瞧，她在琢磨著，怎麼才能找個機會給哥看看腿。

喬松聲音淡淡。「妹妹，妳別替我操心了，我都習慣了，不礙事的。」

這十里八鄉的大夫，還有鎮上的大夫他都看過了，都說治不好。這些年，他也死心了。

看他那麼消極，喬喜兒也是心疼。「哥，對不起，若不是當初你為了救我，也不會弄成這樣，你放心，等妹妹掙到錢，一定給你治腿。」

喬松拍了拍妹妹的手，看她淚光閃閃。「傻丫頭，我是哥哥，定是要護著妳的，不怪妳，妳別難過。」

若是讓妹妹年紀輕輕的斷腿了，那她定是活不下去的。

「咳咳……」在外頭已享用完美味的劉碧雲，吧唧了一下嘴巴，端著水盆進來。「來，洗腳了。」

也不知劉碧雲是不是做給小姑看的，她輕柔扶著喬松轉過身，捲起褲腿給他洗腳。

喬喜兒看到那雙腿，肌肉萎縮嚴重，頓時眼中起霧氣。她琢磨這腿傷得厲害，若是要治難度很大，現在她也不好診斷，當務之急，還是得掙了錢，給哥買把輪椅，這樣至少出入方便點。

劉碧雲幫忙洗腳，嘴巴也沒閒著，她瞅了喬喜兒一眼，陰陽怪氣道：「裝什麼好人，當初若不是為了妳，我相公能成殘廢嗎？」

喬松猛然一驚。「好了！這都過去了，提這事做什麼？」

劉碧雲手一抖。「相公，我這不是為你打抱不平嗎？」

「沒什麼不平的，喜兒是我妹妹，這一切都是我心甘情願的，倒是這些年苦了妳……」喬松愧疚道。

「你還知道苦了我？可老喬家不知道，我就想借點錢開個鋪子，好攢錢給你治腿，可他們倒好，一毛不拔。」劉碧雲沒好氣道，對於老喬家的偏心，實在是窩火。

「大嫂，妳放心，哥哥的腿我定會想辦法治的，治療費我來出。」喬喜兒義正辭嚴的說完這話，就轉身走了。

「說得好聽。」劉碧雲對著她的背影吐了口水，眼珠子一轉又道：「我倒想起來了，這臭丫頭聽說會掙錢了，好像去賣什麼香囊的，難怪這麼硬氣。」

「妹妹倒是個聰明伶俐的。」喬松一臉欣慰，光有這份心，他也感動。

「洗好了，你早點歇息。」劉碧雲沒搭腔，給他擦乾腳上的水，端著盆子就出去了。

出去倒了水後，她罵罵咧咧的去了另一個房間，也不知這樣的日子什麼時候到頭，伺候這個殘廢也是夠了。

喬喜兒回去時，喬家的油燈都滅了，一片靜悄悄的。

古人晚上都睡得早，一是為了省油燈，二是也沒什麼娛樂活動。她輕手輕腳的推開房門進去，看了眼睡在地上草蓆的秦旭，將門輕輕合攏。

她這一整天從早累到晚，一沾到床就沈沈睡去，半夜迷迷糊糊中醒來一次，看著背著她的那個人，又是一陣恍惚。

再次醒來是被公雞的啼叫聲驚醒的，房裡早沒了那抹身影。

喬喜兒不由想笑，兩人雖同睡一個房間，但基本上沒有交流，這樣也好，省得互相看了尷尬。

她洗了把臉，吃了溫在鍋裡的早飯，就躲進福袋空間裡照料那兩畝草藥跟香料，長勢十分驚人，看樣子用不著幾天就可以收割了。

喬喜兒心裡美滋滋的，跑到空間木屋裡翻開那個藥箱，發現裡面的草藥又憑空多了幾種。

她仔細辨別，有補骨脂、伸筋草、獨活、續斷等等好幾種草藥，這些都是能活血止痛、舒筋通絡、清熱化濕，用於各種類型的骨頭壞死、行走困難等的草藥。

天啊，她不由得咋舌，敢情這個空間跟她心有靈犀，她需要什麼，這個藥箱就會出現什麼，這也太神奇了。

不過，這些草藥還不齊全，還得去採集，現在也不著急，還沒仔細檢查哥哥的腿，沒有相應的治療方案，還得慢慢來。而且一下子顯露自己會醫術，家裡人定會認為她鬼上身了，她也得暗中練一下身手才是，若是秦旭能當她的試驗品就好了，之後會更有說服力。

正沈思著，喬蓮兒的聲音在屋裡響起。「喜兒，妳在哪兒？」

幾乎是她推門的前一刻，喬喜兒才從空間裡出來。

此刻她坐在梳妝檯前，佯裝梳了下自己的頭髮，轉身問道：「二姊，妳怎麼來了？」

「我過來是想問問妳，妳決定這個香囊接下來要怎麼弄？真該多縫製些嗎？」喬蓮兒想著頭一回反應還挺好的，若這門生意可行，那以後吃穿就不用愁了。

喬喜兒點點頭，現在兩姊妹共同拚事業，很多事也沒必要瞞她，便將跟王家的合作內容講了下。

喬蓮兒聽說王家為了幫她們，竟然不做張家的手工活了，感到很詫異。

她咋舌。「沒想到張家這麼不講理，這分明就是公報私仇。」

那個張翠惦記著妹夫不是一天兩天了，全村人都知道，這樣一來沒有交集更好，對於王家的犧牲，她也感激涕零。

「姊，妳看著吧，只要我們好好努力，生意定能做得比張家好。」喬喜兒信心十足。她的金手指都還沒展示出來呢！現在不過是小試牛刀。

喬蓮兒沒什麼遠大理想，只是妹妹能這麼想，可見她的志向。「好，要怎麼做，姊姊都幫妳。」

「姊，謝謝妳。那我現在就去鎮上買些布料回來，這幾天我們就多做香囊，等集市再去賣。」

喬喜兒包了輛牛車，直接去了鎮上。

平時村裡的牛車幾乎不出村的，得等別村前往鎮上的牛車經過了，集合多些人一起前去，自己要想使用只得包一輛，也就是二、三十文錢，喬喜兒現在口袋裡裝的是自己賺的第一桶金，她覺得底氣十足。

果然不管在哪兒，有錢就有底氣。

到了鎮上，喬喜兒貨比三家，找到一家布料品質中等、價格也公道的，直接訂了好幾疋布，又找了家線繩鋪，買了些五顏六色的細繩，作為打底流蘇用，還有縫製的棉線以及針線包也都採購了些。

喬喜兒幾乎是空著荷包回來的，口袋裡僅剩的幾十文剛好夠包牛車，這創業資金不多，還不敢大手大腳，等翻幾番後，幹起事來才不會縮手縮腳。

製。

喬喜兒讓趕牛車的大爺把布疋運到喬蓮兒的那間茅草屋放。

姊妹倆分工明確，一人開始裁剪，一個動手縫製，忙得不亦樂乎。

幾疋色彩不一的布料，裁剪了一堆，喬喜兒抱一部分到王家去，還按照上回的樣式縫製。

她一回來就忙著曬製香料，這些香料在空間快速生長後，在空間處理過一次，再拿出去曬個兩、三天之後就能用了，若是少了空間這個金手指，那處理起來起碼得十天半個月。

好在姊姊喬蓮兒不懂藥理，並沒有懷疑這些工序，她獨自負責操作倒也方便。

兩姊妹就在屋裡折騰了一天，連飯都顧不得吃，喬石跟方菊回來時，發現飯也沒做，找喬喜兒找了半天，才發現這兩姊妹在專心縫製香囊，桌上已擺放了好多個成品，站在門口就能聞到濃郁的香味。

方菊看到眼前的情景有些驚呆，拉走湊過去看的喬石，兩人回灶房交頭接耳。

「這兩孩子在忙啊，我聽女婿說好像在做香囊掙錢，喜兒什麼時候會這個了？」

聽到方菊的疑問，喬石也發現了反常，一張老臉不知是喜還是欣慰。

「喜兒這孩子是真的變了，瞧瞧現在那麼勤快，還知道給家裡分擔活兒，至於做香囊，就任由她折騰吧，反正咱們給的嫁妝本就不多。」喬石有些愧疚。

「嗯，這樣挺好的。」方菊笑咪咪的，瞅見那屋裡的兩個閨女，眼底滿是慈愛。

到了晚上，一家人跟往常一樣吃了飯就洗洗入睡。

喬喜兒臨睡前被方菊拉到一邊好生交代。「喜兒，你們夫妻最近相處得如何？娘怎麼都聽不見你們這邊的動靜？」

這屋裡的隔音效果不是很好，她夜裡時不時出來走動，也沒聽到聲響，按理說年輕人火氣旺，總會弄出點聲音，這沒動靜才讓人奇怪。

任方菊怎麼想，都不會想到這兩人到現在都還沒圓房。

這話可把喬喜兒鬧了個大紅臉，想起秦旭對她無比厭惡的樣子，她也是沒心情的。

在親人面前，喬喜兒還是打哈哈道：「娘，妳在說什麼呢？怪讓女兒難為情的。」

看她羞答答的樣子，倒也不像夫妻不恩愛，但秦旭這孩子看起來有些奇怪。

她嘆了口氣。「妳啊，既然成親了，那就抓緊生個娃，好把相公拴住。」

這有了前女婿跑了的例子，方菊心裡也是後怕。當然她相信秦旭不是那種人，但有個娃娃還是有保障些。

「好了，娘，我知道了，妳早點歇息吧。」喬喜兒半推半哄的，才把這親娘給唬住了。

回到屋裡，卻發現秦旭還沒入睡。

此刻他側躺著，手托著下巴，眼神犀利的看著她。

「你那什麼眼神？」喬喜兒搓了搓快起雞皮疙瘩的手臂。

秦旭目光直視，他發現喬喜兒其實是紙老虎，在他冰冷探究的眸光中很容易敗下陣來，這實在有趣。

「妳想跟我圓房？」他語不驚人死不休。

「呸，想什麼呢？」喬喜兒一臉嫌棄，她又不是花癡，看見美男就想撲上去？這沒有感情基礎，若行那事，跟動物有什麼區別？

「呵，欲擒故縱。」秦旭掀了掀眼皮子，就知道這女人詭計多端，這陣子看起來規規矩矩，指不定是在醞釀陰謀。

「信不信由你，你等著，用不了多久，我就可以休了你。」喬喜兒迎向他深沈的眸光，加重了語氣。「你記住，是我要休了你！」

和離什麼的都太溫和了，只有休棄他才能消她的怒火。

秦旭自然不信她的話，只當她在玩新把戲。當初這樁姻緣，可是她費心算計得來的。

「虛張聲勢。」他冷哼一聲，有點心煩的轉身捲起被子，將自己包裹住，心裡有點亂，有種說不清道不明的感覺。

他忍不住又轉過身來，看見喬喜兒睡在床邊，被角下滑一半，她的半截褲腳捲起來，露出凝脂般的肌膚，她的睫毛一顫一顫的，像是剛睡著沒多久。

眼看著被子快要掉在地上，他下意識的伸手提了起來，這一動靜，立馬驚醒了剛淺睡的喬喜兒。

她眼底的睏意一掃而光，透過窗外皎潔的月光，才看見秦旭坐在床邊，十分警惕。「你要做什麼？」

秦旭雲淡風輕。「妳放心，我對妳沒興趣。」言語間有嘲諷意味。

喬喜兒揉了揉眼睛瞪他。「彼此彼此，這些天我也想通了，勉強求來的幸福不會長久，我現在不會鑽牛角尖。」

秦旭臉上的陰沈並未真正散去，他不知喬喜兒一再強調這一點是什麼原因，但不得不說，他對她的厭惡逐漸在減少中。

「對了，妳上回說能治我的腦袋瘀血和內力，是真的？」

這幾天他的腦袋隱隱脹痛，好似真有瘀血在裡面，封存的記憶，讓他找不出蛛絲馬跡。

「腦袋的瘀血需要施針慢慢的化開，至於武功內力，需要打通經脈，兩者之間同理。」喬喜兒道。

「究竟是何人教妳的醫術？」

「自然是隱姓埋名的高人。」

秦旭眸色深沈，顯然在考究她話裡的真假。「真是這樣？」

「信不信由你。」

秦旭是有所懷疑的，但轉念一想，他認識喬喜兒不過個把月時間，或許她以前有什麼機緣也說不定。

他道：「好，暫且信妳一回，從今兒個開始，就讓妳幫我治療。」

喬喜兒嘴角抽了抽，這人也太霸道了，說治療就治療，也沒有徵求她同意，反而是防賊一般的測試了半天。

原本是想生氣的，可轉念一想，這不就是免費的「小白鼠」？

「行。」

秦旭驚訝她的痛快，瞇著眼睛俯身看她。「警告妳，妳最好別耍花樣。」說著他人就重新回到了蓆子上，將被子往身上一拉。「好了，時辰不早了，早點歇息。」

喬喜兒看了眼窗外的夜色，明月正懸掛在天邊，她原本就睏，這會兒挨著被子又很快就沈沈睡去。

第四章

隔日一早，醒來後，就見喬蓮兒在床邊叫喚。「太陽都曬屁股了，妹妹妳還沒起來？」難得她起得這麼晚，早上還聽娘親說昨晚房間有動靜，她不禁想入非非，難不成這兩人……

喬喜兒一看姊姊一臉曖昧的笑，就知道她想歪了，伸出自己的手晃了下胳膊。「姊，妳瞧這東西還在呢。」

那明晃晃的硃砂，像是在嘲笑喬蓮兒，後者臉一紅。「妹妹妳……哎！」又白高興一場。

等喬喜兒洗漱吃了早飯，兩姊妹準備去做香囊，就見大哥的閨女寶丫哭著跑過來。「二姑、三姑，妳們趕緊過來看。」

喬蓮兒看著小丫頭哭得上氣不接下氣，忙問道：「寶丫怎麼了？慢慢說。」

寶丫一把鼻涕一把淚。「爹跟娘剛剛吵架了，娘氣得甩門走了，爹急得想要追出去，從床上摔下來……」

喬蓮兒嘆息一聲，這哥哥嫂子怎麼三天兩頭的吵架？以前這日子也是這樣過的，怎麼就甩門走了？想到哥哥那雙腿，她趕緊跑過去看，喬喜兒也著急的跟上去。

喬松的房間裡亂作一團，在地上蠕動的身影居然是喬松，喬喜兒跟喬蓮兒兩人費了好大力氣才將人給抬回床上。

喬喜兒將人按住，乘機把了一下脈，氣息挺紊亂的，看來急火攻心了。

「哥，嫂子呢？」

喬松一臉頹然。「是我沒用，氣跑了她，她回娘家了。」

「哥，你這腿傷不是一天兩天了，嫂子從前伺候得好好的，最近怎麼就沈不住氣了，你們有別的矛盾嗎？」

看他這樣子還沒吃早飯呢，喬喜兒叫喬蓮兒去做點早飯來，至於寶丫，怕孩子小受到驚嚇，便讓她去院子裡玩會兒。

屋裡沒有外人，喬喜兒捲起他的褲腿，給他仔細檢查一番，手指按壓他萎縮的腿，試探他的反應。

「有點疼。」喬松下意識道，看著妹妹關心的模樣，他也沒隱瞞。「妳嫂子一門心思想弄個鋪子，這些年是我拖累了她。」

「嫂子也真是的，家裡這麼窮她不是不知道，再鬧喬家也變不出銀子來。」喬喜兒嘴上這般說著，心思卻隱隱竊喜。

哥哥的腿有知覺，那就有救，經常泡藥草，加上銀針施展，再配上內服的藥，後面療效好的話，很可能還可以站起來。

「她也是好心為我著想，只是我這腿……」

這些年劉碧雲對他雖呼來喚去，但也一直照顧他，這開鋪子也是為了掙錢給他治腿，他只怪自己沒用，不能給媳婦、閨女好的生活。

喬喜兒道：「哥，你的腿是我害的，我定會讓你重新站起來。嫂子現在在氣頭上，還是讓她冷靜幾天，氣消了她自然會回來的。」

「說得也是。」喬松也絕了追過去的心思，妹妹這麼說只當她有那份心。

喬喜兒安撫了幾句，等喬蓮兒端著早飯進來，她也就出去了。

秦旭剛從山上回來，手裡拎著幾隻野兔，剛才她在給喬松按壓腿的那些小舉動，他也看在眼裡，忍不住跟在她後頭問：「喬松的腿能治嗎？」

「能治，就是會費點時間。」喬喜兒瞥了他一眼，心想真是多管閒事，能不能治，這是他們喬家的事，而眼前這個男人，她向來只當外人。

秦旭看著她胸有成竹的樣子，不知怎的挺想相信的，他怔怔的看著她。「若有需要幫忙的地方，儘管說。」

「銀子。」喬喜兒隨口道，眼下到處缺銀子，她還是趕緊去縫製香囊好了。現在農閒，讓娘親也幫忙，這多一個人，就多一些數量。

「妳放心，銀子我會掙的。」秦旭說得十分有擔當，很有頂梁柱的責任樣。

「呵，你那點錢，杯水車薪。」喬喜兒還不放在眼裡。

「……」秦旭嘴角抽了抽，這丫頭好大的口氣，他這是能力被質疑了。

看著她回屋去忙那些香料，那認真又嫻熟的樣子讓他有些佩服，不過他是不會承認她的能力的。

「你別杵在這兒了，去忙你的。」喬喜兒做事，不喜歡被人打擾。

秦旭眸色微變。「妳放心，我會加倍打獵的。」

喬喜兒頓了頓，看著他。「也好，你早點還清藥錢，報完你的恩，趕緊離開。」

他的心思，她看得明明白白。

秦旭不作聲，眉心蹙起，眸子也冷了幾分。

「怎麼，我有說錯？」

「沒有。」秦旭眼裡的光更冷了，沈著一張臉出去了。

「擺臉色給誰看呢？是你自己迫不及待想離開。」喬喜兒衝著他的背影喊，見他腳步頓了下，顯然是聽到了。

嘿，這男人脾氣還挺大的，反正，她找相公定要找滿眼都是她的男人，這樣冷冰冰的可不是她的菜。

方菊遠遠地在院子裡晾衣服，一直在偷偷瞄著女兒跟女婿的互動，也不知他們感情到哪一步了，這大胖小子到底什麼時候能造出來？喜兒的身體肯定是沒問題的，大補的野雞湯經常燉著吃著，臉色也很紅潤，那女婿呢？

她想著，她剛跟喬石成親那會兒，兩人可勁兒折騰，尤其是孩子他爹，每晚就像用不完的力氣，才一個月她就懷上了……

「娘，妳站在那兒做甚？」

突然的清脆聲，讓方菊整個人渾身一震，這會兒走神了，連衣服的水滴到了鞋子上也恍若不知。

她笑咪咪道：「喜兒，女婿剛不是還在嗎？怎麼又走了？」

喬喜兒氣呼呼道：「不知道，可能又上山去了！」

方菊又是心疼又是欣慰。「這女婿也太能幹了，自從有了他之後，咱們經常能喝上肉湯，日子也過得比之前順。」

喬喜兒歪著腦袋想，敢情這秦旭還能旺妻不成？

她搖了搖頭。「娘，別說他了，妳若是忙完了，趕緊幫我縫製香囊。」

方菊一聽到要幫忙縫製，眼睛亮了亮，晾好衣服就過來了。

「喜兒，這香囊還真有人要啊。」

「娘，妳不信我，總能相信二姊吧？這些可都是她親手縫製的，我只是幫忙裝香料。」

喬喜兒又道：「還有王秀嫂子跟牛大娘也在幫忙，我琢磨著人手可能還不夠，之後還得多找幾個婦子一起做。」

「啊？還需要人手，那得付多少工錢？」方菊一副肉疼的樣子，村裡就那麼大，發生點什麼事大家都知道，王家為了接這香囊的活兒，把繡手帕的活兒都給丟了，他們家要是再請人手，恐怕人家也只能幹這獨家活兒，這工錢是少不了的。

「娘，這是小事，別擔心，到時候再說就好。來，妳坐這兒，妳針線活兒好，這圖案就隨意發揮，想繡什麼就繡什麼。」喬喜兒說完就要出去，被方菊喚住。

「喜兒，妳能想到掙錢的法子，娘很欣慰，但妳都成家了，現在最重要的是生孩子呀。」方菊道。

喬喜兒頭疼的扶額，就知道她每回跟秦旭同框被母親看見後就沒好事，三句話不離這個。

她無奈的擺手。「娘，這要順其自然，與其妳追著我問，不如妳問問秦旭？」

她把這皮球踢出去，最好是讓母親去煩他，誰知方菊腦洞大開，竟想到別的地方去了。

她瞪大眼睛，不可思議的叫苦連天。「天啊！我苦命的喜兒，該不會是女婿『不行』吧？」

「噗……」喬喜兒差點被自己的口水給嗆死。

「啊，啥意思，他到底行不行啊？」方菊急得跟熱鍋上的螞蟻似的，她一直催著閨女，倒沒想到是女婿這邊的問題。

這若是不行的話，得趕緊找個大夫看看，這有病就要趕緊醫治，都還年輕啊，醫好了再要孩子還來得及。

喬喜兒眼珠子一轉，突然覺得這是個很好的擋箭牌，被催生的滋味不太好受。她道：「娘，其實……他好像真有那方面的障礙，妳看，我這顆硃砂還在呢？」

當方菊看到那明晃晃的硃砂，差點沒暈過去。

天啊！地啊！她的喜兒怎麼那麼命苦，好不容易找到了個相公，居然是個不舉！這下她什麼都明白了，虧這個傻孩子還一直瞞著她……

「喜兒！我苦命的喜兒！沒事的，既然有問題就告訴娘沒關係，娘儘快給找個大夫看看。」方菊眼淚都快出來了，抓著喬喜兒的手十分激動。

喬喜兒嘴角抽抽，感覺這個玩笑開大了，但事已至此，唯有睜眼睛說瞎話。「娘，千萬不要提，這男人都是要面子的，尤其是上門女婿，他的心更為脆弱，娘若是不想他跟前姊夫一樣跑了，千萬要把這話爛在肚裡。」

「這、這……妳說妳這孩子怎麼那麼命苦……」

方菊還在無限傷心感慨，喬喜兒已經乘機溜走，她準備去王秀嫂子家看看香囊的進展。

來到王家院子外，就見到張翠先她一步進去。

王秀嫂子跟牛大娘這會兒正在專心縫製香囊，沒那些規矩束縛，她們更能發揮自己所長。王秀嫂子一邊繡，一邊盤算著這一天下來的工錢，比繡手帕強多了，這次喬喜兒買了那麼多布疋還有線繩，顯然是要大幹一場，她這寶沒押錯……

就在這時，眼前出現了一雙繡花鞋，順著裙襬往上移動，就看見那張不可一世的臉。

「這繡的什麼東西，也太簡單了，難怪妳會接這活兒。」

見張翠來了，王秀嫂子錯愕。「張姑娘，既然我們家不再繡手帕了，我怎麼繡跟妳沒關係吧？」

繡娘最怕這些不懂的人對她們的繡工指手畫腳，讓她們越繡越懷疑自己，不像喬喜兒讓她們隨意發揮。

張翠過來是看她們跪地求饒的，冷不防被激了下，眼底掠過一絲冷意。這對婆媳還真在幫喬喜兒做事了，瞧瞧繡得挺起勁的，一點後悔之意都沒有。

喬喜兒能幹什麼正經事？好，她就等著看她們笑話！

「好，妳們別後悔，我看妳們能得意多久！」張翠撂下狠話後，轉身就走，走的時候還跟喬喜兒撞了下。

四目相對，分外眼紅。

「瞎了妳的眼，走路不看路的？」喬喜兒故意罵她，看她生氣的樣子還挺好玩的。

她越是覺得所有人都得討好她，可她喬喜兒越是偏不，敢惦記她的便宜相公，她會讓她知道花兒為什麼這樣紅。

「喬喜兒，妳、妳活膩了，居然敢罵我？」張翠一臉不可置信。

喬喜兒斜眼看她，怎麼了？有錢就能在村裡橫行霸道了？但在她這裡是行不通的。

「我就敢了，你們張家是有錢，但各人賺各人的，井水不犯河水，憑什麼妳又來這兒耀武揚威，我們拿妳工錢了嗎？妳請吧！」說著，喬喜兒一把攥著她手臂，將她往外拖，生怕她晚一步走，就會影響這裡的空氣。

「妳、妳簡直是個潑婦，秦旭真可憐。」被拉到院子外，張翠手臂一得到自由，人趕緊跑開幾步遠。「喬喜兒，妳給我等著，我不會讓妳好過的！」

「儘管放馬過來，誰怕誰啊？」喬喜兒衝著她比劃一個朝下的大拇指。

屋裡的婆媳兩人看到這幕都驚呆了，這喬喜兒還真是彪悍，以前她是蠻不講理的那種，但現在就連罵人都有條有理，還真是變化大。

「喜兒，這張家不是好惹的，她今天在妳這兒吃了虧，日後定要找妳麻煩，當心點。」王秀嫂子心有餘悸。

喬喜兒看她發自內心的關心，笑得很甜。「多謝嫂子提醒，沒事的，我來看妳繡得如何了。」

「還不錯，進來看看，都在那兒……對了，妳是不是還缺人？缺人的話我可以幫妳叫人……」王秀嫂子看出她意思，笑著比劃了下籮筐，裡面放著繡好的成品。

喬喜兒眼睛亮了亮，這些圖案對比上次的更加生動，這嶄新布料繡出來的就是不同，不像碎布條做得有些掉價，那這樣的話，她每個香囊都要提價兩、三文錢。

「呃，人手的話，等這次集市過後看看效果，可能就得找了，王秀嫂子可以提前物色一下。」

喬喜兒沒待多久，看了看成品，確定沒什麼問題便又回家了。

回到家之後，看到方菊正在灶房裡做午飯，這會兒在清理秦旭拎回來的幾條魚，準備一會兒做兩份魚湯，給喬松送過去一份，再炒個青菜、蒸個蛋，一頓還算豐富的午飯就上桌了。

魚湯完成之後，方菊將其中一碗魚湯端過去給兒子，喊了半天，都不見劉碧雲出來拿，一問才知道兩人吵架了，那媳婦已經氣得回娘家了。

她沈著臉回來，喬喜兒看她臉色不對勁，將碗筷擺上桌後問：「娘，妳怎麼了？」

「妳嫂子又回娘家了。」

這會兒吃飯的人都到齊了，喬喜兒邊招呼他們坐下，邊道：「娘，這夫妻倆吵架正常，嫂子回娘家冷靜幾天就會回來的，妳別放在心上。」

家裡人都在，吃飯要緊，方菊就沒繼續這個話題，不過等吃完飯，她越想越不對勁，拉著喬喜兒道：「喜兒，我在想妳嫂子一定是因為上次我們不出錢開鋪子而生氣的，說到底她出發點是好的，一心為了松兒，我們是不是再去借點銀子回來才好？」

「娘，咱們也沒惹她，出錢這事也是心有餘而力不足，家裡還欠著債呢！再說她嫁過來的那會兒就知道大哥是個殘疾，現在這麼著急，反而顯得刻意。」喬喜兒覺得這嫂子的心思沒有表面上看的那麼簡單。

方菊笑了笑。「妳啊，想得複雜了，妳嫂子不是那種人。」

「娘，我絕對沒有多想。」喬喜兒可是活了三十歲的剩女醫生，在醫院那種複雜的地方，什麼人情冷暖沒見過？「人心隔肚皮，咱害人之心不可有，防人之心不可無，我們再看看吧。」

「這樣嗎……好吧！妳呀，我家喜兒真是個小機靈鬼，越來越厲害了。算了，就等她氣消了再說，這幾天，我來照顧松兒。」方菊覺得她說得也有理，也就笑著點點頭。

「娘，妳的福氣在後頭呢！我一定會孝順妳的。」喬喜兒一臉驕傲，也算是給她提個醒。

「行行行，我就等著享你們倆的福。」方菊笑著附和，隨即想到秦旭那事，臉上的笑容唰地不見了，一抹愁緒上心頭。

喬喜兒見情況不對，趕緊找了個藉口溜走。

一天過去了，夕陽西下，家家戶戶房頂上的煙囪炊煙裊裊。喬家吃完飯後，方菊在洗碗，喬喜兒準備打點水洗洗身子，一舀葫蘆瓢，發現水缸裡的水都快見底了。

「娘，我去挑點水回來。」喬喜兒順手撈起門後的一根扁擔，挑了兩個空桶就出去了。

「噯……」方菊還沒說話，就看見她走遠了，不由嘆氣，這丫頭力氣那麼小，能挑水嗎？她趕緊喊了女婿去幫忙。「女婿，你過去幫喜兒挑水。」

秦旭點點頭跟了上去。

村子裡漆黑一片，家家戶戶透出的微弱油燈就是指路明燈，喬喜兒沒幾步就到了村口的水井旁，她搖著井轆轤，手腳麻利的打了兩桶水，正要挑起時，感覺到不遠處的大槐樹下有人影在晃。

誰啊？大晚上裝神弄鬼的！湊近一看，發現有兩抹身影重疊在一塊兒。

此刻，大槐樹下，被杜啟明親得暈頭轉向的喬珠兒，氣已消了一大半，她捏著粉拳捶他。「這麼多天了你也不來見我，在忙啥呢？你娘也真是的，也不准我進門找你。」

杜啟明一雙眸子在黑夜裡幽深得發亮。「馬上就要進京趕考了，自然是忙著看書。」

喬珠兒噘著嘴兒。「你要進京了，那更應該讓我見見了，你娘她是不是不喜歡我？」

想起那未來的婆婆，對她總是不冷不熱的，也不知是什麼意思。

「好了，珠兒，我這幾天就挑個日子把這門親事訂下，免得妳多想。等我從京城回來後就正式迎娶妳，妳看如何？」

喬珠兒羞答答的點頭，沒想到杜啟明這麼快就決定了，感動之餘，又忙著獻吻。

看這兩人旁若無人的又親了起來，喬喜兒被吃了一波狗糧，臉蛋臊得慌。

看來她是沒什麼女人味，當初跟杜啟明相處的時候，對方別說親她了，牽小手都沒有。倒是喬珠兒長得端莊，又像個閨秀，暗地裡卻放得開，大約男人都是喜歡這種的。

怕看多了長針眼，喬喜兒趕緊挑了水要回去，走得太急，一下撞到了一堵「牆」上！只是這牆怎麼那麼奇怪？憑空冒出來，還挺結實的……

「妳摸夠了沒？」秦旭倒吸了一口氣。

他眼力好，即便是漆黑的夜裡，照樣能看得清那棵樹後的情景，這女人也真大膽，居然偷看別人親熱，也不怕長針眼。

「你、你怎麼來了？」被人抓包，喬喜兒有些心虛，瞧他那鄙夷的眼神，肯定又想歪了。

得了，反正他對她印象本來就不好了，他愛咋咋地，懂她的人不需要解釋，不懂的她懶得解釋。

「妳娘喊我幫妳挑水。」秦旭說著，穩當的挑起兩桶水，見她還杵在原地，又道：「怎麼不走，還沒看夠？」

「你……」這個人還真是，處處挑她的刺，一天不挑閒得慌，她若是知道這裡有對野鴛鴦，說什麼也不會來的。

兩人在這兒爭論，自然驚醒了那對私會的情人。

喬珠兒紅著臉從樹下走了出來，像隻受驚的小動物。「喬喜兒，妳還真是沒羞沒臊，居然偷看，妳還要不要臉了？」

杜啟明眉頭微微蹙起，眸子裡閃過不悅。

喬喜兒暗嘆一口氣，她都選擇低調離去了，這兩人還要高調，那只好如他們所願了。

將他們上下打量了一下，她不鹹不淡道：「喬珠兒，妳說話要憑良心，現在跟人幽會的是妳，妳一個未出閣的姑娘跟人親熱也不選個僻靜的地方，還怪別人偷看？我過來打水而已，我可是光明正大的。」

喬珠兒氣得臉更紅了，跺了跺腳，求救的看著一旁男人。「啟明，你看她，什麼話都說得出來，不知羞恥！」她若是出去亂說，那他們兩人的名聲還要不要了？村裡的那些唾沫星子能將人淹死。

杜啟明上前一步，警告的眼神凌厲掃過她的臉。「喬喜兒，若妳敢在外亂說話，別怪我不客氣。」

喬喜兒胸膛有火焰在燃燒。這兩人也太無理取鬧了，枉他們一個裝大家閨秀、一個裝知書達禮，這書都讀到狗肚子裡去了，想起原主還跟這秀才處過一段時間，她就覺得膈應！

她冷笑。「怎麼了，嘴長在我身上，我還不能說了？當初你們不也這樣敗壞我名聲嗎？」

「妳……」

杜啟明怔了下，這個喬喜兒還真是越來越難纏了，容貌跟以前一樣水靈，伶牙俐齒倒跟原來不同了。看來娘說得對，這喬喜兒就是個剋星，他之前再喜歡也消化不了，他可是要考仕途的人，必須要有福星才能步步高升。

「你什麼你？再惹本姑娘，就把你們的醜事給抖出來。看什麼看？還不趕緊讓開？」喬喜兒跟個小霸王一樣，故意從他們身邊擦肩而過，還不忘翻了個白眼。

杜啟明被氣得攥住她的胳膊。「喬喜兒，妳別太過分。」

「放開你的爪子。」喬喜兒眼神跟把利刀似的，在他手上瞄了瞄。

「我就不放，妳給我道歉！」杜啟明就不信治不了她。

他是先放棄了她沒錯，但看她那麼快就成親了，他心裡也是不爽的，這個女人說到底也沒那麼癡情。

就在杜啟明走神的空檔，突然感覺眼前一片陰影罩下，聽見啪的一聲，臉上挨了記響亮耳光，他整個人都懵了，喬喜兒竟敢打他，他反手就想一巴掌過去，卻被另一隻手給箝制住了。

秦旭板著臉，聲音帶著殺氣。「想打我的女人，也不看看我同不同意？」

這樣的霸道有力，直接秒殺了他。杜啟明怔在原地不敢動，喬珠兒更是看傻了眼。

有人罩著，喬喜兒得瑟的衝他扮鬼臉。「百無一用是書生，來打我呀！」

說完，她趕緊跑了，留秦旭在後頭挑著水跟著。

直到跑回家，喬喜兒這才鬆了口氣。

秦旭將一桶水倒入水缸，另一桶水則是倒入鐵鍋裡，看她這小人得志的樣子，不禁抽了抽嘴角。「妳還知道怕，剛不是挺大膽的？」

這女人挺有個性的，昔日舊愛說不要就不要了，居然還敢揮巴掌打男人，這讓秦旭刷新對她的認知。

「我大膽？因為你在啊！」喬喜兒頗為自信。她算是看出來了，這秦旭雖不待見她，但總會看在她爹的面子上，給她幾分薄面。

「行了，時辰不早了，我燒水，妳趕緊洗洗進房間吧。」秦旭知道她愛乾淨，隔三差五的就會洗洗。

他熟練的燒開了一鍋熱水，幫她搬來浴桶，順勢將門給帶上，人就回房間了。

喬喜兒看著準備好的一切，心想這秦旭是中邪了吧？怎麼今天人這麼好？她沒多想，拿了換洗衣物，開始洗刷刷。

等待過程中，秦旭心急火燎的，明明灶房跟房間相隔那麼遠，但他耳力好，隱隱能聽到陣陣撩水聲，這個女人還真是不省心，洗個澡也不忘勾引他。

正走神，就聽見門吱呀一聲被推開，一抹倩影走了進來，空氣中飄散著清香。

喬喜兒穿著一身月牙色寢衣，一頭黑髮披散下來，看起來溫柔許多。

「你、你怎麼坐在這兒？還不睡覺去？」喬喜兒看到他坐在她的床邊，不由擰眉。

這人一副等著侍寢的樣子是幹麼？

秦旭不知她心裡想法，只道：「不是說好了給我治療腦中的瘀血，妳忘了？」

「哦！」喬喜兒恍然大悟，為她剛才的想歪而鄙視自己。「你放心，答應給你治療就一定會治療，只是這幾天還需要準備東西，得給你買個藥浴桶、煎藥的爐子以及藥罐，還得配製藥草等等。」

空間裡的藥箱雖會出現藥草，但不是那麼齊全，等這次集市過了，差不多就能準備妥當。

秦旭見她說得挺像那麼回事，看來是真的為他的傷上心。

「好，那妳趕緊準備。」

「知道了。」喬喜兒翻了翻白眼，她才是大夫，這廝一副命令的口氣是怎麼回事？算了，看在今晚他出手的分上，就不跟他一般計較。

很快，油燈熄滅，各睡各的，又是一夜相安無事。

次日一早，喬喜兒剛起床出房間，就見喬蓮兒跟方菊在一起縫製香囊。

她揉了揉眼睛。「姊、娘，妳們這也起得太早了吧？」

這香囊就算能掙錢，也不用這麼拚吧？

方菊見她起來了，忙給她熱了熱早飯，笑著看她。「來，閨女，吃早飯。」

這會兒農閒，她又不下地，肯定要找點活兒幹。

「多謝娘。」

喬喜兒剛吃了幾口，就見睡眼惺忪的寶丫搖搖晃晃過來了。

小姑娘看起來剛睡醒，看見了她，便軟糯糯的喊：「姑姑。」

「寶丫，妳是剛起來嗎？」見她點點頭，喬喜兒趕緊打了盆水，給她洗了把臉，盛了一碗米粥讓她一塊兒吃。

小姑娘吃得十分香甜，時不時看著她問：「喜兒姑姑，娘親什麼時候能回來？」

她想娘親了，昨晚是挨著爹爹睡的，一個晚上都沒睡好，還得照顧爹爹，給他倒水、拿尿壺等。

「這個麼，應該幾天就回來了。」喬喜兒隨口道，心想這嫂子也是心大，妳吵架歸吵架，至少也要把孩子給帶回去啊，這就撒手不管了。

「好，姑姑說的話肯定是對的。」寶丫立馬笑了，大口吃著米粥，這樣滿足的小模樣，可把喬喜兒逗得哈哈大笑。

小姑娘不過五歲多，還挺懂事的，由於長期的營養不良，長得黑瘦，衣服也打了補丁，喬喜兒心想這劉碧雲還真是不會疼孩子，小姑娘家家再窮也要收拾一下。她突然覺得自己很幸運，在這個封建社會，可是非常重男輕女的，但喬家就不會，她爹娘雖然窮，也會把好吃好穿的省給自己和姊姊。

得了，喬家就只有一個小孫女，等她掙了錢，定要給這孩子養得白白胖胖的。

飯後，她帶著寶丫玩了會兒，小孩子就是自然熟，更何況她們是姑姪。

倒是方菊看了連連叫奇。「這喜兒還真是跟從前不同了，她以前最討厭孩子了，老說寶丫愛哭愛鬧，不願搭理。」

喬蓮兒捂嘴笑。「娘，虧妳還是過來人呢，這女人成了親，可不就長大了？她肯定是想要孩子了。」

喬蓮兒跟方菊獲得的訊息不同，畢竟是兩姊妹，年紀相仿，有什麼事都是實打實的說，能引起共鳴。

她知道喬喜兒是變好了，是想要過日子的，只是這秦旭心還未定，心裡還記恨著妹妹。

方菊則是嘆氣，喜兒變好了是好事，可秦旭有那方面的毛病不能生，可真是愁人，事關女婿的面子，她也不好跟大女兒訴苦。

「嗯。」母女倆就這樣各想各的。

喬喜兒不知自己剛被談論了，這會兒帶著寶丫過來，拿了個鯉魚圖案的香囊給她。「寶丫，妳聞聞，這香不香？」

「哇，好香啊，姑姑，這裡面裝了什麼？」寶丫一臉的天真無邪。

以前她就渴望跟喬喜兒玩，但姑姑總是一副愛理不理的樣子，她還以為姑姑不喜歡她呢。

喬喜兒摸著她的腦袋，十分有耐心地說：「這裡面裝了艾草、薰衣草、天竺葵等，這天氣開始熱了，寶丫戴著它就不怕被蚊蟲叮咬了。」

「真的啊，這麼神奇。」寶丫寶貝的拿著，笑著露出兩排小缺牙，十分天真可愛。

「當然。」喬喜兒一臉認真。

寶丫看她將藥材一點點裝進剛繡好的香囊裡，也挺簡單的，便自告奮勇道：「姑姑，我來幫妳裝。」

「真乖，寶丫會幫姑姑幹活了，趕明兒給妳買糖吃。」

幾個女人家其樂融融的度過了一上午，到了飯點，方菊過去灶房忙活，一上午不見的秦旭，這會兒拎著兩隻野雞回來。

喬喜兒瞧著還撲騰著呢，這秦旭還真是不簡單，每回上山，幾乎沒有空手回來過。

「姑父好厲害啊。」寶丫小跑著過來，看著色彩斑斕的野雞，對著秦旭一臉崇拜地說。

這是又有雞肉吃了吧！寶丫美滋滋的想。

被一個小丫頭誇獎了，秦旭有些不自在。他不喜歡孩子，覺得太鬧騰，也不知怎麼去互動，聲音冷冰冰，話是對喬喜兒說的。「這兩隻野雞留著給妳跟妳哥補補身體。」

「行。」喬喜兒驚訝他的大方。

「嗯，我這段時間跑的都是近山，收穫也不多，明兒個我想去深山碰碰運氣，中午就不回來吃飯了。」秦旭語氣極淡。

「喔，那你自個兒小心點。」喬喜兒也懶得勸他，這男人想早點離開，隨他吧。他雖內力沒有了，但功夫底子還在，也不擔心他會出什麼事。

這兩隻野雞挺肥碩的，一家人吃了一天都沒吃完，次日還能吃一天，等中午吃飯時，方菊就左等右等。

喬喜兒見狀便說：「爹，娘，不用等了，秦旭今兒個去深山，不回來吃飯的。」

「什麼？這多危險，妳怎麼能讓他去深山打獵？」方菊這才後知後覺，怪不得今兒個都飯點了，也不見女婿回來。

看喜兒這麼淡定，她心裡可是緊張的怦怦跳，那可是深山啊，村裡沒幾個壯丁敢去的，就算去也是結伴而行，而不是單槍匹馬。

喬石也同樣擔心。「這女婿也真是，喬家是缺錢，但也不能拿命拚啊。」

上回就因為這事呵斥過他，誰知道他這回招呼也不打了。

見二老這麼擔心，喬喜兒可是內心平靜，那男人掉落深山被她爹救的那一次，傷得那麼重都大難不死，這打打獵能出什麼事？

「好了，爹，娘，他不會有事的。」

「妳這個孩子可真心大，秦旭若出事，妳可是要當寡婦的。」方菊橫了她一眼，心倒是沒剛才那般緊張。

她指了指家裡的砍柴刀道：「孩子他爹，一會兒你吃了飯，帶上村裡的幾個人去山上找找。」

「得，那趕緊吃飯吧。」喬石接過砍柴刀，心急的應道。

喬喜兒扒著碗裡的飯，看二老這麼擔憂，也瞬間沒了心情。她跟秦旭是水火不容，但二老不知道啊，他們這麼擔心，還不是心疼她。

方菊心急火燎的吃了飯，喊了兩個幫手過來。

喬喜兒一看，是村裡的老獵戶田叔、洪叔，現在已經很少上山了，這次為了喬家倒是鼎力相助。

老獵戶以為這女娃娃擔心自己相公，笑道：「喜兒妳放心，我們跟妳爹一塊兒，定會把秦旭平安的帶回來。」

他們當年可是打獵的一把好手，深山也進過幾回，有次差點被熊瞎子叼走，從那以後就不敢往深山跑了，秦旭這年輕人倒挺有膽氣。

喬喜兒也不解釋，一臉感激。「多謝兩位叔叔。」

這村裡還是好人多，喬家雖名聲臭，但還是有幫助喬家的人。

「行了，都準備得差不多了，趕緊走吧。」老獵戶看喬石準備妥當，趕緊催促。

「行，走吧。」喬石應道。

一行三人漸漸消失在喬家門口，直到瞅不見他們的背影，方菊再三交代。「喜兒，妳可要管著妳男人，千萬別讓他再去深山了。」

喬喜兒心想著，也要這男人肯聽話才是。

而此刻的秦旭，正在深山行走，他這身上沈甸甸的扛著幾隻兔子、一隻麃子，收穫還可以，但跟想像中的差距有點大。

這次他冒險在深山老林待這麼久，就想碰碰運氣，若獵到什麼值錢的獵物，那麼喬家欠的藥錢就能一次還清。

正想著事，就感覺到有沈悶的動靜聲傳來。

來了來了，一頭毛髮黑亮的大型獵物從草叢裡一晃而過。

秦旭壓著緊張的心情，拎起揹在身上的自製簡易弓箭，對著目標嗖嗖嗖的射出幾枝箭，就聽見嗷叫一聲，有龐然大物轟然倒在草叢裡。

秦旭心頭一喜，快步跑過去，就見一隻大野豬躺在血泊中，那兩根獠牙對著他，像極了齜牙咧嘴，目測有兩百多斤呢！雖然沒有捕到熊瞎子那樣的罕見獵物，這頭野豬也算是不錯了。

這一個人抬回去還挺費事的，秦旭解開圍在腰間的繩索，將野豬四蹄繫到一塊兒，費力的拖著走。

他力氣是大，但也架不住這麼大一頭野豬重量，拖出深山時，足足用了一個半時辰，累得滿頭是汗，眼看天邊出現了彩霞，再不趕緊下山可要入夜了，正愁時，就聽見有人喊他的名字。

「秦旭，你在哪兒？」

「女婿啊，你若聽到了，趕緊應一聲。」

喬石等人都快把山給翻遍了，深山那兒也冒險的晃了大半圈，這若還找不到人，還真是凶多吉少，正當他們幾個也擔憂萬分時，秦旭大聲應道：「岳父大人，我在這裡，深山入口這兒。」

雙方的聲音碰撞，立馬循著聲音相逢。

當喬石等人看見秦旭這狼狽又收穫滿滿的樣子，大家又驚又喜。

「天啊，這是頭野豬啊！」

「好大一頭野豬，接近三百斤了吧？」兩個老獵戶連連抽氣。

乖乖，他們彷彿看到了白花花的銀子在眼前晃悠，這個秦旭還真有兩下子，居然能一個人拖野豬出深山！

喬石的眼睛一直瞅著秦旭，見他沒受傷，只是略顯疲憊之色，吊起的心瞬間放下，野豬不野豬的不重要，人沒事就好。

「你這孩子，怎麼也不跟我說一聲，就這麼單槍匹馬的去了？你若有個三長兩短可讓喜兒怎麼辦？」喬石劈頭蓋臉就是一頓抱怨。

他的大兒子可不就是在山上弄廢了雙腿，這有了前車之鑒，他才會更加害怕。

秦旭有些尷尬，被老丈人當著外人數落，他應也不是，不應也不是，倒是老獵戶立馬解圍。

「好了，喬石，秦旭沒事就好了，這孩子還不是有孝心，想讓喬家過上好日子。」

「就是，你啊，就是個有福氣的，這樣的女婿，可不得頂十個兒子。」

喬石被誇得樂呵呵的，越看女婿越滿意，但想起他的大膽，又板了臉道：「行，這次就算了，下次可不能單獨去深山了。」

「好，我聽岳父的。」秦旭態度良好。

「這孩子，還真行！」老獵戶笑了笑。「得了，咱們把這繩子重新綁一下，趕緊抬回去吧，要不然一會兒就天黑了。」

「得。」

多了三個壯丁幫忙，這頭野豬很快就毫不費力的抬回家。

天色暗了下來，整片山村被黑紗籠罩，喬家屋裡亮著好幾盞油燈。

這吃晚飯的點都快過了，這人怎麼還沒回來啊？方菊在原地來回踱步，喬蓮兒也心急如焚，喬喜兒心頭也不由的緊張起來。

正發愁時，就聽見喬蓮兒激動的喊：「娘、妹妹，妳們快看，是不是爹他們回來了？」

喬喜兒聽到姊姊的喊聲，揉了揉眼睛仔細瞧，便看見他們一行人了，他們好像抬著什麼東西越走越近，一看，居然是頭大野豬！

喬蓮兒驚訝連連，方菊也驚得張大了嘴巴，這麼大一頭野豬，她還是頭一次看到。

「天，這是女婿獵的？」

「是啊，秦旭這孩子一個人就獵了這頭野豬，還拖出了深山，真是個能幹的！這能賣個好幾兩銀子，可值錢了。」田獵戶一臉羨慕道。

洪獵戶也是一臉敬佩。「的確了不起，喬家女婿了不得啊。」

喬石樂呵呵的笑了笑，別人誇他女婿，比誇他親兒子還要高興。他熱情的招呼。「兩位老哥別站在這兒了，趕緊進屋吃飯吧，都辛苦了。」

「吃飯就不用了，都是村裡人，互相幫助是應該的。」

「是啊，家裡的婆娘都在等著了，人平安歸來就放心了，那我們先回去了。」田獵戶說著就要跟洪獵戶一塊兒走。

倒是秦旭是個會做人的，拎了兩隻野雞給他們。「田叔、洪叔，今兒個多虧了你們，這野雞你們拿回去補補身子，辛苦了。」

兩隻野雞都很肥碩，看著也有五、六斤重，就算拿去鎮上賣，也能賣個五、六十文的。

「不用，這都是你辛苦得來的，俺們怎好意思拿？」

「拿著吧，兩位叔。」

喬石見他們推來推去的，聲音洪亮道：「行了，兩位老哥，我女婿一片心意，你們趕緊收下，也辛苦了一下午，可不能讓你們空手回去。」

「得，那我們拿著了。」喬家當家人發話，兩個獵戶美滋滋的各拎一隻野雞回去了。

人平安回來，還收穫頗豐，一家人總算放下心來，歡歡喜喜的吃了頓晚飯。只是經過了這次，喬家人說什麼也不准秦旭進深山打獵了，後者只是沈默，也不知是否把話聽了進去。

第五章

次日一大早，喬喜兒是被秦旭叫醒的。

她看了看窗外矇矇亮的天色，不由叫苦連天。「你喊我做什麼？明兒個才是集市。」

「我知道，但這頭野豬得今兒個賣，妳跟我一塊兒去，得了銀子就去還欠下的藥錢。」秦旭道。

「喔，那我去喊牛車。」喬喜兒打了個哈欠，就出門了。

回來時，才見方菊起來在灶房裡燒早飯，見她回來了，問：「喜兒，今兒個起這麼早啊。」

「嗯，待會兒要跟秦旭一起去鎮上賣野豬。」喬喜兒又打了個哈欠，她懷疑秦旭是故意折騰她的，這賣野豬晚一個時辰也不會壞啊，偏偏一大早喊她，真是，會掙錢了不起了。

「這麼早啊，那豈不是趕不上吃早飯了？」方菊見她洗把臉的空檔，院裡就停了輛牛車。

「沒事，早飯我們去鎮上吃，那我們先走了。」

喬喜兒一出門，就見一頭野豬快占據整個牛車了，除此之外，牛車上還放了一隻麂子以及三隻野兔，人都快沒下腳的地方了。

秦旭率先跳上牛車，挪了一個位置給她。「還愣著做什麼？趕緊上來。」

「……」喬喜兒慢悠悠的上來，才不領他的情，坐得離他有些遠。

「你們這小倆口，還挺能幹的。」趕牛車的劉大爺笑了笑，只當他們分開坐是為了守著獵物。「挺好的，這下你們喬家欠的債能還清了，說不定還有餘錢。」

「嗯，希望如此，劉大爺，那咱們走吧。」喬喜兒道。

「那坐穩了。」劉大爺甩了甩手中的鞭子，強壯的老黃牛便撒開四蹄，在鄉間小路奔跑起來，一路的塵土飛揚。

一個時辰後，牛車穩當的停在一家酒樓門口。

喬喜兒抬頭一看這家酒樓名叫「明月酒樓」，不是秦旭先前常去賣獵物的那家「明華酒樓」。

只有一字之差的兩家酒樓挨得挺近的，站在這兒就能看到斜對面的那家。

從裝潢上來看，明華酒樓要奢侈高檔許多，接待的一般都是達官顯貴，而這家明月酒樓，裝潢典雅質樸，看起來比較親民些。

「你這次要賣給明月酒樓啊。」喬喜兒疑惑的問，難不成這男人是被那個漂亮姑娘給纏怕了，這才換一家的？

秦旭點點頭，跳下牛車走進酒樓裡問：「掌櫃的，你們這兒有收獵物嗎？我這兒有頭大野豬，還有麃子跟野兔。」

很快，一個穿著褂子、類似掌櫃模樣的中年男子出來了，他瞅了牛車一眼，看見上頭那滿滿當當的獵物時，眼睛瞬間亮了。「野味自然是收的，兩位跟我過去後廚吧。」說著，將兩人領去了後門方向。

秦旭徒手將大野豬從牛車上拎下來，抬到後廚院子放，眾人看到後都倒吸了一口氣，驚訝這男子的力氣。

野豬直咧咧的被放在地上，瞪著一雙死不瞑目的眼，從牠身上還未乾枯的血跡來看，是剛死沒多久的，新鮮得很，瞧瞧這毛色發亮，膘肥體壯的，這可是上等的野味。

見掌櫃打量的眼神十分滿意，秦旭為了自己的利益，也直接道：「掌櫃，跟您說句老實話，我之前都是把獵物賣給斜對面那家酒樓，是因為中間發生了點不愉快的事，這回才想換個地方做生意。您看這野豬可是難得的野味，只要您這邊價格公道，以後我的獵物可以全都賣到您這兒。」

喬喜兒暗暗佩服，這男人平日裡看著不聲不響，關鍵時刻深藏不露啊！把話直接亮出來，就是防止被宰的重點。

掌櫃先是一愣，隨後一喜道：「這頭野豬確實不錯，你都這麼說了，我也不敢坑你，那明華什麼價，我就給你同等價格，你看如何？」

這家酒樓的收益明顯不如明華，卻肯以同等的價格收，這確實可以。

秦旭點點頭。「行，掌櫃的，打秤吧。」

「欸，好。」掌櫃招手喚來幾個夥計，將這野豬綁了繩子，費了半天的勁才打好了秤。乖乖，還真不錯，有二百八十五斤。

將一起帶過來的野麃子、野兔都打秤了，掌櫃拿來紙筆開始塗塗寫寫。「小夥子，野豬肉是二十五文一斤，野麃子三十文一斤，野兔是十二文一斤，你看這是斤兩跟價格，全都寫在紙上，我給你算算。」

說著，掌櫃麻利的撥著算盤，一時間，就聽見珠子在那兒噼哩啪啦響。

喬喜兒在他報價的時候，就把野豬的價格給算好了，是七千一百二十五文錢，野麃子六十斤得一千八百文，三隻野兔十五斤得一百八十文。

「合計，九千一百零五文。」喬喜兒脫口而出。

掌櫃愣了一下，只當她隨口說說，等撥完了算盤，發現正好是這個數，這才重新打量了她。

這小姑娘長得挺水靈的，年紀不大，穿得也很素雅。

「神了，正好這個數。」掌櫃可不敢小看這兩人，拿了銀錢結算，還不忘拉攏人才。「小姑娘，我這兒還缺個帳房，妳看妳有沒有興趣來？」

喬喜兒沒想到隨口露一手，就被挖牆角了，這掌櫃是個慧眼識珠的人，得她的胃口。

她嘿嘿笑道：「掌櫃，其實這個斤兩我們在家就秤過的，看你也挺實誠的，下次可以繼續合作。」

掌櫃也不惱，這小姑娘謙虛著呢！他眼睛又不瞎，是不是人才，他還能分辨不出來？到底是自己唐突了，畢竟是姑娘家，會願意拋頭露面到外頭打工，也不太可能。

「行，以後你們有獵物儘管賣過來。」掌櫃熱情的將兩人送到門口，並且還要讓酒樓的馬車送他們回去。

喬喜兒婉拒，謝過他的好意。

這位掌櫃會做人又上道，這樣的人才適合長期合作，不像那明華酒樓，秦旭賣個獵物還得賣身似的。

「喬喜兒，有了這筆錢還了債，喬家以後就不欠債了，還能多出三兩銀子呢。」秦旭略顯激動道，這可是他在這兒打獵打了一個月以來，所得最多的一次銀錢。

「看把你給高興的，辛苦你了！話說咱們還沒吃早點呢？」喬喜兒摸了摸有些咕嚕叫的肚子。

「妳想吃什麼？我給妳買。」秦旭這會兒的表情難得出現了可親的樣子。

「買幾個肉包子吧。」喬喜兒也懶得跑遠，就近買了幾個肉包子。

兩人一邊走一邊吃，突然就見一抹人影擋在他們跟前。

喬喜兒定住腳，看了看眼前眉目俊俏的粉裙少女，不是別人，正是上回追著秦旭不放，明華酒樓的千金大小姐明玉鳳。

呦，這個小姑娘還挺會找的。

喬喜兒也不惱，將手上最後一口包子吞嚥下去，神情懶洋洋的看著秦旭。

這桃花是他惹來的，看他怎麼解決。

話說這小姑娘每回出現都是精心打扮過的，身形纖細，皮膚白皙，五官精緻，小圓臉帶點嬰兒肥，少女氣息撲面而來。

這樣的花樣年華，當真是美麗極了，她相信沒有幾個男人能抵擋得住。

「明姑娘，有何貴幹？」秦旭身形筆挺的站立，語氣不鹹不淡。

明玉鳳嫣然一笑，但想起下人剛看到的情景，又不免有些惱怒。

她語氣帶著幾分撒嬌。「秦大哥，是明華酒樓給你的價錢你不滿意嗎？為何把獵物賣到別處？」

喬喜兒翻了個白眼，心想還不是為了躲妳，這姑娘臉皮挺厚的。

秦旭道：「我喜歡憑本事掙錢，不喜歡別人施捨。」

喬喜兒恍然，看來這男人記恨她上回收了賞錢？唉，這能憑臉吃飯多好，別人羨慕不來的。

「秦大哥，你誤會了，那不是賞錢，那是感謝你上回幫我追回錢袋，你若是介意這事，以後是多少就給多少。」明玉鳳在喜歡的人面前，早就收起了那副不可一世的樣子，看起來還挺平易近人。

喬喜兒看得出神，這姑娘真的很喜歡秦旭呢！想當初對那杜秀才，她也是這副小心翼翼討好的模樣。

不過，這不表示她就會將這個便宜相公拱手相讓，等他們和離之後，秦旭想跟誰在一塊兒，都不關她的事，但現在，不行。

「不用了，我還有事，失陪。」秦旭冷冷說完後，邁著大長腿就往街口走去，明玉鳳不死心的追了上去。

「秦大哥，我、我是真的挺想跟你做朋友的。」明玉鳳看著他，眼裡的愛意怎麼都藏不住。

秦旭加快腳步，明玉鳳緊追不捨，氣喘吁吁的擋在他跟前。

男人英俊的臉龐無可挑剔，高貴冷傲的氣質令人感到難以靠近，但無妨，就是這樣的男人才具有挑戰性，激發了她的征服慾。

秦旭看了眼在後面慢吞吞如蝸牛爬的喬喜兒，心裡的怒火騰地就起來了，這個女人顯然是刻意將他丟給別人了。

而眼前這個女人又像極了牛皮糖，早知道會惹上這麼個大麻煩，當初她的錢被人偷光，他都不會插手的。

「明姑娘，追回錢袋一事，我只是見義勇為，做該做的事罷了，妳不必放在心上。秦某已經娶了媳婦，這男女有別，還是保持距離的好。」

明玉鳳抿唇，這一切她早就調查清楚了，豈會因他幾句話輕易放棄？

「秦大哥，你不要再騙我了，我都查清楚了，你當上門女婿根本不是心甘情願的，只是為了報恩。其實你不用勉強自己，給他們一筆錢就成了，要不我先給他們一百兩，你以後再慢慢還我？」

小姑娘嬌嗔的眼神，就差沒說，我替你還恩情，你來給我當上門婿了。

秦旭冰眸散發著冷氣，斬釘截鐵地說：「妳竟然調查我？我最後一次告訴妳，我的事不用妳管。還有，別在我身上浪費時間了，我不喜歡妳。」

轟的一聲，明玉鳳的俏臉瞬間紅了。隱藏的小心思被他揭穿，這讓她無地自容。「秦大哥，你……」

「就此別過。」秦旭從她身邊繞過，迎接蝸牛慢爬的喬喜兒。

明玉鳳愣在原地，咬著唇看著那兩抹身影重疊。

喬喜兒在數著步子，冷不防面前出現一張俊臉，嚇了一跳。「你不是走在前面嗎？」

「妳故意的。」秦旭咬牙切齒的看她。

「啥？」喬喜兒不解的掏了掏耳朵。「我故意什麼？你以為我在給你們製造機會啊？那姑娘看起來是不錯啊，還是你小子有豔福，好啦，等喬家日子好些，你就自由了，到時各自婚嫁，互不相干。」

「妳真這麼想的？」秦旭表情瞬間僵硬了，他自己一直都是這麼想的，但當這話從她嘴裡說出來，不知為何讓他很不爽。

這喬喜兒還真沒心沒肺，對感情收放自如，最初拚了命要嫁給他的是她，現在輕描淡寫說和離無所謂的也是她。

喬喜兒瞧他板著臉，更是笑得開懷。「我真這麼想，我其實也沒那麼喜歡你，先前只不過是到了年紀非嫁不可。」

秦旭冷眼看她。「不用說了，我們一言為定。」

「行，看你表現好，今晚我給你治腦中的瘀血。」

喬喜兒說完就去採購必備的東西，什麼藥爐子、藥罐子、藥浴桶等等，其他需要的藥材，空間裡都基本齊全，她補充缺少的那一、兩樣就差不多了。

秦旭見銀子還剩很多，便提議道：「再去買些精米跟麵粉回家放，家裡還缺什麼，妳自己看著辦……」

喬家多年來一直吃粗糙的糠米，每次淘米都要挑半天的雜質，吃飯的時候，他時不時會吃到小石子，實在難以下嚥。

其實喬喜兒也吃不下，他這麼一提議，她就更是放開手腳大買特買了，一麻袋的精米裝了五十斤，她直接要了一百斤，麵粉要了一大袋，菜籽油買了兩罐，還有醬油等調料也買了些。

「好久沒吃豬肉了，要不也買一些？」喬喜兒別過頭看他，詢問道。

「妳作主就成。」秦旭直接將沈甸甸的錢袋子塞給她。「所有的銀子都在這兒，扣去還債的六兩，剩下的妳想怎麼花就怎麼花。」

呦，這一刻，喬喜兒覺得他挺男人的，得，沒之前那麼討厭他了。

她開啟了買買買模式，三兩銀子可是三千文！相當於現代的三千塊，可以買好多東西，買了五斤肥瘦相間的五花肉後，喬喜兒又給家人買了衣服、鞋子等等，東西不少，直接便叫了一輛牛車運回去。

這輛牛車比較小，不比劉大爺的那輛大，因此看起來東西更多了，進村時引起了不少村民注意。

「這是別村的牛車吧，看著挺陌生。」

「這兩口子好像買了很多東西呢！」

「那可不，秦旭是個能幹的，獵了好大一頭野豬，想必賣了不少錢。」看到的村民均是羨慕嫉妒恨，再看這牛車上的兩人，俊男美女配一臉啊！

牛車一停在喬家院子裡，喬喜兒便扯開嗓子喊：「爹、娘、二姊，你們趕緊出來搬東西。」

屋裡的人聽了，齊刷刷的出來，一見這麼大的陣仗都傻眼了。

「怎麼買這麼多東西？」方菊愣了愣，這孩子也太能買了。

「爹、娘，早上的一車野味足足賣了九兩多銀子，我買了生活必需品花了一兩半。」喬喜兒在爹娘來不及肉疼前先說為快，還將剩下的銀子一股腦兒的塞給了方菊。「娘，一會兒吃了飯，就把欠下的藥錢給還了吧。」

方菊原本想唸幾句，叮囑她要節儉些，但看見女兒那高興的樣子，這話怎麼也說不出。再看看這買的東西全都是給家裡用的、吃的，還有這些衣服也都是給家人買的，找了半天也沒找到喜兒自己的東西。「喜兒，妳自己買了啥？」

「我？我衣服都有，用不著啊。」喬喜兒忙著將兩套衣服跟兩雙鞋挑出來，塞給一旁的秦旭。「喏，這是給你的，以後記得就穿新的啊。」她神氣活現地道，一副我沒有虐待你的神情。

秦旭穿的都是哥哥喬松的舊衣物，哥哥身高一米七五，而秦旭有一米八多，這袖子、長度都短了一截，確實有些怪。

「……」秦旭心裡閃過一絲異樣，沒想到她居然給自己也買了東西。

他拿著衣物，神色不太自然的走進屋去。

方菊暗暗笑道，女婿害羞了，其實心裡是樂開了花。哎，多好的孩子啊，怎麼就是個不舉了，可惜了！

一家人把東西搬進去後，便圍在一起吃著中飯，氣氛愉快，笑聲連連。

那邊笑聲連連，喬家大房這邊則是死氣沈沈。

大伯母馬氏吃著碗裡的鹹菜，罵罵咧咧。「得意什麼？不就賣了頭野豬嗎？瞧那副樣子像是恨不得全村都知道似的，真是沒見識。」

「就是，一群眼皮子淺的東西。」喬珠兒附和著，喬喜兒這樣的姑娘也只能配這種莽夫了，一頭野豬就高興得找不到北了，能有什麼出息？

哥哥喬壯將一盤菜翻了個底朝天，將那為數不多的肉絲塞到了自家孩子嘴裡，含糊不清道：「妹妹，妳別酸了，這秦旭看著氣勢不凡，搞不好是大戶人家的公子，等他哪天恢復記憶，或被家人找回去了，那喬喜兒指不定就變成了當家少奶奶。」

「是啊，未來怎麼樣可說不定喔！」嫂子方金桃也頻頻附和，看著成日裝大家閨秀的喬珠兒笑問：「珠兒，不是嫂子說妳，妳都跟那秀才好一陣子了，話說他什麼時候娶妳啊？」

這一下將話題引了過來，一家人都緊盯著喬珠兒，馬氏更是火燒火燎的問：「對啊，珠兒，我聽說啟明馬上要進京趕考，你們這婚事得儘快訂下來，若等他高中，這其中的變數就多了啊。」

「珠兒，妳可要抓緊點，這秀才當初能不要喜兒，也能不要妳，妳可得長個心眼。」方金桃一副過來人的樣子。

「珠兒……」

「好了。」喬珠兒被她們七嘴八舌的詢問給弄得腦殼疼，剛不是還在討論喬喜兒嗎？轉眼間就扯到她身上來了！

這大嫂也真是的，跟她不和也就算了，處處給喬喜兒貼金算怎麼回事？秦旭若是大戶人家的少爺，她還是皇帝流落在民間的公主呢！會打野豬了不起啊，她家秀才可是要考仕途的。

面對這一張張心思各異的臉，喬珠兒頗有自信。「放心吧，啟明說這幾天就會挑個好日子把親事給訂了，算算就這兩、三天了，畢竟馬上就得進京，可不得操辦好才走？」

馬氏微微一怔，看著嬌豔如花的閨女，突然鼻子一酸，這都要訂親了，那豈不是離出嫁也快了？想想這會兒心裡還真是有些不捨，好在都是一個村的，出嫁後想見也不難見。

「啟明真的這麼說？這太好了，咱們還真沒看走眼，珠兒妳就等著享福吧。」馬氏一臉欣慰。

「那何時成親？」方金桃緊接著問，話裡藏有深意。

自古薄情漢最多的就是書生了，這僅僅訂親而已，以後指不定還會發生變故。

喬珠兒羞答答道：「啟明說，等他高中歸來，就是娶我之時。」

「好好好，這個女婿好，珠兒啊，看來那算命先生的話不假啊，說妳有官夫人的命，又能旺夫，就憑這一點，那杜啟明也不能做那不義之人。」馬氏一句話就堵住了幾人的嘴，一家人就該盼著好的，不能窩裡橫啊。

一頓飯眾人是吃得各有心思。

飯後，喬喜兒將給大哥家的衣物送過去。

喬松跟方菊一樣，說她太破費了，他一個病殘之人天天躺在床上，哪有心情穿新衣裳。

倒是寶丫看見新衣裳，眼睛發亮得像珍珠。「姑姑，這真的是送給我的嗎？」小手摸著順滑的衣裳，有些不太相信。她每逢過年才能穿新衣裳，所有衣裳縫縫補補又三年。

「當然是給妳的，這兒還有雙鞋子，妳趕緊試試。」喬喜兒看見小姑娘歡喜的樣子，心都跟著融化了。

等她換好新衣裳，又給她梳了個簡單好看的辮子，再穿上新鞋，果然整個面貌都變了。

「真好看，謝謝姑姑。」寶丫高興得手舞足蹈，還跑到院子裡轉圈圈，那歡快的樣子，是從未有過的。

喬松也難得露出久違的笑容。「妹妹，謝謝妳。」

「哥，你太客氣了，我們都是一家人。」喬喜兒頗有感觸道。

「妳跟以前還真的不一樣了，既然妳喜歡孩子，那就趕緊跟秦旭生一個。」

喬喜兒吐了吐舌頭。汗，這哥哥怎麼也加入催生大軍了？

她趕緊繞開話題。「哥，嫂子回娘家也有幾天了，可有託人帶口信來？」

「沒，這些年也是苦了她，就讓她歇一陣子吧。」喬松始終覺得作為殘廢的自己，能娶到媳婦就感恩戴德了，所以這媳婦脾氣大一點，也是可以理解的，沒那麼顧家，他也能忍受。

兄妹倆正聊著，突然聽見院裡傳來一陣哭聲。

「好像是寶丫的聲音，哥，我過去看看。」

喬喜兒一走出院子，就見堂哥喬壯的兒子寶亮在踩寶丫的鞋子，嘴裡還罵道：「讓妳把鞋子給我都不肯，真是小氣巴拉！穿新鞋了不起啊？」說著，嘴裡還說踩踩踩，踩爛了，看妳穿什麼之類的云云。

「寶亮，你在幹什麼？這可是女娃的鞋子，給你也穿不了。」喬喜兒將哭得唏哩嘩啦的寶丫抱起來，誰知就給了寶亮可乘之機。

這壞小子順勢扒掉了寶丫腳上的繡花小布鞋，寶丫哭得更大聲了。「你還我的鞋子，還我！」

寶亮得意的晃了晃小鞋子，就往腳上套，先不說他比寶丫大兩歲，就是男女童的鞋子也不能互穿，他見自己穿不進，還硬在那兒穿，可憐的小布鞋都快要被撐破了。

「寶亮，你身為哥哥，怎麼能搶妹妹的東西，還不趕緊還來？」喬喜兒瞪著眼睛怒吼。

寶亮吐了吐舌頭。「誰讓她穿新鞋子，我也要穿新鞋。」

喬喜兒的臉瞬間就黑了，這大伯家的孫子早被寵得無法無天，可她才不會慣著，當即就把鞋子給奪回來，將人倒掛起來。

寶亮扯開嗓子哇哇大哭起來。「奶——娘——妳們趕緊出來，潑婦打人了，她欺負我一個小孩，不要臉。」

「嘿，你這孩子！我好歹是你堂姑姑，今兒個本姑姑就要教你好好做人！」喬喜兒力氣大，抓住他的雙腳，在他倒掛的同時大幅度的甩動。「小小年紀不學好，我可不會慣著你！」

寶亮被嚇得哭聲震天，屋裡的人全都衝出來了。

看見寶貝兒子被虐待，方金桃嚇得尖叫。「寶亮，我的孩子！」

「喬喜兒，妳這個小蹄子，敢欺負我孫子，我跟妳拚了。」馬氏護犢子的衝過來。

喬喜兒眼疾手快的將人丟給了她，奶孫兩人直咧咧的摔了個底朝天。

馬氏揉了揉摔疼的屁股，衝著身後的幾人喊：「你們還杵在那兒做什麼，還不快點收拾這小蹄子，這翻天了，一個大人欺負小孩，還要不要臉了？」

幾個人衝過去，卻見秦旭不知何時擋在了前面，男人高高大大的，徒手能扛一隻大野豬，他們瞬間慫了。

喬喜兒感嘆這秦旭還挺講義氣的，這有人撐腰，她更能有恃無恐給他們上一課。

「你們家怎麼寵孩子的我管不著，但這寶亮若再敢弄壞寶ㄚ的任何東西，我就還教訓他！我醜話就先撂在這兒了！」霸氣的說完後，喬喜兒牽著小姑娘的手。「寶ㄚ，走，咱回去。」

馬氏不屑的朝地上吐了口水，嘟囔道：「神氣什麼？欺負一個小孩子算什麼本事？」

秦旭雖是後面過來的，但從她們言談之間，也能將事情捋直，何況他很清楚，現在的喬喜兒雖然可恨，但她不會惡劣到去欺負一個小孩。

他道：「子不教父之過，寶亮踩壞了寶ㄚ的鞋，喜兒身為姑姑，教訓一下姪子是應該的，這若是踩到別的孩子，鐵定需要賠償的。」

「嘿，你、你一個來路不明的野男人憑什麼說三道四的？信不信我這把老骨頭跟你拚了？」馬氏捋起袖子就要衝上去，卻被喬大峰給攔住了。「行了，這件事是寶亮不對。」

「不就是一雙鞋嗎？踩壞了就踩壞了，大不了賠嘛，看不起誰呢？」馬氏不屑道。

秦旭搖搖頭，只感嘆唯小人跟婦人難養也，便無奈的進屋了。

到了晚上，喬喜兒趁著秦旭去河邊洗澡的空檔，趕緊將自己鎖在屋裡，快速溜進空間裡。

幾天沒看，空間裡大變樣了，藥材、香料生長茂盛。

這空間說來也很神奇，可以接收到外面的陽光跟雨露，還能隨著她的位置而移動，手鐲上的福袋只要一觸摸，就是連接空間跟外界的按鈕，平日裡她想要拿點東西，在衣袖裡憑藉意念就能掏出來，真是個神奇所在。

一切待續，喬喜兒從空間出來時，門同時被敲響了，秦旭穿著條褲衩，光著膀子就進房了。

剛洗完澡，還有水珠在他身上流淌，順著喉結往下滾動，這很難讓人不把視線掃在他精壯的身材上。

喬喜兒嚥了下口水，甩甩差點被男色迷惑的腦袋，神情冷了下來。「還不趕緊穿衣服，你這樣我怎麼施針？」

「抱歉，我現在就穿。」秦旭態度誠懇，趕緊打開衣櫃搜索了一番。

看他準備拿舊衣服，喬喜兒輕咳了一下。「穿新的。」

「好。」秦旭臉色不自然的穿起今兒個她新買的長衫，極好的質地讓他的身形展露無遺，藍色襯托著他有種渾然天成的高貴氣質。

這人底子好，穿什麼都撐得起來。

「這些舊衣服都破了，以後別穿了。」喬喜兒將衣櫃裡那幾件補得不成樣的衣服都收拾出來，突然被那壓箱底的一件衣袍給吸引了。

她拿出來一看，破爛的銀色衣袍風華不減，上面還繡著金線，再摸一摸，質地很柔滑，這一看就是上等貨啊。

這是當初秦旭在山中落難時穿的衣服，她沈默了下，看向神色越發凝重的秦旭問道：「你真的一點都想不起來以前的事了？」

「是。」秦旭無奈點頭。

「看你這身打扮，應該也是大戶人家的公子，怎麼會都失蹤了這麼久，他們也不過來找找？需要我幫忙去鎮上問問消息嗎？」喬喜兒心想著秦旭的家人應該也不遠，可能就在附近城鎮而已。

「不用了，我自己會找，謝謝妳的好意。」秦旭神情冷淡。

他其實已經在鎮上打聽了幾次，但目前並沒有下文，不過他不急於一時，反正他已打算好了，等他掙了一百兩銀子，確保喬家未來幾十年衣食無憂後，就可以毫無負擔的離開，查明自己到底來自哪裡。

「行，你現在躺好，讓我給你施針清瘀血，再配幾帖內服的藥，差不多一個月能好。至於這內力就複雜許多了，得集齊珍貴的藥，用藥浴的方式打通你全身的血脈，才能慢慢恢復。」喬喜兒邊說著，邊把油燈的芯子撥了撥，讓屋裡的光線更加亮堂。

她轉身出了臥房，去灶房倒了碗燒刀子酒回來，從衣袖裡掏出一套銀針，全都丟進酒裡消毒。

她看了眼躺在床上昏昏欲睡的男人，小心翼翼地將幾根銀針分別扎入相應的穴位上。

「會有點疼，你忍住。」

很快他的面部表情十分隱忍，手緊握成拳，額頭開始出汗，身上也是，就像從水裡撈起來的一般。

約過半個時辰後，喬喜兒將銀針拔起，丟入酒裡……

次日，天空泛著魚肚白，雲層慢慢撥開，陽光出來了。

秦旭一覺醒來，覺得手上特別沈，轉頭一看，一顆腦袋正枕著他的手臂酣睡，而她的腳勾住他的腰，呈現一隻八爪魚的狀態。

他黑了黑臉，這個女人究竟是睡相差呢，還是變著花樣在勾引他？

回想她信誓旦旦的說以後各自婚嫁、互不相干那語氣堅決的模樣，秦旭神色複雜的盯著她的睡顏出神，總覺得她好像跟當初那個只會算計他的她有哪裡不太一樣。

這個喬喜兒，其實也沒有那麼討厭。

他動了動身子，這一動靜可把喬喜兒給驚醒了。

她揉了揉惺忪的眸子，看了看窗外灰濛濛的天色。「啊！該起來了，今兒個是趕集日呢。」再看一旁臉色異樣的男人，她不解的揉了揉腦袋。「你什麼眼神？我非禮你了嗎？霸占我的床位，我還沒找你算帳呢！這施針要三天一次，記住，以後你要躺你的蓆子。」

喬喜兒在心裡吐槽，大清早就見這男人一副被吃豆腐的表情，真是見鬼了，她可是姑娘家，是她吃虧好嗎？

喬喜兒根本不知道自己的睡相有多難看，讓秦旭對她的好感又消散了一些，就知道不能對她有所改觀，這火爆脾氣、這股蠻橫的勁，還是老樣子。

他冷臉道：「喬喜兒，妳幫我治療，我感激不已，但並不代表我會接受妳。」

她難道不知道同床共枕，容易擦出火花嗎？

喬喜兒無言以對，這男人還真以為這世間就他一個美男了？豈有此理，當真以為她喬喜兒沒有人要，就賴定他了？等著，她找的男人一定要比他好一百倍。

喬喜兒氣呼呼的整理好衣服，便去洗漱了。

灶房裡飄來飯菜香，方菊知道今兒個是集市，兩閨女定要去鎮上賣香囊的，便早早起來準備早飯。

早飯十分豐盛，是小米粥配煎餅，還有幾個嫩黃的荷包蛋。

昨兒個閨女跟女婿買了一牛車的東西回來，讓很多村民羨慕不已。現在家裡欠的債還清了，閨女還會做香囊，方菊覺得這日子開始好起來了，這些年受的氣也能揚眉了，心情好得不得了。

果然，這女婿是個旺妻的。

看到閨女洗漱好了，方菊趕緊招呼。「閨女，早飯做好了，趕緊吃吧。」

說著就去喊喬蓮兒，雖然二閨女之前是分家的，但現在做飯都會多留一份，要不然喬蓮兒一個人做飯也麻煩。

「姊，妳來了。」喬喜兒嘿嘿笑著，她喝了一口米粥，不由感嘆。「娘做的飯就是好吃。」

這精米煮的米粥跟糙米煮的還真是不同啊，味道好極了。

喬蓮兒看著這碗雪白的米粥，珍惜的喝了一口，不由感嘆。「沒想到喬家還能吃上精米。」

小的時候就連糙米也不經常有，經常是土豆、番薯充飢的。

喬喜兒道：「姊，放心吧，喬家以後再也不吃糙米了，我們的日子會越來越好的。」

兩姊妹用了早飯，才看到秦旭出來不慌不忙的洗漱，他今兒個沒有獵物要賣，想必是不用上街的。

喬喜兒直接跟姊姊乘坐牛車去了鎮上，她們帶了一麻袋的香囊，找了個好位置擺上。

這次她們沒有帶桌子，而是帶了個竹架子。

這個竹架呈「干」字形，上面兩排有很多齒形，可以用來掛香囊，下面還有木樁作為底座，這是老爹專門為她們擺攤而做的架子，還挺實用的。

這會兒來得早，街上行人以賣菜的婦人居多，兩姊妹挨在一塊兒說著悄悄話。

不一會兒，有人推著一輛攤車過來，喬喜兒認出來了，是上回的年輕小哥。「嗨，你怎麼才來？都沒位置了。」

集市裡擺攤的人原本就多，大家為了占個好位置，都是早早過來搶的。

年輕小哥穿著藍色長衫，眉清目秀，看著單純善良。他露出一口潔白的牙齒，笑道：「無妨，那我換個位置。」

他見喬喜兒這會兒帶的香囊足夠多，便淡笑著提議。「我去那邊，妳今兒個帶了這麼多香囊，能賣得完嗎？不如我幫妳賣一些。」

他那天聽了喬喜兒介紹，價格基本都記得，反正都是賣姑娘家喜歡的首飾，順帶賣賣，效果應該也是不錯。

「那個不用麻煩了吧。」喬喜兒笑得靦覥。

回想秦旭說她在外招蜂引蝶，再加上姊姊說她是個已婚婦人，要跟其他男子保持距離，她還是禮貌的拒絕。

年輕小夥兒愣了下，這個可人的姑娘竟跟他如此生分，他有些失落，但也並未退縮。

「不麻煩的，妳上回送的香囊，我天天都戴著，挺好聞的。戴了這個，果然沒那麼容易犯睏了，這麼好的東西，我當然要幫妳宣傳，妳若覺得過意不去，可以給我點分紅。」年輕小夥兒說得頭頭是道，也沒夾帶別的意思。

喬喜兒心想著，她是不是自作多情了？別人可能只是正常的想合作，她若是再拒絕，就是看不起人了。

「行，一會兒給你算分紅，那就麻煩你了。那個，還不知道你怎麼稱呼。」喬喜兒問道。

「我叫何宇，今年十八歲，荷花村人，還未娶妻。」小哥突然就靦覥起來，撓著頭笑了笑。

喬喜兒汗顏，這人還真是實誠，不知道的還以為相親呢？

「何大哥你好，我姓喬，名喜兒，以後我每個集市都會來這裡擺攤的，若是這香囊好賣，你也可以在我這兒進貨。」喬喜兒如意算盤打得很響。現在的她只想拚事業，帶著喬家人脫貧，情愛什麼的都是浮雲。

「好，那我擺過去了。」何宇駕輕就熟的在這條街找了個攤位。

喬喜兒的攤位也很快開張了，是上回買過的老熟客，說買了艾草香囊能驅蚊，就等著她們的攤位。

才擺了一回就有回頭客了，兩姊妹欣喜不已。

這會兒有輛牛車經過這裡，聽到有脆亮的吆喝聲，聽這聲音還挺耳熟，定睛一看可不就是喬喜兒。

「天，竟然是這個煞星。」牛車上的婦人看了一眼身後的兒子，大喊大叫起來。

這兩人不是別人，正是東河村的劉家母子劉大娘和劉海。

這劉家是跟喬喜兒相過親的人家，從那一回相親過後，劉家兒子劉海就從自家樓梯上滾落下來，摔得全身斷了好幾根肋骨，在床上躺了好幾個月。

算命的說他有此劫，是因為招惹了煞星，而這個煞星很顯然就是被認定有剋夫之名的喬喜兒了。

從那以後，喬喜兒就更坐實了剋夫之命，誰在路上看到了都要指指點點兩句。

如今這件事都過了快半年了，劉海還娶不到媳婦，劉大娘就將問題怪到了喬喜兒身上，說是她帶衰了她兒子，這會兒狹路相逢，還不得奚落幾句？

劉大娘跳下牛車，直咧咧的朝喬喜兒的攤位去，看到攤位前有幾個姑娘家在挑選香囊，刻意喊了聲。「喬喜兒。」

路過的行人都不明所以的朝這邊看。

「妳這個剋夫的災星，怎麼還敢上街擺攤。」劉大娘戳著她開始罵道。

「就是啊，喬喜兒，妳把老子害得躺在床上好幾個月都起不來，妳倒好，還擺攤做生意！」劉海對喬喜兒是又愛又恨，明明長得這麼水靈，可惜卻碰不得，還惹得自己一身麻煩！

「大家還不知道吧，別看這女人長得人模人樣，她可是咱們村裡出了名的剋夫命，你們還敢買她的東西呀，也不怕沾惹了晦氣。」劉大娘危言聳聽地道。

「是啊，到時出事可誰都救不了你喔！」母子兩人一唱一和。

路人見他們說得有鼻子有眼的，也開始對這兩姊妹議論起來。

喬蓮兒哪見過這種場面，都快要被氣哭了，但對於抗壓性強的喬喜兒，根本不將這樣的小場面放在眼裡。

她輕笑一聲。「大家別聽這瘋婆子胡言亂語，說我剋夫，那我相公怎麼還好好的啊？妳兒子自己沒用，下樓梯都能把身上的肋骨摔斷幾根，還想賴別人，這不是胡攪蠻纏嗎？大家可要評評理，真夠好笑的。」

圍觀群眾聽了這話，似乎挺有道理的。

看著局面被輕易扭轉，劉大娘冷哼一聲。「一張嘴倒是會辯，妳以為自己是誰，是非對錯妳說了算啊？」

「那妳又當自己是誰？」喬喜兒不屑的看著劉大娘，又瞅了瞅劉海。

這男人瘦不拉幾的，還賊眉鼠眼，一看就不是好東西，這樣的貨色都能安排相親，媒婆當初是瞎眼了不成？

想起自己躺在床上不能動彈的那幾個月，劉海十分惱怒。「喬喜兒，妳休得狡辯！妳在村子裡是出了名的剋夫，跟妳相過親的那幾個人，是不是都出了事？」

「呵，是你自己倒楣命不好還想怪誰呢？說我剋夫，那你還跟我相親？自打嘴巴。」喬喜兒口齒伶俐的頂回去，可把他氣得夠嗆。

「哈哈，這姑娘太伶牙俐齒了。這小年輕定是愛這位姑娘不成，由愛生恨，這才來潑髒水的。」好在鎮上可沒有人認得喬喜兒，到底是有看不下去的人幫忙說好聽的。

「大家的眼睛都是雪亮的，可別輕易被影響了。」喬喜兒豎著大拇指，聲音清脆如泉。「現在這種人很多，什麼事都賴別人，真的很讓人頭疼呀！」

「說得是。」眾人紛紛附和。

這小姑娘挺能說的，偏偏還就有道理，她的美令人如沐春風，又不帶攻擊性，媚而不妖，靈氣逼人。

原本這攤位沒什麼人，劉家母子這一鬧，倒引來一大圈的人圍著，喬喜兒靈機一動。「難得大家都是明白人，我呢，行得正坐得端，可不怕這些流言，以後我每逢集市都會來這裡擺攤，還望大家多捧場。這些香囊都是我親手做的，現在夏天來了，蚊蟲叮咬特別多，大家可以佩戴一個防蚊蟲。」

「嘿，妳這小姑娘挺會做生意的。」很多人都驚訝她的樂觀。

「不是什麼小姑娘了，我都嫁人了，有相公的。」喬喜兒強調了這句，可謂是將某人說的剋夫命打得啪啪作響。

聽她這麼一說，圍觀的眾人都被這攤位上各色香囊所吸引，這香味有好多種，聞著很是沁人心脾。

見大家都挑起來，喬喜兒衝著喬蓮兒眨眨眼道：「姊，趕緊喊起來，趁現在人多大賣一筆。」

喬蓮兒會意，雖有些抹不開面子，但也紅著臉吆喝起來。「大家都趕緊過來瞧瞧，這是我們姊妹親手做的香囊，有提神醒腦的，有驅蚊的，有防孕吐的，只需八到十二文，買多還能便宜點。」

有了喬蓮兒的吆喝作為鋪墊，喬喜兒就開始單獨介紹了，看見帶孩子的婦人就道：「大姊，這一款裝了艾草等多種香料，孩子戴了可以防止蚊蟲叮咬，十文錢可用一年，可划算了。」

香囊上繡著金童，看著也喜人，那四十多歲的婦人光是聽到大姊這個稱呼就已經心花怒放了，很乾脆道：「行，我買一個。」

喬喜兒再接再厲。「這位大哥，你平日定是要幹些精細的活兒，這個薄荷香囊能提神，你聞聞，很是心曠神怡。」

她的聲音很動聽，說得恰當好處，讓人覺得不買就不對勁。

那男子爽快的給了錢。「行，給我多拿幾個，還有驅蚊的，順便給家裡人帶幾個。」

「我也要。」

「給我來一個。」連著好幾個人都爭先恐後的付了錢。

男人們都是很爽快的，女人們則是被美好的事物迷了眼，光是挑圖案就挑花了眼，攤位上聚集了很多人。

一道高大的身影佇立在街邊，這人便是秦旭。

他今日原本不用來鎮上的，但岳母不太放心，非要讓他過來幫忙不可。

他剛才目睹了這一幕，心下感到訝異。這喬喜兒可真是難纏得很，那張利嘴，有時連他都不是對手。

一般姑娘家遇到這事，鐵定跟喬蓮兒一般氣得眼淚汪汪的。沒想到這個喬喜兒還能扭轉乾坤，大賣她的香囊，真是會抓住機會。

攤位上的人越來越多，香囊還真賣了不少，除了秦旭站在那兒觀看，另一頭還有一輛馬車靜靜停在原地。

「翠兒，別看了，妳看這小倆口感情挺好的，外人是介入不了的。妳放心，娘一定會給妳找個富戶公子，讓妳風風光光的大嫁。」

「娘，可我就是喜歡秦旭，我第一眼看到他就感覺他與眾不同。」張翠一顆芳心都遺落在那抹身影上了。

她就是不服氣，全村人都知道是喬喜兒使了下作手段才有了這樁親事，而秦旭很抗拒，很討厭喬喜兒。

既然是這樣，她為什麼沒有機會？

「妳這孩子就是眼皮子淺，那是妳見的富家公子少了，才會把秦旭當個寶。得了，妳只要答應娘，多來鎮上相親幾回，若妳實在看不上，那就秦旭了。」張母迂迴道。

這孩子的性子就是認死理，她也不跟她強，等她多認識幾個公子，指不定把秦旭拋到九霄雲外了。

「娘，妳說的可是真的？得，那就相親去吧。」張翠很爽快的答應了，反正只是走個過場，相親就相親吧。

馬車很快駛遠了。

第六章

攤位上依舊很多人，秦旭還站在不起眼的角落裡觀察情況。

這會兒來了個年輕小哥，他手裡捏了個錢袋子，塞給了喬喜兒。

喬喜兒接過點了點。「三百五十文，全都賣完了？」她滿臉的不置信，何宇可是拿了三十個香囊幫她賣的。

何宇就喜歡她這個表情，他賣的就是姑娘家用的東西，每成交一個顧客，他都會順便介紹一下香囊。

看著她開心的模樣，何宇樂得都結巴了。「我也沒想到這麼好賣，就是妳做的香囊好聞，大家都喜歡。妳看，我可以在妳這裡進貨了吧？」

「當然沒問題，像你在鎮上這麼久，認識的攤主也多，也可以幫忙介紹拿貨，你每介紹一個，我給你一成分紅。這次你幫忙賣，我給你三成，以後你就按拿貨價賣，掙多掙少都算你的，但這個賣價要跟我差不多唷。」喬喜兒笑道，麻利的數了一百零五文給他。「給，合作愉快。」

「喜兒，謝謝妳。」何宇靦覥的撓了撓頭。

「客氣啥，應該是我謝謝你才對。」喬喜兒有些受不了這小哥哥動不動就臉紅害羞的神情，這樣該不是對她有意思吧？她挺想說自己已經嫁人了，但若是他的性格就是靦覥，她這樣說豈不是太尷尬了？

算了，多合作幾回，他總會知道的。

何宇拿著錢三步一退的，他在鎮上很久了，很多攤主都認識他，見狀不由打趣。「你小子是不是看上這姑娘了？居然也幫忙賣起了香囊？」

「這，我是覺得這香囊挺好的。」何宇被看破心思，臉漲得通紅。

「得了吧，有什麼不好承認的，喜歡就說出來，這姑娘長得好看，能說會道，人也機靈，指不定提親的人都踏破門檻了，你要是看上了，趕緊去提親，免得晚了被人搶走。」

何宇一聽可不就是這個理。「我、我還真沒想到這一茬。那你們說，這提親給多少彩禮合適？」

「比別人的稍微高些，畢竟是這麼好的姑娘啊。」

秦旭聽到這兒已是火冒三丈，剛他跟喬喜兒挨在一塊兒，他的俊臉就不自然。

這個小哥不管是從身高到長相都跟他沒法比，這喬喜兒對他倒是和顏悅色的，而對自己經常甩臉子。

既然她老管著他，不准他跟別的女人勾搭，那他憑什麼不管？

「你死了這條心吧，喬喜兒是我的女人。」

何宇正跟那攤主商量著自己的終身大事，冷不防聽到這道凜冽如冰的聲音，瞬間就像六月遇到雪，渾身都打了個寒顫。

這男人穿著一身灰色長衫，頭髮高高束在髮帶裡，深邃的眼眸微微挑起，眼神中的警告之意如此明顯，再看他挺鼻薄唇，再加上這身形，怎麼看都是一個出眾的美男子。

這男人他眼熟啊，想起來了，上回他幫喬喜兒追錢袋，差點被人打，是這個男人及時出現幫忙。

「你、你說什麼？你不是喬喜兒的哥哥嗎？」何宇整個人都愣住了。

「我是她相公。」

「……」

「我警告你，別打她的主意。」

此時的喬喜兒都快忙瘋了，根本不知道離她十米之外的距離發生了什麼事。

秦旭警告完後，看到對方那喪氣的表情，這才冷哼一聲，邁著長腿走開了。

一個時辰後，帶過來的香囊全都銷售一空，兩姊妹歡喜的數著銅板。

這些攤位挨得都很近，有個賣胭脂水粉的攤主一臉羨慕。「兩位姑娘的香囊生意可真好，賺了不少銀子吧？看妳們也面生，是不是每逢集市才出攤？」

「是啊。」喬喜兒點頭。

「剛我看那何宇過來，聽他意思是會在妳這兒進貨吧？」胭脂攤主又問。

「是的。」

喬喜兒眼珠子一轉，覺得這巨大商機來了。

她可以做零售兼批發，獨樂樂不如眾樂樂，正好把她的香囊生意發揚光大。

「幾位老闆，你們都是做跟姑娘家有關的生意，要不要順便幫我賣香囊？我按拿貨價給你們，你們照著統一價賣的話，可以掙個四成呢！」喬喜兒邊說邊展示她手裡的香囊，繡的是招財進寶，可是有好寓意的。

「聽著挺誘人的，但若是賣不掉呢？」有攤主心動的同時又提出疑問。

「賣不掉就退呀，總不能讓你們把貨砸手裡吧？你們若是有意願，就來長河村找我。」

喬喜兒很會招攬生意，她們這個攤位就是活招牌，而這幾個攤主都受了何宇的影響，本來就有些意願，這基本上就能成了。

「行，拿多拿少有限制嗎？」

「十個以上就成，若你們日後再介紹人過來拿貨，我給你們一成分紅。」喬喜兒一臉精明。

「呀，這挺好的，看不出妳這姑娘挺會做生意的。」幾個攤主都一臉佩服。

「客氣了，大家喊我喜兒就成，行，我們先走了。」喬喜兒說著，就喊了一輛牛車，兩姊妹就上了車。

攤主心想，這姑娘挺有遠見，是個做生意的料子。別人有掙錢的買賣都是藏著掖著，她倒好，招攬大家一起掙錢，雖是自己想要掙這批發的錢，但他們也能掙不少啊，這是雙贏。

喬喜兒剛上牛車，就想起有件事還沒辦，那就是訂製輪椅，雖手中的錢還差點，交個訂金還是夠的。

這會兒，又聽見喬蓮兒的肚子咕嚕叫了，她笑了笑。

「停車。」

「幹麼呢？喜兒？」喬蓮兒不解。

「姊，我餓了，我去吃碗麵，妳要一起嗎？或者妳等會兒，我給妳帶幾個包子。」喬喜兒這般說著，吃東西不是重點，重點是她想要偷偷把輪椅訂製好，給家裡人一個驚喜。

「喜兒餓了啊，行，那妳去吃麵吧，我不餓，一會兒回家吃。」喬蓮兒抿了抿乾裂的唇，這錢來之不易，能省則省，回家吃好了。

「姊，我一會兒給妳帶包子。」喬喜兒說著就朝踩點過的地方飛奔過去。

秦旭說過的家具鋪就在這附近。

喬喜兒剛走進去，就有夥計招呼。「姑娘，想買點啥？這兒什麼都有，還可以訂製。」

她望了一圈，並沒有發現輪椅這東西，便淡然開口。「有輪椅嗎？」

「輪椅？」夥計有些懵，他在這兒也幹了一年多了，沒聽說過什麼輪椅啊。「姑娘，妳能說仔細一點嗎？」

「就是跟個座位差不多，是帶兩個輪子的，方便雙腿殘廢的人出行的。」

夥計恍然大悟。「哦，這個有是有，可需要訂製，價錢也不便宜。」

喬喜兒很老練的樣子，語氣多了幾分不耐。「我既然能找到你這裡，肯定是朋友介紹過來的，這輪椅是要訂製的我知道，我不用頂級的，但也不要差的，來個中等的就成。你給報個價，合適的話，我給你訂金，五天後來拿。」

夥計見這姑娘有備而來，不敢絲毫怠慢。「沒想到小姑娘是行家啊，那我也不賣關子了，一般生人是收三兩半銀子，妳是熟客介紹的，就收妳三兩銀子，訂金一兩銀子，需要三到五天的訂製，可包送。」

「行，那給我開個條子，我下回集市過來拿。」喬喜兒爽快的掏了一兩銀子，並且給了夥計三十文的小費。

夥計一看這姑娘會來事，保證幫她多盯著，絕對會交給她一把上好的輪椅。

喬喜兒回頭買了四個包子，她一邊走一邊吃，抬頭就見一抹熟悉的身影在街口轉了個彎。

好像是劉碧雲的身影，大嫂也來趕集了？喬喜兒快步跟了上去，卻不想在轉角處看見摟抱的兩人。

「你個死鬼，有多少年沒回來了，還知道回來找我？你跟那富戶閨女好的時候，怎麼沒想到我？」劉碧雲捏著粉拳，對著那個男人又敲又打的，那力道根本就不像打，像極了撒嬌。

「碧雲，我心裡只有妳，跟那富戶閨女成親還不是為了錢？這下好了，那女人病死了，我得了一筆錢，就是帶來享福的。」

由於那男人是背對著喬喜兒的，她只能看出男人身形不高，不胖不瘦。倒是劉碧雲含嗔帶怨的臉飄著紅暈，看得一清二楚。

天啊，喬喜兒嘴巴張得能吞下雞蛋。

她、她竟然背著哥哥跟別的男人幽會？豈有此理，看她不抓她個現行！

怒火騰騰的喬喜兒跑了幾步，就趕緊冷靜下來。

這若是鬧起來，一對二，她占不到便宜，再說也沒旁人看到，也沒什麼證人，此事她得從長計議。

喬喜兒沈著臉回到了牛車上，喬蓮兒吃著包子，見她一臉氣鼓鼓的，忙問：「喜兒，妳咋啦？」

「沒什麼，我就是看到集市上有很多帶孩子出來的婦人，我想著大嫂什麼時候能回來？」喬喜兒生著悶氣。

「是啊，大嫂在娘家都好幾天了，就算跟哥鬧矛盾，氣也該消了，也不知何時才回來。」喬蓮兒不解，對這個大嫂沒瞭解多少，只感覺她脾氣大、不好惹。

「妳說大嫂會不會在外面有相好了？」喬喜兒試探的問。

「別胡說。」喬蓮兒連忙用手捂住她的嘴。「喜兒，妳再說大嫂的壞話，我可要生氣了，別的女人可能會幹那事，大嫂肯定不會。」

喬喜兒一臉黑線，眨巴著眼睛問：「為何？」

「想當初，哥相親多少回了，哪怕彩禮出得高一點，都沒有姑娘願意嫁。」喬蓮兒咬了口包子，順了口氣又道：「可嫂子不一樣，她沒有嫌棄哥的腿，願意嫁過來，嫁過來後對哥盡心盡責，一年就生了個閨女，一家人其實還挺和睦的。」

喬喜兒聽著就不是那麼回事，這些很可能都是表面工夫，畢竟知人知面不知心。

不過在沒有充分證據的情況下，她不會打草驚蛇。

兩人回到喬家後，秦旭不在，方菊將飯菜熱了一遍又一遍，才等到了兩個閨女回來。

喬喜兒告訴方菊，那一麻袋的香囊全都賣光了，還接了個穩定拿貨的人，若是不出意外的話，這幾天會有人上門拿貨。

「這香囊這麼受歡迎啊，那我們豈不是要忙不過來了？」方菊又驚又喜。

「娘，端午快到了，咱們多做些特色香囊，裡面裝硃砂、雄黃、香藥等等，線端用五彩的流蘇，一定暢銷。」

喬喜兒看著一旁的姊姊，見她贊同的點頭，又道：「娘，就咱們幾雙手定是忙不過來，妳再找七、八個嬸子來幫忙。」

「這麼多？那得給多少工錢？」方菊驚詫過後便是一臉肉疼。

喬喜兒能理解娘的心思，他們省吃儉用了一輩子，都是掙銀子往家裡裝的，這要從口袋裡給出去豈不肉疼？

她笑了笑。「娘，這香囊扣除成本以及工錢這些雜支之外，咱們還能掙五成呢！這批給別人賣，雖只掙個一、二成，但架不住數量大。」

喬喜兒可是有宏圖大志的，通過這種形式，將香囊賣到全國各地，就能財源滾滾，更別說之後有空餘的時間還能開發其他衍生出來的產品。

方菊聽得雲來霧去，但有一點她聽明白了，那就是能掙錢！

「行，娘聽妳的，一會兒就幫妳找人。喜兒，妳是怎麼想到這些的？娘記得妳以前連藥草都不認識。」方菊既欣慰又疑惑道。

喬喜兒很快想到了託詞。「娘，你們那麼疼我，每回掙了錢都讓我去鎮上買吃的買穿的，我這鎮上走得多了，自然有見識了。」

方菊點點頭，是這個理，她的喜兒雖脾氣不好，但有過目不忘的本領，這麼說也沒問題。

姊妹倆吃了飯後，喬喜兒回房拿了之前在鎮上買的那些藥材，就去了空間一趟。

她把自己買回來的藥材，跟藥箱裡收得的藥材整理了一番，均勻的分好了量，這藥吃上十天半個月，配上三、四次的針灸，秦旭腦中的瘀血就差不多能清乾淨了。

方菊回來後，就見閨女拿著藥罐在煎藥。

「喜兒，妳要煎藥嗎？我來，妳忙妳的去，至於繡香囊的人我給妳找好了。」

「娘，妳太好了。」喬喜兒高興的抱住她的脖頸，在她臉上親了一口。

她怎麼那麼幸福呢，有這麼疼愛她的父母。雖然家裡窮，但一家人都是很疼愛她的，她一定要努力，讓親人過上好日子。

「妳啊，都當人家媳婦的人，還跟個孩子一樣。」方菊嗔了她一眼，這孩子怎麼越看越稀罕呢，果然，孩子懂事了，就是討人喜歡。

她麻利的從灶房裡拎了罐木炭，將藥爐的火生起來，配上一把芭蕉扇，屋裡飄散著濃郁的藥味。

喬喜兒連嗆了幾聲，這個煎藥還真是個技術活。

等藥煎好後，方菊這才緊張的問道：「喜兒，妳身體有什麼不舒服的嗎？」

喬喜兒搖搖頭，這會兒秦旭已回來了，正走到了門口，就聽見這道清脆的聲音道：「娘，這藥不是給我喝的，是給秦旭喝的。」

「女婿喝的？他今兒個去鎮上看病了啊？大夫怎麼說？能治嗎？這麼說，這是治療不舉的藥？」

從方菊這一連串的提問中，可見她有多關心這個女婿啊！喬喜兒還來不及羨慕嫉妒恨，就噗哧一聲笑了。

她娘的腦洞真是大得可以，被她帶跑偏後，就偏得愈加離譜了。

「娘，妳別說得那麼直接，這可是關於男人的尊嚴跟體面。」喬喜兒一本正經的糾正。
「對對對，妳說得對，不能說，有這病，女婿鐵定很傷心。」方菊一臉嘆息。
喬喜兒笑得樂不可支，怕露餡，她還雙手捂住嘴巴笑。這會兒就聽到一道輕咳聲，視線範圍內出現了一雙大長腿，接著是健壯的身姿，再是一張立體的俊臉，以及那一雙犀利幽深的眸子。
瞧著對方一副要弄死她的表情，喬喜兒總算斂了斂笑容。
方菊卻是當真了，見女婿回來，熱情的迎上去。「女婿，你回來了，這藥剛煎好的，還有些燙，你喝的時候小心點。」
「……」
秦旭石化，他知道這是治腦中瘀血的藥，是喬喜兒特意配的，但面對丈母娘的關心眼神，他是喝還是不喝？
方菊見他僵在那裡，以為他是難過。
她嘆息一聲。「女婿，你別灰心，你還年輕，只要好好聽大夫的話，這病一定能治好的。」
說完，她就去隔壁找喬蓮兒去了，留下面面相覷的兩人。
「喬喜兒……」秦旭咬牙切齒的聲音，透著無盡的凜冽。
喬喜兒渾身一哆嗦，趕緊溜了。

她跑回房間，將房門合上，再上鎖，確定他進不來後，這才跳到了床上，捂著肚子笑。

哈哈哈，太好笑了，看著某人黑臉，那有話不能說的樣子，格外的搞笑。

秦旭喝完藥，想找喬喜兒理論一番，敲了半天的門，都不見她來開門。

這可把他給惹惱了，這個臭丫頭片子，以為不開門他就沒辦法了嗎？他直接從外頭破窗而入。

喬喜兒原本還在偷笑的，等邊上的窗戶傳來動靜，再看到這抹高大的身影，就這麼靈活的翻窗進來，她瞬間就結巴了。「你、你……」

這樣也行？差點忘記他之前就是這麼翻窗的，是她大意了。

秦旭瞅著她的表情變化，冷眼道：「我想要進來，妳以為能攔得住我？」

「你、你這樣跟登徒子有什麼區別？」喬喜兒氣惱，從床上下來，想要從門那邊溜走，就被秦旭一把攥住了手腕。

「還想逃，妳散播謠言，說我不舉，就沒什麼要解釋的？」秦旭擰眉看她，這麼厚臉皮的姑娘家，怎麼就被他給遇到了。

「說話就說話，你靠那麼近做什麼？我什麼也沒說，是我娘自己想的。」喬喜兒據理力爭。

「狡辯。」秦旭臉上都冒著寒氣，這個女人最擅長耍嘴皮子，能把黑的說成白的。

「信不信由你，其實這樣也挺好的，省去了許多麻煩。」喬喜兒不以為然。

「妳還挺有理的。」

秦旭氣不打一處來，她不知道男人最忌諱被說這個嗎？說他不舉？好，他要證明一下。雙手一用力，就將喬喜兒推倒在床，身上的衣衫因為他的動作太大而敞開一大片，露出結實有力的胸膛。

喬喜兒都不知道要看哪裡了，臉也開始紅了，這男人想要幹什麼？強來嗎？她是不會從的！

抬腿一頂，剛好不偏不倚的踢到他那裡，秦旭的臉瞬間變色，抓著喬喜兒的手一鬆，整個人撲在她身上。

好巧不巧的，這一下他的薄唇剛好印在她的粉唇上，柔軟香甜的感覺，讓他腦中有短暫的空白。

他的眸子黯了下，沒想到喬喜兒的唇這麼軟，下意識的想要再嘗一口，就聽見啪的一聲，臉上被打了記響亮的耳光。

喬喜兒一把推開他，身形靈活的跳下床，抬手就擦了擦嘴巴，氣惱的瞪著他。「你、你竟敢……」

這男人竟敢親她，不是很討厭她嗎？

還是說男人真的可以把心跟身分開，不愛也可以那個？他嘴裡的藥味難聞極了！

秦旭噙著嘴角笑了，臉上被打了一記也不惱，看著反應過激的喬喜兒，才發現她是紙老虎，也難怪當初有那個膽子給他下藥，卻又沒跟他做成夫妻，敢情是膽小啊。

秦旭當然不知道是他意志力太強，原主想要生米煮成熟飯才沒有得逞。

「喬喜兒，我警告妳，妳再敢散播謠言說我不舉，我就證明給妳看。」秦旭語氣凌厲的警告。

這個小妮子剛才那一腳是下狠手的，還好他反應迅速，偏了一下，要不然還真要成不舉了。

「無恥。」喬喜兒氣急，她的初吻啊，就這樣被人給奪了，看對方那得瑟的樣子，真恨不得撕了他。

「欲擒故縱。」秦旭冷哼一聲，起身就推門出去了。

面上高冷，心裡卻逸出一絲欣喜，他就喜歡看到某人氣得跳腳的樣子。

「妹妹，妳臉怎麼那麼紅？」

秦旭剛出去，喬蓮兒後腳就進來了。這兩人的神色都不太對呢，難不成是又吵架了。

她又道：「妳說的那個五彩的端午香囊怎麼做？快過來說說。」

「喔。」喬喜兒這才應了一聲，慢悠悠的到隔壁幫忙。

次日一早，喬喜兒是被外面吵吵嚷嚷的聲音吵醒的。

房間那抹身影早就消失不見，這個秦旭每回都起得比她早。也好，免得兩人見了面尷尬。

喬喜兒換了身衣裳，洗漱完後，就慢條斯理的吃著早飯，聽見外面那嚷嚷聲，不由的問：「娘，外面咋那麼吵？」

「呀，吵到妳了？院裡那些人都是我昨日找的孀子，得知繡香囊可以掙錢，一個個興奮得一夜沒睡，大清早的就過來了。」方菊笑中透著無奈。

「原來是這麼回事。」喬喜兒點點頭，趕緊用了早飯。

一出來就看見一堆人，全都扎堆在那兒交頭接耳。

「孀子們，還請靜一靜，想必我娘昨兒個都跟妳們說過了繡香囊的事，我們喬家給工錢三文一個，多勞多得，每次交貨就結算工錢，大家看如何？」喬喜兒簡單明瞭的說道。

「這個挺好。」

「是啊，三文一個不少了，妳放心，我們會好好幹活的。」村婦們忙表真心。

喬喜兒點點頭。「很好，不瞞妳們說，王秀嫂子做的香囊就是我們喬家的，樣式圖案跟她做的差不多就好，當然妳們自己會編也成，這個沒有太多的要求。」

「成，這個好。」村婦們個個興奮，若是以前說喬喜兒需要找人做香囊，她們肯定都不理會的，誰讓王家帶了個好頭，那工錢掙了不少，她們原本就眼紅，這不機會來了，定要牢牢抓住。

喬喜兒拍了拍手，示意大家安靜。「好了，孀子們，現在我去拿些碎布頭，妳們隨便繡個圖案給我看看，手工紮實的，立馬就能領料子。」

「得，這簡單。」

喬蓮兒端了盆碎布頭出來，喬喜兒給每個村婦都發了針線，方菊則是端了好幾條長凳出來，方便村婦們坐著繡。

這情景看起來還挺壯觀的，很快院子裡就鴉雀無聲了，有的只有認真繡花的場面。

大約過了一炷香的時間，村婦們紛紛拿著繡好的圖案，獻寶似的湊到了喬喜兒跟前。

她認真檢查了後，發現嬸子們的女紅都是頂好的，根本挑不出毛病來。

「很好，嬸子們的女紅果真紮實，現在可以去我姊姊那兒領料子、領線繩，大家只需要把香囊繡好、縫製好，裡面的香料我們自己會裝。」

喬喜兒說完後，嬸子們便自覺地排起隊領東西，個個心裡都有些不可置信。這個喬喜兒變化可真大，說話一本正經的，像極了管事，給人一種信任感，總覺得只要好好幫她做事，就能有一筆不菲的收入。

喬家對香囊的要求，跟張家的繡手帕活兒一比，那簡直是小巫見大巫，先不說繡手帕的活兒，不是人人都能拿的，就算拿了，還一大堆的花樣。她們得天天搽護手的香膏，不能幹類似砍柴、割稻穀等粗糙活兒，防止手上長繭子會刮花那些綢緞，雖然工錢也還可以，但對比喬家就顯得沒優勢了。

喬蓮兒給每個人都派發了五十個香囊的用料以及線繩，早完成早拿工錢，領了的村婦都面帶笑意的離開了。

這邊這麼大的動靜，喬家大房自然看得一清二楚。

一家人剛吃了早飯，方金桃在收拾碗筷，馬氏跟喬珠兒則是站在門口張望。

「二房那邊在鬧騰什麼呢？」馬氏眼巴巴的問。

喬珠兒剛才湊過去看了下，這會兒聽見母親詢問，不屑的輕嗤一聲。「這個喬喜兒還挺能折騰，找人做了些香囊去賣，先不說這破玩意兒能不能掙錢，光是請這麼多人就要給一大筆工錢吧？」

「哼，這個小妮子，一天到晚不幹正事，這是跟張家學的吧，瞧人家繡手帕掙得盆滿缽滿的，她以為自己的香囊也能這樣？二弟跟弟妹也真是，任由著閨女胡鬧，我看那頭大野豬賣的錢，沒幾下就要被敗光了。」馬氏冷哼一聲，翻了個白眼。「可勁兒的折騰吧，這二房就是上不了檯面。」

母女倆正討論得熱烈，就見孫兒寶亮一溜煙的小跑著過來，聲音奶氣又洪亮。「奶、姑姑，李媒婆過來了。」

「李媒婆？」馬氏愣了下，就見手臂被閨女激動的搖晃。

「娘，肯定是啟明託李媒婆來的。」

馬氏又驚又喜。「這啟明動作還挺快的，看得出他很稀罕妳，想早點把妳娶進門。」

說完，她就扯著大嗓門喊，將屋裡的幾個人全都喊了出來。

喬家大房一行人便聲勢浩大的去迎接李媒婆了，路過喬家二房時，引得人一陣議論。

「這喬珠兒要跟秀才訂親了，命可真好，這秀才學問那麼好，肯定能高中，這不妥妥的官夫人嗎？」有嬸子一臉羨慕。

「噓……」另一個村婦看了喬喜兒一眼，壓低聲音道：「別說了，這秀才以前可是稀罕喜兒的，眼下跟別人好了，太不地道了。」

「這有啥，誰讓喜兒是剋夫命呢？聽說這喬珠兒可是旺夫命。」

「噓……」

喬喜兒對這些議論也見怪不怪，瞅了這些嬸子一眼，就見她們趕緊拿好自己的料子，灰溜溜的跑了。

大房這邊喜氣洋洋，李媒婆被一大家子的人迎進門。

她剛坐下，便笑著對喬大峰跟馬氏道：「恭喜兩位，想必你們都知道我為何會上門吧？沒錯，我是替杜家過來提親的。」

喬珠兒跟杜啟明雖然是後面好上的，有搶喬喜兒夫婿之疑，但誰也不敢議論啊，這談婚論嫁，本就應該父母雙方都同意，這不杜家看不上喬喜兒，對喬珠兒倒是歡喜得很。

「啟明這孩子也真是的，之前是說過，我們還以為沒到日子呢！」馬氏笑呵呵道。

李媒婆一臉羨慕。「是啊，這不為了給妳家閨女一個驚喜嘛，話說你們二老真有福氣，有這麼一個好女婿，以後就等著享福吧。」

說完，她拿出用紅布包裹的東西，分別是五兩銀子、一個金鐲子，作為訂親的禮，餘下的就等杜啟明高中過後，才正式的給完剩下的聘禮，好風光的迎進門。

一般村裡姑娘的聘禮也就是十兩銀子的樣子，這杜啟明訂親就給了這麼多，這可是村裡獨一份啊。

馬氏笑得合不攏嘴。「啟明這孩子，真是出手大方，這門親事我們同意的。」

「好好好，這可謂是郎才女貌，皆大歡喜。好了，馬嬸子，話我帶到了，東西也送到了，那你們就可以準備嫁妝，風風光光的大嫁後，等著享福吧。」李媒婆喜孜孜道，能做成這門親事，對她的媒婆生涯來說，也是光鮮的一筆。以後別人找她說媒，可以理所應當的收高一些。

「李媒婆，別急著走啊，留下來喝碗雞蛋紅糖水？」馬氏熱情招待。

「不了，馬嬸，我還有事要忙，就先走一步了。」李媒婆說著便告辭了。

很快的，這個消息如同插上了翅膀，整個村都知道了，喬家大房那得瑟的樣子，更恨不得鎮上都知道，馬氏更是不時在村裡遛達，享受著別人對她的恭維和羨慕。

「馬嬸，妳可真是個有福氣的，等女婿高中後，妳就等著享清福吧。」

「是啊，真羨慕妳會生，有這麼好的閨女。」

馬氏得意洋洋的撇嘴。「大家客氣了，等珠兒成親，定請大家喝喜酒。」

這會兒看到方菊路過，她又意味深長的說了句。「婚宴肯定是要大肆操辦一番，定不會像某些人那麼寒磣的。」

有村婦看不過眼，頂了回去。「馬嬸，妳還真不能小看喬喜兒，她現在做香囊生意挺火爆的，還請了好多嬸子幫忙，還有秦旭，妳看看一表人才，搞不好是流落民間的貴公子。」

「得了吧，你們這是哪兒聽到的謠言？就他那個悶葫蘆，還貴公子？他都流落幾個月了吧，有人來尋他嗎？」馬氏吥了一聲，隨即罵罵咧咧的將喬喜兒說得一文不值，什麼不要臉、敗家娘兒們等等。

方菊聽了這話，瞬間就跳腳了。馬氏她囂張得意那是她的事，憑什麼帶上喜兒跟她家杜女婿！在她看來，這秀才不是個東西，能跟喜兒掰了，那就能跟喬珠兒掰。

自古戲文裡說的書生多薄情，這還只是訂親而已，還沒成定局呢，她馬氏囂張個什麼勁？

護犢子的方菊衝了過去，插著腰罵道：「馬氏，妳可以得意，可別帶上喜兒，我們家怎麼得罪妳了？再說了，妳閨女不才訂親嗎？怎麼就覺得一定能成親？」

圍觀的村民一愣，天啊，他們說得起勁，沒想到居然被方菊給聽到了。

馬氏氣得鼻子都歪了，拍手叫嚷。「妳什麼意思？咒我家珠兒呢！我看妳分明就是嫉妒！」

聽到了就聽到了，她就是看不慣方菊這個妯娌，得了個上門女婿，恨不得全天下都知道似的，也不怕丟人。

「我嫉妒？那秀才跟喜兒好的時候，妳家喬珠兒算什麼？他學問是好，但人品不怎麼樣，更重要的是沒主見，就知道聽他娘的話。」

方菊不愧薑是老的辣，一語擊中要害，馬氏氣得面色扭曲，直接捋起袖子就跟她打了起來。

「看我不撕爛妳的嘴，妳敢咒我家珠兒，我跟妳拚了！」

馬氏身形肥碩，那力氣也大，方菊身形瘦弱，根本不是她的對手。

女人家的打架，無非就是掐胳膊扯頭髮抓臉，眼看著馬氏那一巴掌就要揮下來了，喬喜兒出現了，反手就將她的胳膊一扭，就聽見啪的一聲，馬氏的那個巴掌落回她自己的臉上。

這二打一，馬氏自然落了下風，她想喊人來的，卻看見人群中那一抹身影，漲紅著臉道：「方菊，這件事我跟妳沒完，妳就是窮命，不管好閨女，還跟妳一起瞎胡鬧，真丟人！」

喬喜兒擰眉。「夠了，大伯母，不管妳愛不愛聽，我娘說的都是事實，妳身為未來官岳母，居然跟村裡人打架，這傳出去丟的不僅是你們喬家大房的臉，更是杜家的臉。」

圍觀村民誰也不肯走，生怕錯過了什麼好戲，他們看到杜啟明的母親已經過來了。

「那個，親家母。」馬氏一看見杜母，瞬間就矮了一截。

杜母掃了她一眼，眸光清冷，真是個豬隊友，啟明還沒高中，她就在這兒嚷嚷。

她對喬珠兒也不是很滿意，在這些村姑裡，喬珠兒算大家閨秀，但跟真正的大家閨秀比起來，啥也不是。

本來兒子杜啟明喜歡，她也就算了，但這個馬氏太討厭了。儘管如此，在外人跟前，她還是要給這所謂親家臉面的，矛頭就對向了喬喜兒。

「小賤人，妳的嘴可是越來越鋒利了，想挑撥我們兩家的關係，沒門兒。」

「是嗎？若是關係好的，還怕挑撥嗎？但願我的堂姊能當上正室，若是淪落為妾的話，那就太可笑了。」

「妳……」杜母有些心驚，這個小蹄子難不成會讀心術？怎麼會知道她有這樣的想法，怕多說多錯，她只好丟下一句。「我不跟妳一般見識。」便氣呼呼的走了。

其實這也不難猜，喬喜兒知道他們一家子的性格，都是拜高踩低。等入了仕途，誘惑太多，他們眼皮子淺，哪抵擋得住？

馬氏見未來的親家都被氣走了，趕緊跑上去想要討好一番，回頭瞪了喬喜兒一眼。「喬家二房，這件事我跟妳沒完。」

「好，儘管放馬過來，我們不怕。」喬喜兒拍了拍胸膛。

張翠母女也在村民之中圍觀，見狀張母譏笑連連。「哼，自家的相公都快保不住了，還惦記著別人家的相公，太不要臉了。」

喬喜兒剛想反駁，方菊已氣得又跟她理論。「不准妳胡說八道，妳家閨女才是眾人皆知惦記著別人的相公，呸，不要臉！」想等著喜兒這兩口子散了，好撿個便宜，哼，他們定是不會如她的意。

喬喜兒就差給娘親豎大拇指了，她娘真是懟遍全村無敵手，她那潑辣的性格是遺傳了母親的吧？

「妳！真是上梁不正下梁歪。」張翠母女氣得頭頂冒煙。

「我勸妳死了這條心，秦旭跟喜兒好得很，他們一定會幸福美滿。」方菊振振有詞，女婿連不舉藥都喝了，證明他多想圓房！

「怎麼可能？」張翠紅著臉辯解。「全村人都知道，秦旭不喜歡喬喜兒，早晚跟妳前女婿一樣跑人的。」

「就算是這樣，也不會便宜妳，哼！」方菊說完後，拉著喬喜兒走了，留下張翠直跺腳。

另一邊，馬氏也顧不得身上的疼痛，連忙追著杜母去了杜家。

「親家母，妳千萬別生氣，都怪喬喜兒那個賤蹄子。」馬氏將這些錯一股腦兒往外推，說著還偷偷瞥了她一眼，看她的反應。

喬家還真是個是非之地，杜母神色僵硬，原本杜啟明跟喬喜兒好的時候，她沒說啥，直到算命的說喬喜兒有剋夫命後，這令人不得不嫌棄。

兩人分了也就分了，誰知道過沒多久，啟明又跟喬家大房家的閨女好上了，敢情他們杜家不管怎麼躲，都會跟喬家扯上關係？

她特意拿喬珠兒的八字跟杜啟明的算了算，想不到這姑娘倒是有旺夫命的，長得也周正，這就罷了，但眼下看他們家都這個德行，她的不滿又占了上風。

「馬氏，不是我說妳，妳怎麼說也是秀才的半個丈母娘了，妳的行為舉止跟杜家是掛鉤的，會影響到啟明的前程。」杜母板著臉教訓。

「是是是，這若不是喬家二房那邊使壞，我也不會打架。」馬氏找著藉口。

「這惹不起還躲不起嗎？啟明後天就要進京趕考了，在這期間我不希望看到任何不愉快的事。」杜母語氣嚴厲的警告。

這還沒過家門呢，就這麼囂張，以後還指不定能鬧出什麼事來，果然是小門小戶出來的，就是上不了檯面。

「呀，要進京趕考了，這是好事，您也別擔心了，啟明的學問那麼好，定會有功名的，還是咱家的珠兒有福氣。」馬氏高興得找不到北，那咧嘴笑的樣子，配著紅腫的臉十分猙獰。

杜母笑容意味深長。「妳這麼想就好，凡事三思而後行，別耽誤啟明的前程就成。」

若是耽誤了，管她是哪家的閨女，她都照休不誤，更何況只是訂個親而已。

馬氏被未來的親家母訓了一頓，臉上掛彩的回去了。

方菊也好不到哪裡去，手臂上有抓痕，頭髮散亂，雖然狼狽，但她依舊士氣高昂。

「別以為她當大嫂就能開口罵人，敢罵我家閨女，我跟他們拚了……嗤，閨女妳輕點。」

方菊就是護犢子性子，若是自家兒女被欺負了，拚了命也要保護。

喬喜兒手中的藥是從空間裡拿出來的，那些常備的藥，比如金瘡藥、跌打損傷藥等，隨時都有的，這會兒給她細細塗抹，看到那一道長長的指甲痕，可把她給心疼的。

「娘，就讓她逞幾下嘴皮子又能如何？我都被人說習慣了，妳看妳這把年紀還跟人打架，若是打傷了，傷筋動骨的怎麼辦？」喬喜兒又是關心又是抱怨道。

方菊的手臂被抓傷，上面滲了一層血絲，原本是火辣辣的疼，這會兒藥膏塗抹上去，清涼的感覺還挺舒服的。

「我也不想動手，可妳也聽見了，那馬氏說話太難聽了，還有張翠的母親，呵，都不是好東西。」方菊一臉怒氣，要不是閨女過來拉她，她還能打幾回合，她是傷了，但馬氏又能好到哪裡去？

「好了，娘，妳回屋檢查身上還有沒有其他瘀青，趕緊去上藥。」喬喜兒哭笑不得的將她推到了屋裡，想不到她娘也挺有女俠風範的。

她笑了笑，出了院子，就聽見喬松在喊她。「喜兒，妳過來下。」

喬喜兒循聲過去，就看到東邊這間臥房的窗戶是半掩著的，隱約能看到裡面人的身影，喬松的視線落在她身上，帶著關心。

她小跑進了屋，將哥哥快要落地的被子往上掀了掀。「哥，你喊我啥事？」

「娘跟大伯母打架了？有沒有傷到？」喬松緊張的問，他們家跟喬家大房不和也不是一天兩天了。

喬喜兒心想，這大哥雖待在屋子裡，消息還挺靈通的。

「大哥，你別看咱娘身板瘦小，打起架來那個叫身形靈活。娘身上有點輕傷，已經塗抹過藥膏了，你放心，沒什麼大礙，倒是大伯母臉上掛彩，更加狼狽。」

「那就好。」喬松抿了抿唇，看著幾天沒收拾的屋裡又道：「妳嫂子回娘家也挺多天了，也不知何時能回來，要不妳喊輛牛車，跟哥一起過去看看？」

喬喜兒瞪大眼睛，伸出食指，不可思議的指了指自己。「哥，你是說咱們現在去嫂子娘家接人？這，你腿腳不方便，還是我一個人去吧？」說完，她便不屑的撇了一下嘴。

這劉碧雲真夠可以的，這麼多天不回家，再不去請，估計要跟相好雙宿雙飛了吧？怎麼辦，這件事她該怎麼處理才能把傷害降到最低，哥哥都已經這樣了，還能承受住打擊嗎？

喬松其實也挺想媳婦兒的，俊臉出現了一抹紅暈。「我們一塊兒去吧，把寶丫也帶上，看到孩子，我看她就算還生氣，也會消氣的。」

「大哥，你別這麼說，你又沒錯。」錯的人是她，喬喜兒忍得很辛苦，就差把真相脫口而出了。

她正糾結著要不要去喊牛車過來，就聽見院子裡有腳步聲，走出去一看，竟然是劉碧雲揹著個包袱回來了。

呦，還真是巧，說曹操，曹操就到了。

喬喜兒語氣淡淡的喊了句。「嫂子，妳可算回來了，我們還以為妳在娘家樂不思蜀都找不到回來的路了，正準備去接妳。」

劉碧雲被這語氣給激了一下，翻了個眼皮。「是嗎？用不著妳好心，我在娘家待夠了，自然就會回來的。」

她邁步進屋，隨手就將包袱放在桌上。

喬喜兒嗆聲。「是啊，嫂子在外邊玩夠了，能想著回來，已是挺不容易。」

劉碧雲瞪大眼睛看她。「喬喜兒，妳什麼意思？妳在冷嘲熱諷什麼？」

「妳心裡明白。」喬喜兒冷哼一聲。

「行，既然你們喬家不歡迎我回來，那我回去就是了。」劉碧雲罵罵咧咧。若不是娘家人催她回來，她還不想回來呢。「你們有種別求著我回來。」

「走就走，妳神氣什麼？」喬喜兒吐槽道，瞪著眼睛看她，像是重新認識了她一番。

劉碧雲總是這副理直氣壯的樣子，以前喬家人覺得虧待她，跟她說話都是小心翼翼的，在她面前也覺得矮了一截。

可如今，親眼目睹她紅杏出牆，喬喜兒內心對她的這些虧待，通通都沒有了。

她實在不能理解她的做法，嫌棄夫婿殘疾，可以不嫁，既然嫁了，就該好好守著本分，而不是給自己的相公戴綠帽。

劉碧雲顯然被小姑子這態度給氣著了，還沒走幾步，喬松就從床上跌落下來，一路爬著出來。「媳婦，妳別走，是我的錯，我以後再也不會惹妳生氣了。」

喬喜兒擰眉看著喬松，這一刻如此卑微弱小無助，看得人一陣心酸，她得想辦法讓哥哥快點站起來。

「你沒錯，你也看到了，你妹妹牛氣得很。」

「她還小，妳別跟她一般見識。」喬松猶豫了下，看著喬喜兒的臉色沈了沈。「喜兒，妳嫂子好不容易回來，妳這麼說就太不懂事了，快，跟妳嫂子道歉。」

「我沒錯。」

「妳，快道歉，妳聽到沒，妳若不聽話，以後別來我這兒。」喬松也是氣急了，還以為這個妹妹跟從前一樣不懂事。

劉碧雲見架子擺得差不多，便冷聲道：「算了，我大人有大量，就不跟妳一般見識了。」

她笑得一臉得意，然後溫柔體貼的將喬松扶了起來。「好了，我不生氣了。你啊，還是這性子，一著急就從床上爬下來，這若是弄傷了可怎麼辦？」

「只要能留住媳婦，受點傷算什麼。」喬松笑得一臉溫和。這一陣子沒看到她，還真是不習慣，這麼多年的夫妻，早就離不開了。

「你啊，嘴巴跟抹了蜜一般。」劉碧雲笑容不達眼底，以前她聽了這種話或許有幾分不忍，但現在她有了更好的路，只是應付應付罷了，她還得想想，怎麼才能大大方方的離開喬家呢。

喬喜兒看著他們旁若無人的秀著恩愛，怒視了劉碧雲一眼，便氣沖沖的走了。

行啊，劉碧雲，妳等著，我一定會撕掉妳的假面具，讓妳明白花兒為什麼這樣紅！

院裡，一抹高大的身影站在那兒，看到喬喜兒大步過去，喊道：「喜兒。」

喬喜兒瞅見他那關心的眼眸，忍不住輕哼一聲。「有事說事。」

看她這麼冷淡，秦旭也習慣了。「怎麼？被妳哥罵了？妳說妳，摻和人家兩夫妻的事做什麼？」

「那是我哥，我能看著他受委屈嗎？」喬喜兒又氣又惱，橫了他一眼。「算了，跟你說你也不明白。」

這件事在沒有證據確鑿前，誰也不能說。

秦旭瞧著她脾氣還挺大的，這個喬喜兒又受什麼刺激了？

天知道他剛剛聽村民說，喬家人跟人打架了，喬喜兒也在，他的心就緊張得怦怦跳，連撈到的魚兒也弄丟了，生怕她吃虧。

現在看她活蹦亂跳的，還能懟人，是他多慮了。

「喬喜兒，妳是不是想幫妳哥治腿，但又怕他不接受？還是擔心錢的事？」

喝了幾天的藥後，他明顯感覺到腦部的瘀青在退散，整個人都清爽了許多，證明喬喜兒還是有點本事的。

喬喜兒看他那樣正經，還挺稀奇。「嗯，算是吧，我想儘快幫我哥治好腿。」

秦旭點點頭。「有什麼需要我幫忙的儘管直說，不過這件事得慢慢來，急不得。」

「算你夠義氣。」喬喜兒道，現在看秦旭這個人順眼多了，這英俊模樣，這健壯身材，以後也不知道會便宜哪個姑娘家？現在她看得多了，倒也有些視覺疲勞了，不像之前那會兒，看到他還會噝口水。

「應該的。」秦旭道。

喬喜兒往外走，準備去透透氣。「我出去走走。」

「我跟妳一塊兒。」秦旭提議。

喬喜兒點點頭，想起他這兩天去山上少，因為爹娘不讓他去打獵，說白了還是擔心他，這天氣逐漸熱了，山上毒蛇出沒，就怕被咬一口就麻煩了。

不過秦旭有功夫底子，她倒是不會擔心。

秦旭路過堂屋時，說道：「喜兒，等我一下，我去拿個竹簍，一會兒去河邊順便捉魚，好給晚上加道菜。」

喬喜兒還沒發現他的稱呼從喬喜兒變成了喜兒，前者聽起來十分生硬，後者聽起來比較熟絡。

為了避免兩人並肩被村民議論，喬喜兒先一步走了。

等秦旭出來時，兩人落了一大段距離，他扯著嗓子洪亮的喊道：「喜兒，等等我。」

那聲音震得路過的村民都停下來多看他幾眼。

「這小子喊得那麼大聲，不知道的還以為他丟了媳婦呢！」

「就是，這兩人之前不是八字不合嗎？這會兒怎麼又膩在一塊兒了。」

村民瞅見那兩道緊挨在一塊兒的身影，不由得小聲議論，這年輕人的感情就是這麼奇妙。

俗話說得好，日久生情，這同一個屋簷下，遲早會產生感情的。

第七章

喬喜兒快步往河邊跑去，心裡忌諱著秦旭的嗓門，這人是生怕別人聽不見嗎？不怕村民議論啊！

秦旭見她跑那麼快，不由出聲。「喬喜兒，妳會捉魚嗎？」

他眉心緊蹙，怕她掉入河裡，這條河那麼長，下游是村婦洗衣服用的，上游連著一個圓形河岸，裡面的水沒那麼清澈，還有許多水草，不小心一點會滑倒的。

喬喜兒聽見他這個口氣，冷哼了一聲，是瞧不起誰呢？誰不會捉魚啊？

她快速脫掉鞋襪，人就站在河中間，河水不是很深，剛好沒過膝蓋，她守在這兒，等著魚兒從腳下溜過，好一把抓住。

秦旭在河邊撿了根還算筆直的樹枝，用匕首把它削尖，好用來叉魚，一轉身就看見喬喜兒這副樣子，不由得嘴角抽抽。

透過河水，能看見她的小腳丫瑩白如玉，美腿筆直修長。

這女人家在外也敢赤足，不怕別的男人看見嗎？不過，這會兒四周除了他這個男人，倒是沒有其他人了。

喬喜兒可不理會這些，她彎著腰，等一條肥碩的魚兒從她腳下游過時，眼疾手快的一把抓住，沒想到還真被她給抓住了！

哈哈，沒想到換了具身體，這些本能依舊還在，瞧瞧這條魚兒還挺肥碩的，兩隻手都快要握不住了，魚尾一甩一甩的，把水甩進了她的眼睛裡。

喬喜兒想揉眼睛，手一打滑，那到手的魚兒便溜之大吉，急得她往下一撈，誰知腳下踩到光滑的鵝卵石，整個人就往水裡栽去。

秦旭就站在她旁邊，立即眼疾手快的一把攥住了她的胳膊。

好在河水不深，摔下去也不至於淹死，但他來不及多想，完全是本能反應。

呵，他也覺得好笑，自己什麼時候這麼關注喬喜兒的死活了，這個女人就是不知天高地厚，最好嗆一下河水才好。

「你快放手！」

喬喜兒有些惱怒，兩人這會兒緊緊貼在一塊兒，她甚至能感受他胸膛的力量，這個秦旭分明就是想占她的便宜，裝什麼好人呢？

他明明不喜歡她，先前敢吻她，現在還敢抱她，下次是不是敢那個啥了？

見他還不放手，喬喜兒一惱怒，大力推他。

秦旭手被迫一鬆，腳在河裡一個踉蹌，那作繭自縛的喬喜兒這會兒就得到了「報應」，整個人撲到了河裡，摔了個水花四濺，全身衣服濕透了不說，還嗆了好幾口水。

秦旭不明所以的將她撈起來，哭笑不得。「真是沒用，站都站不穩，注定得要摔一次才過癮是吧？」

喬喜兒氣急敗壞的抹了一下臉上的水珠，狠狠瞪他。「用不著你管，還不是你，好端端的說什麼捉魚，看看我，全身都濕透了！」

那氣鼓鼓的樣子還挺可愛的，小嘴嬌豔欲滴，秦旭不知怎的就想起了那個吻，兩人這會兒也算是很親密了，奇怪他也不怎麼排斥，難不成受她的美貌誘惑？

真是見鬼了！

喬喜兒後知後覺的發現異樣，臉紅了紅，怒喝道：「看什麼看？還不快鬆開。」

她趁著某人失神的空檔推他一把，再飛快的上了岸，那一溜煙往回跑的樣子，好像後面有鱷魚在追趕。

暮色四合，家家戶戶灶房飄散著飯菜香味，喬家灶房也不例外。

方菊在灶房裡忙碌著，想著幾個孩子都挺辛苦的，自然要將這幾斤肉都給蒸了，而不是藏著掖著捨不得吃。

不過，都快飯點了，那幾個孩子跑去哪兒了？

抬頭便見喬喜兒跟個落湯雞般地衝了進來，方菊驚得眼珠子都瞪圓了，閨女整個人濕透，身上曲線畢露，這……

方菊臉色不太好看，想要去找衣服給女兒披上，卻見身後一陣風颳過，秦旭已脫了外套給她披上。

「跑那麼快做甚？還好這會兒天色剛黑，沒什麼人瞧見。」秦旭蹙著眉道。

這個女人知不知道什麼是濕身？若是被人看去了，多吃虧。

喬喜兒愣了愣，這衣服上飄散著他的陽剛之氣，讓她臉色更加爆紅。她會這麼狼狽還不是拜他所賜，他倒裝上好人了。

喬喜兒哼了一聲，進屋將濕答答的衣服換下。

「怎麼了這是，氣氛怪怪的？」

喬蓮兒可謂是一路嗅著飯菜香味過來的，她知道這個點要開飯了，便過來蹭飯，見秦旭這般失神的樣子，感覺有貓膩。

「咳咳咳……」方菊眼睛瞇了瞇，笑得見牙不見眼。

她將喬蓮兒拉到了一邊，附在她耳邊嘀嘀咕咕一陣，母女倆也不知說什麼悄悄話，臉上神色寫滿意味深長。

秦旭被打量得渾身不自在，趕緊找了個位子坐下，尷尬的等開飯。

喬蓮兒卻跟偷了油的老鼠似的湊過來。「妹夫，你多跟喜兒相處，就會知道她是個很好的姑娘，她雖然脾氣大，但心地好，雖老是跟人鬧事，但都是對方挑釁在先。」

秦旭點點頭，好像是這樣，近來喬喜兒也沒有之前那麼討厭了，他對她的感覺藏著說不清道不明的變化。

方菊拿著碗筷出來，見飯桌上人還沒來齊，又難免想開涮幾句。「女婿，這天氣熱了，你儘量少去山上，喜兒做香囊挺忙的，你不如有空多幫幫她。你們是夫妻，不管是誰掙錢，那都是一家子的錢。」

秦旭難得沒反駁，話是這麼說沒錯，但一個大男人被一個女人比下去，心裡挺不是滋味的。

之前他覺得自己會打獵，是家裡的頂梁柱，現在看喬喜兒比他更會掙錢，光憑那醫術就價值萬金，更別提這衍生出來的香囊。

「岳母還請放心，幫忙是一定的，不過我覺得姑娘家還是少拋頭露面的好……」

秦旭話還沒有說完，就聽見冷哼一聲，有香風陣陣襲來。「迂腐，看不起女人嗎？還是怕我的收入壓過你？」喬喜兒懟道。

秦旭擰眉辯解。「自然不是這個意思。」

「那你什麼意思？我娘說得對，不管錢是誰掙的都行，我們之前的約定依舊作數。」她若是能儘快掙到一大筆錢，立馬就放了秦旭，省得這男人成日在她跟前晃悠，看了礙眼。

秦旭像是被刺激到了，神色沉了下來，語氣冰冷。「女人家就該有個賢慧的樣兒，掙錢是男人的事。」

「大男人主義。」喬喜兒輕嗤一聲。

方菊跟喬蓮兒互相對望了下，再看這夫妻倆的相處，表面上看起來誰也看誰不順眼，實際上還真是對歡喜冤家啊。

「喜兒，你們若是等不了可以先吃，我給妳哥送盤扣肉過去。」方菊見喬石還沒回來，趁著這空檔，先給喬松送點肉菜。

「娘，我不餓，等人齊了再說吧。」喬喜兒看著她的背影，陷入了沈思。

喬家一家人對劉碧雲是好得沒話說，家裡有什麼好吃好穿的，都第一時間想到那邊，試問村裡有幾個分了家的能做到？

除了劉碧雲無理取鬧要錢開鋪的那次，喬家實在是拿不出錢來，其他那些大大小小的要求，喬家不是一直在想方設法的完成嗎？可劉碧雲是怎麼對待喬家人的？

不求她報答，但至少不是這樣抹黑。

方菊回來時，喬石也扛著鋤頭從地裡回來了，他在門口先是跺了跺腳上的泥，一進屋看見這豐盛的晚飯，張口笑道：「孩子他娘，給松兒那邊送一份了沒？」

「送了，剛送過去的。」

方菊笑著將他手中的鋤頭放到門口，拉過椅子方便他入座。

「行，那開飯吧。」喬石話落下，飯桌上開始有動靜。

方菊見喬喜兒咬著筷子在沈思，連忙挾了一塊軟糯的扣肉遞到她碗裡。

「喜兒，這段時間妳辛苦了，多吃點。」

「謝、謝謝娘。」喬喜兒尷尬的說了句，忙把肉塞入嘴裡細嚼慢嚥，心裡暗暗罵自己沈不住氣。

「來，女婿，你也多吃點。」方菊一臉慈愛的看著，若不是這女婿勤快有本事，他們也不知道什麼時候才能吃上肉啊。

飯桌一片其樂融融，喬蓮兒見狀，故意翹著嘴角。「娘，偏心，眼裡只有妳女婿。」

方菊嗔了她一眼。「妳這孩子，淨把自己當外人，想吃什麼儘管吃，娘大不了養妳一輩子。」

方菊這話可不是隨便說說，而是富有深意的。

最近村裡確實有風言風語傳出來，畢竟閨女大了還沒嫁出去，就少不了會被人一番議論，更何況喬蓮兒是「嫁」過一次的，更是要被唾沫星子給淹死。

不過這些閒話某些人也就只敢背後說說，若是被方菊當面聽見，還不得撕爛他們的嘴巴，她護犢子是出了名的。

「娘……」喬蓮兒淚花閃閃。

她一直認為自己是家裡的累贅，給家裡人抹黑，為此也悶悶不樂了好久，還好有喜兒帶著她做香囊，這忙碌起來，什麼煩惱都沒了。

「行了，吃飯就吃飯，還吃出眼淚來了。姊，妳放心，有我喬喜兒在的一天，誰都不能欺負妳，我若是有錢了，必定帶著妳。」喬喜兒拍著胸膛，豪氣萬千道。

在她看來，這根本不算什麼，女人只要經濟一獨立，再把自己打扮得貌美如花，還怕找不到男人嗎？再說了，喬蓮兒也才十七呢，這可謂是女人一生中最美好的年紀。

「咳咳，吃飯。」喬石輕咳出聲，就怕她們說話把自己給嗆到了。

自己家的閨女自己養著，誰也不能說什麼。

飯後，方菊在灶房裡燒水洗碗，喬喜兒在那兒張望了半天，也不知道該怎麼試探。

劉碧雲回來了，可見娘親是打從心裡高興的，在他們看來，嫂子回來就好，他們哪敢質問什麼？

算了，她還是儘快找出證據，在此之前就當作什麼事都沒發生，以免打草驚蛇。

就在喬喜兒在想著辦法對付劉碧雲時，村口駛進了一輛牛車，這牛車還挺大的，上面坐著四個人。

這突然來了一輛陌生牛車，還坐了這麼多人，村民們好奇，自然就會跟來看熱鬧。

就見牛車停在了喬家門口，先跳下車的是個年輕後生，十八歲的樣子，模樣周正，給人感覺是個踏實能幹的小夥兒，剛好喬家的那對姊妹花就站在院裡，四目相對。

還沒等喬喜兒反應，幾個愛八卦的村婦就開始交頭接耳。

「這小夥兒長得挺好的，難不成是來跟喬家提親的？」

「是啊，這喬蓮兒雖是個棄婦，也不是黃花閨女了，但畢竟這容貌好，性格也好，再加上喬家現在的日子好過了，能娶到這樣的媳婦，也是可以的。」

眾人議論紛紛，有的為喬蓮兒高興，有的還為這年輕的後生可惜，怎麼就看上了一個棄婦。

喬喜兒嘴角抽了抽。這牛車都停在了家門口，離得這麼近，她自然是看清楚了面前的這個年輕小夥兒，是幫她積極賣貨的何宇。

不過，何宇這人挺實在的，性格熱心、負責任，模樣也可以，若是真的能跟二姊配成一對，也算是一件美事。

就不知道兩人是怎麼想的，有沒有可能擦出火花？

對於有幾面之緣的何宇，喬蓮兒並不陌生，見大家議論，她不好意思的解釋。「鄉親們，快別議論了，這個小夥兒是過來拿貨的。」

「原來是拿貨的？拿什麼貨？」

村婦的討論沒有停止，這換了個話題，繼續能八卦得起來。

「是拿香囊吧，我聽說生意挺好的。」

「不是吧，這一牛車的人都過來拿貨？喬家這是要發達了？」村民們羨慕嫉妒恨的瞅著。

轉念一想，這村裡幫忙做香囊的婦人也不少，若是喬家的香囊生意能擴大，那豈不是還要招人？那她們就有機會啊。

想到這兒，一個個都跟打了雞血一般的往前湊。

院子裡這麼熱鬧，方菊也走了出來。

喬喜兒客氣的將人請進了屋。「何宇，你們來者是客，先進屋坐吧。」

「成。」

何宇靦覥的笑笑，看見喬喜兒，他才發覺，這幾天的食之無味是因為心裡惦記這個姑娘，這不，一聽說大夥兒都要拿貨，就趕緊召集一起過來了。

等看到那個穿著灰色衣裳的婦人端著幾碗水過來，他羞紅了臉，有種女婿見丈母娘的錯覺。

「來，喝點水，喬家也沒什麼好招待的，讓幾位見笑了。」方菊笑說著，對眼前這個小夥兒挺有好感的。

剛才院子裡的那些議論她是聽到了，若是來提親就好了，這樣的女婿，踏實能幹，模樣又周正，她自然歡喜。

只不過再看喬蓮兒正跟喬喜兒說話，根本也沒看這邊一眼，得了，是她想多了。

「嬸子，客氣了。」何宇說完，也不拐彎抹角，瞅著那個可人兒道：「喜兒，他們跟我一樣是來跟妳拿香囊的，妳看貨夠嗎？我們要的數量不少。」

說起這個他就比較在行了，憑藉他在鎮上打滾的幾年，幫喬喜兒試賣過，可推斷出這香囊生意今後必熱的，趁著還沒有太多人賣，他準備籌備一下，大掙一筆。

喬喜兒打量了幾人，有個眼熟的是賣胭脂的大姊，另外兩個就是年紀偏大的中年大叔。

「有的，拿多少都有。」

喬喜兒說得歡快，將人迎到喬蓮兒的那間屋裡。

眾人一進去就能聞到濃郁的香味，沁人心脾，只見桌子上、籮筐裡，到處都是香囊，牆角邊的長凳上堆了一些布疋，幾個圓形的籮筐裡晾曬著香料，這架勢果然是專門做香囊的。

何宇一邊打量著，一邊在找喬喜兒傳說中的那個相公，奇怪並沒有看到那個男人，難不成那男人是故意誆他的？

他在琢磨著怎麼詢問，才不會顯得突兀。

「小姑娘，這些香囊都挺精緻的，都是妳們自個兒繡的？」

膚色黝黑的大叔手裡捏著個香囊，放在鼻息間使勁嗅了嗅，瞬間感覺頭腦清醒了很多，聽何宇說這香囊有功效，他原本還不相信，這下眼見為實，確實靠譜。

喬喜兒搖搖頭。「我們才幾雙手，自然繡不了這麼多，我們是找村裡的婦人繡的，給工錢的形式。」

聽她這般解釋，就覺得這個場子鋪得還挺大的，看來這小姑娘是要做大，是個做生意的料子。

這香囊一針一線裡都透著齊整，做長期的，就要保證品質。

大叔每樣挑了十個，十分乾脆俐落。「成，我們都過來親眼看到了，那就放心了，我拿一百個。」

「一百個啊，成，我登記下。」喬喜兒笑得樂顛顛的。

瞅著幾個人就跟瞅見白花花的銀子似的，喬蓮兒只想笑，妹妹這個小財迷呀。

大家都是來拿貨的，有人開口，後面幾人就爭先恐後。

「我拿五十個。」

「我拿兩百個。」

「我也拿一百個。」

喬喜兒登記完後，發現數量不夠，一臉歉意。「那個，我這兒只有三百來個……」

何宇率先反應過來。「沒關係，喜兒妳先給他們，我過幾天來拿，或者去集市妳帶給我都成。」

「行。」喬喜兒就喜歡爽快人，合作起來一點也不累。

等會兒她讓娘去收些做好的香囊回來，估摸著可以補一些，不過這麼算算，繡手工的人數還是不夠，讓她娘再去找幾個嬸子幫忙好了。

「好說好說。」

何宇騰開位置，讓這幾人先登記，他則是在喬家走了一圈，打量這個淳樸的山村，風景還算不錯，有山有水。

在鄰近的幾個村中，長河村不算小，但密密麻麻的都是茅草屋，顯見村中貧窮人家居多，僅有幾間瓦片房巍峨聳立。

看著喬家屋裡那熱鬧的情景，何宇不知怎的，就覺得喬家這搖搖欲墜的茅草屋馬上會變成瓦片房，誰讓喬喜兒太能幹了，這樣的姑娘肯定旺夫，誰娶了誰福氣。

就在他瞅著她目不轉睛時，一道輕咳聲打斷了他。

何宇回神，就聽見一陣撲騰聲，一隻帶血的野雞飛到他腳下撲騰，嚇得他尖叫了一聲，臉色蒼白。

「都說書生百無一用，我看你比書生還不如。」秦旭聲音冷冰冰的砸下來。

看見這男人出現在這兒就已經冒火，更何況他瞅著喬喜兒那眼神是用愛意包裹的，簡直是褻瀆。

「怎麼了這是？」

喬喜兒聽到動靜忙跑出去，就看見這劍拔弩張的兩人，那隻帶血的野雞在何宇腳邊掙扎，飛濺出來的血都沾到了他的衣角。

她趕忙拿了塊濕布巾給他擦了擦，話是對著秦旭抱怨。「爹娘不是讓你少去山上？你去就去了，為何把野雞丟在客人腳邊？」

作為香囊拿貨的領路人，何宇可是她的大功臣，喬喜兒自然要好好對待。

秦旭看見她對別的男人如此客氣關心，心裡不是滋味，緊繃的臉有青筋在跳動，一雙深邃眼睛裡蓄滿怒火。

正當他要發作，喬蓮兒過來解釋。「妹夫，你回來了啦，這幾個人都是來拿香囊的客人，他們準備擺攤捎帶賣香囊的。」

在煮紅糖水的方菊也聞訊出來，看見他手裡還拎著隻野兔，無奈又心疼道：「女婿，山裡多危險啊，你可別再去了，你看喜兒挺忙的，你偶爾幫幫忙就好。」

聽著這一口一個女婿、妹夫，何宇還有什麼不明白的，他的臉漸漸蒼白，原來他們真的是夫妻。

喬喜兒不以為然。「娘，他自有分寸的，妳看他人高馬大，又有功夫底子，只要不去深山，哪會出事？」

秦旭臉色難看得很，總覺得喬喜兒對他的生死不在乎，想到她被人惦記著，心裡不免膈應。

「說什麼呢，妳這傻丫頭！」方菊拍了下她的手，這閨女這麼不擔心女婿的安危，是想當寡婦啊？這兩人也不知鬧騰什麼，她看得雲來霧去的。

喬喜兒才不想理會這個男人的莫名其妙，她繼續招待這些拿貨的客人。「大家來看看這款香囊，是我為端午特別設計的，很有特色，大家可以主推。」

她說話清脆動聽，介紹又很到位，本來大家都點好數量了，又破例的多拿了幾十個，很快這喬家的庫存都被清光了。

何宇雖難免有些挫敗，但一想到有錢掙，也沖淡了這心裡的憂傷。他真沒想到自己頭一次看上的姑娘，居然是別人家的娘子，這下是徹底死心了。

這一行人拿了貨之後就樂顛顛的走了，甚至都來不及喝方菊煮的紅糖水，一個個都迫不及待的趕著拿貨回去賣。

等人走光了，喬喜兒興奮的數錢，那水靈的大眼睛亮閃閃的，十足的小財迷。

秦旭看她根本不把自己放在眼裡，心裡莫名失落。剛才他很想再當面警告那個心思不純的何宇幾句，但想到這樣會讓喬喜兒認為他心裡有鬼，也就一直抿唇不語。

他這失落的模樣，落入了張翠的眼裡。

剛才喬家的熱鬧，她可是駐足看了好久，同為愛戀的眼神，她一下就看出那個何宇對喬喜兒有意思，趁著這時的空檔，她湊過去好一番挑撥。「秦旭哥，你看到了吧？這喬喜兒根本水性楊花，見一個愛一個，剛剛根本只顧著外人嘛，眼中哪還有你啊，幸好你也不喜歡她不是嗎？不如乘機和離算了。」

他們和離，她就有機會了，這段時間，她也對外相親許多回了，但偏偏就是無意於他人，滿腦子都是秦旭的身影。

喬喜兒在數銅板的同時微微側頭，發現張翠竟然在這兒挖她牆角，也是哭笑不得，她自然不會去趕人，在她看來，能被挖走的牆角就不是好牆角。

秦旭有些生氣，抱著賭氣的成分，對張翠緩和態度問道：「和離之後再當妳張家的上門女婿？」

瞅見他這譏諷的樣子，張翠意識到他討厭這個稱呼，便道：「秦大哥，你可以在鎮上租個宅子，我嫁給你，我們再一起打拚。」

「不錯，不錯，秦旭你可以考慮一下。」喬喜兒記好帳、數好銅板，不知什麼時候站在兩人身後，這會兒可勁兒的鼓掌。

張翠當場黑了臉，見這女人得意的樣子，恨不得撕了她。

秦旭則是眼神冰冷的望著她，說不出的複雜。

「好，很好，我明白妳的意思了。喬喜兒，妳很好。」

秦旭語氣冰冷的落下話後，便走到她跟前，眼神瞪得嚇人，他隱忍著捏拳，怕會忍不住要揍人，隨後修長的腿就邁了出去。

喬喜兒不以為意，秦旭馬上就可以自由了，她掙大錢可以讓喬家過上好日子，他也算是報恩了，當然也沒必要再留下來浪費時間。

當晚，秦旭回來後一言不發，身上散發著冷氣，跟往常一般，洗了把臉就回屋躺著。

兩人自從成親那天起，他一直是睡在地上的草蓆上。

喬喜兒算了算時間，他腦中的瘀血散得差不多了，這一次就能徹底去除。

她來到灶房，見四處沒人，就躲進空間裡，拿了套銀針出來。這銀針在空間放得久了，自帶靈氣，那銀針扎下去，療效快很多。

這空間真是個好地方，喬喜兒竊喜的想著，剛才她還翻看了下藥箱，發現裡面多了個精緻藥盒，盒子裡躺著幾顆藥丸。

她聞了聞，直覺認為這藥丸能讓秦旭恢復內力，可這顆數好像不夠，等過幾天再看看，應該能湊齊全的。

喬喜兒從空間出來後，看著手上的銀針還冒著霧氣，覺得十分神奇。

等霧氣散去後，她輕手輕腳的推門進房間，瞅見某人閉著眸子，還有些驚訝狐疑，這麼早就睡著了？

她湊過去，小聲喊道：「秦旭，醒醒，我要替你扎針了，這是最後一次，結束後，瘀血就散了。」

秦旭壓根兒跟沒聽見似的，側過身背對著她。

喬喜兒黑了黑臉，他擺臉色給誰看呢？她可是大夫，給他治病的好不好？

得了，她儘管扎針就是了，完成任務後就算大功告成。

她一邊扎針，一邊想著，等這次集市去鎮上把輪椅拿回來，就要找藉口給哥哥治腿了，不料這一走神，就聽見輕嗤一聲，一道悶哼聲響起。

某人惱怒的聲音帶著火花。「喬喜兒，妳要謀殺親夫嗎？」

「呀？你終於肯轉過身配合了。」喬喜兒懶洋洋道，不知道她貓著身子很辛苦嗎？她就是故意的怎麼了，誰讓某人不配合？

秦旭剛翻過身，正面朝上，就見她手中的銀針快狠準地又扎了下去。「秦旭，這次結束後，你腦部的瘀血就差不多清除了，至於你的內力呢，我已經安排好了，這陣子先泡藥浴，然後配合服用我研製的藥丸，治療一段時間差不多就能恢復。」

「看來，妳迫不及待想讓我走。」秦旭冷聲道，他本想著怎麼都還要再治一段時間，沒想到這麼快就都安排好了，她有那麼厲害嗎？

「什麼意思？你不想走？」喬喜兒挑眉，明明從頭到尾都是這男人心心念念的要離開。

「我自然想走，我已經找到一個快速掙錢的法子，過段時間，我可能要離開一些時間。」秦旭面無表情道。他接了一個押鏢任務，路途比較遠，但一趟下來，銀子不少。

「哦。」喬喜兒淡淡道。

「妳……」秦旭眸色一黯，只感覺一拳打在棉花上，他以為喬喜兒會攔住他，或者追問什麼，但是她沒有。

喬喜兒才不擔心這些，她認為他是個有分寸的人，定不會讓自己置於危險之中。

「好了，我要拔銀針了，你好好睡一覺。」

銀針一根根的拔完後，秦旭只感覺腦袋昏沈沈的，很快便沈沈進入夢鄉。

喬喜兒看這時辰不早了，收拾了一下也很快倒頭就睡。

過沒多久，就聽見公雞的啼叫聲，她揉了揉昏沈的腦袋，不太情願的起來。

喬蓮兒已在用早飯了，而方菊在灶房裡忙碌，看見她後慈愛道：「來，喜兒，早飯做好了，妳吃吧。」

早飯比從前豐盛許多，是肉包子配小米粥，還有一碟花生米跟一碟鹹菜。精緻的鮮肉包是方菊親手做的，比街上買回來的還好吃，喬喜兒破例吃了三個，她滿足的打了個飽嗝。

她娘親的廚藝怎麼那麼好呢？這樣下去，她會被養胖的。

「姊，我吃飽了，今天我去鎮上看看，不擺攤，一個人去就可以了。」喬喜兒道。

「啊，妳一個人行嗎？」喬蓮兒也知道家裡的存貨不多，但她以為喬喜兒還是會自己擺攤賣的。

「當然行，我只是去鎮上，又不出遠門。還有，我覺得我們姑娘家經常在鎮上拋頭露面也不太好，我打算以後多多出給那些攤主幫我們賣，妳的日常任務就是跟王秀嫂子一塊兒，盯一下香囊的做工。」

「好。」喬蓮兒點頭答應，妹妹說的是這個道理，她之前就擔心拋頭露面惹麻煩，畢竟兩人都長得如花似玉的，這常在河邊走，哪有不濕腳的。

「行，那姊，我出門了。」

喬喜兒跟家裡人打招呼後，就拎著個小布袋出去了。

她顛了顛衣袖裡沈甸甸的錢袋子，會心一笑，這次去鎮上可是去消費的。

趕集日，好幾輛牛車來來回回不停的走，喬喜兒剛來到村口就趕上牛車了，一車的婦人一看見她就跟看見什麼香餑餑一般，個個都熱情的打招呼。

「呀，喜兒，妳來得可真早。」一個婦人特意給她挪了點位置。

「喜兒，妳今兒個要去鎮上擺攤嗎？我聽說妳家的香囊現在可火爆了，很多攤主都上門拿貨。」婦人們嘰嘰喳喳，將她圍坐一團。

喬喜兒瞅著這車上就有兩個幫她繡香囊的婦人，語氣便客氣了幾分。「我這次去街上是幫人賣香囊做示範的，嬸子們家中若有興趣擺攤賣香囊的，也可以從我這兒拿貨，至於怎麼賣，我會親自指導的。」

「這聽起來挺不錯呢，行，那我們有需要就找妳。」婦人們議論著，對喬喜兒可謂是刮目相看了。

「好了，大夥兒別顧著聊天了，都坐穩了。」趕牛車的大爺呼了聲，便揚起鞭子趕起了牛車。

塵土飛揚的同時，一輛馬車也從村口駛出來，沒多久，就趕超了這輛牛車。

這輛馬車雖說造型普通，算不上豪華，但在這村裡出來的，大家便心知肚明是張家的馬車，整個村裡獨一輛啊。

馬車裡的張翠掀開了車簾，看著那漸漸拉開距離快要看不清臉的喬喜兒，冷哼了一聲。

喬喜兒，我讓妳狂，妳等著，一會兒去鎮上可有好戲瞧了。

為了加速這場原本就不牢固的姻緣破碎，她等不及了，要使用點非常手段。

同在馬車上的張母不知道閨女的心思，只是一個勁兒道：「翠兒，這回娘給妳安排的那位公子，妳鐵定喜歡，是鎮上難得的美男子，家境殷實，跟咱家一樣，也是跟綢緞打交道的。」

「娘，我知道了。」張翠心不在焉的附和。

她都相親幾回了，那些公子哥兒看著挺一本正經的，但私底下都風流得很，她才不要嫁給這樣的人家。

馬車的速度就是快，比牛車先抵達鎮上，趕車的是張福，他將馬車停到明月酒樓的院裡。

等馬車裡的母女下來，便給了她們銀子道：「孩子她娘、翠兒，我去幾個鋪子看看出貨量，妳們娘兒倆在鎮上逛會兒，那相親的聶公子巳時三刻會到。」

「知道了爹，你就放心辦你的事吧，我這又不是頭一回相親。」張翠把玩著沈甸甸的錢袋子，面帶著幾分撒嬌。

「成。」張福拍了拍閨女的手，這才放心離去。

不管張翠將來是嫁給秦旭，或者富家公子都沒問題，只要她能幸福就成，他張福可就這麼一個閨女，這不可勁兒的寵，至於家中的小兒子不過五歲大，還成不了氣候。

在這對母女倆剛抵達酒樓時，喬喜兒坐的牛車這才到了鎮上。

她一路逛下去，看見了好幾個攤主是在她那兒拿過香囊的，分別是胭脂、雜貨、首飾攤位，她站在攤位前看了會兒，聽這些攤主吆喝，嗓門挺大的，就是介紹香囊的說法不太到位，有些連成分都弄不清楚。

喬喜兒踩著小碎步過去胭脂攤位，清了清嗓子幫忙介紹道：「這位姑娘，這是端午香囊，裡面裝了硃砂、雄黃、香藥等，寓意驅邪避災、吉祥如意，可以送給家人、心上人。」

她長得標緻，即便不說話，光是那亭亭玉立的身形就引人注目，更何況她的聲音清脆動人，如山澗清泉，一下子就將人的注意力吸引過來。

幾個拿貨攤主看見東家姑娘過來指導，都爭先恐後的請她幫忙，喬喜兒示意他們一起過來聽。

論賣香囊，她可以說是絕頂的，畢竟占了有醫術這個優勢，見有些人雙眼浮腫、眼圈重的，必定是睡眠不好，她就會推薦：「這位客官，這個香囊裡面裝了大量的薰衣草，可以助睡眠的。」

見那些走街串巷的小販，就會推薦：「這位小哥，你經常在外跑，天氣熱容易中暑，可佩戴一個防中暑的香囊，這裡面裝有艾葉、藿香、肉桂等藥材，能起到很好的預防。」

這說得頭頭是道，哪還有人會不買的？

那些客人紛紛道：「小姑娘，妳太能說了，我買一個。」

「姑娘懂藥理嗎？說得很到位啊。」

喬喜兒謙虛的笑笑，在外人面前，她不會擺弄她的醫術，只道：「我是專門做香囊的東家，大家若想賣香囊的，也可以在我這兒拿貨。但有個要求，一條街，同樣賣香囊的不能超過三家，避免互相競爭。」

她剛瞄了下，這一條街，算上何宇的剛好三家，再多就要飽和了，下回審查拿貨的人，這個就是指標之一。

「妳這小姑娘挺會做生意的，行，那我有需要就找妳。」挑水果的小販買了香囊，便笑咪咪的走了。

大多數人都是爽快的買了就走，唯有個婦人在那兒挑半天，也咕噥了半天。「小姑娘家的就會唬人，不就是個破香囊嗎？說得那麼神奇，在妳這兒買一個，都可以在別家買三個了，妳還真是個黑心商。」

這話說的，攤主大娘就要衝上去跟她理論了，喬喜兒卻將人拉住，示意她來解決。

「這位大姊，話不能這麼說，我們家的香囊都是按照藥材比例，精心而製的，妳看看這功效、布料跟做工，那都是一等一的好，可謂是香囊中的精品。這也只是在地攤上賣，若是放鋪子裡，隨便都能賣個五十文，妳買到就是掙到。」

喬喜兒當然有底氣了，誰會那麼認真做香囊，她的種類為何那麼多，還不是因為有金手指？這實力在手，自然不是光說大話而已。

那婦人已是半老徐娘，原本看小姑娘漂亮，還挺嫉妒，但她嘴甜，那一聲大姊，就把她的怒火滅了不少。

瞧見她那麼能說，她反而沒詞了。「行，妳說得挺有道理的，給。」

見這人給了錢，喬喜兒頗有成就感。「大姊，這些胭脂水粉妳也可以看看，有需要的可以一併帶，都很適合妳啊。」

那半老徐娘本就不愛打扮，但聽喬喜兒一口一個大姊，就想起年輕時候的自己，也是一個俏姑娘啊！便買了一盒香胰子跟一盒胭脂。

「行，我都買了，小姑娘，妳可真行。」她可是出了名的挑剔鬼跟摳門的，經常不捨得給買東西的，這會兒倒是被喬喜兒說動了，真是難得。

「這女人啊，就要好生打扮自己，誰沒有年輕過啊，是不是？大姊看您這樣子，年輕肯定是個美人，以後多多光顧。」某人的嘴跟抹了蜜一般，妙語連珠。

「好咧。」婦人心滿意足的走了。

這一番生意經，可將人看得一愣一愣的，胭脂大娘直呼道：「東家，妳太厲害了。」

幾個攤主都投來敬佩的眸光，喬喜兒笑笑。「大家不用著急，這賣貨技巧多練練就會了，最主要是說到客人的心裡去，讓他們心甘情願的掏錢，正所謂沒有不好的客人，只有不會賣貨的老闆。」

「高，實在是高。」幾個攤主頻頻豎大拇指。他們簡直是碰到了個福星，怕是拿了這香囊後，自己其他貨都會被帶動的。

這樣的畫面，落入了一位公子的眼裡，他停下腳步看了好一會兒，實在是被喬喜兒的口才折服。
這位姑娘好生厲害，不僅長得好看，身形曼妙，還很有趣，這性格大大咧咧的，也挺實在。
若是換個人來賣，這些香囊肯定沒有人搶的，這價格那麼貴，都能被哄搶一空，怕是這張嘴，黑的都能說成白的。
隨從見自家公子看某位姑娘入了神，輕咳一聲，好生道：「公子，別看了，咱們還約了人，時辰差不多了。」
「不急，再看會兒。」
隨從。「……」
公子這約了姑娘相親，肯定要早一點到，總不能讓姑娘家坐在那兒乾等吧？但公子不肯走，他也不敢去拉扯，只能默默的等。
此刻的喬喜兒來到了何宇的首飾攤位，將一袋香囊全給了他，她收了碎銀後，沒有立即走，而是幫忙賣貨。
看何宇挺不容易的，也幫過她的忙，反正她今日沒什麼事做，就幫忙賣會兒。
不得不說，美人效應就是不同，喬喜兒往這兒一站，就吸引了不少人氣。
姑娘家瞅見她跟何宇挺登對的，以為是一對新婚小夫妻，也就沒什麼敵意，看老闆娘長得這麼好，穿衣也得體，想必眼光是不錯的。

「我想買簪子，有介紹的嗎？」

「妳這兒有手鐲嗎？」

「有的，有的，姑娘家用的東西，都一應俱全，不僅如此，我們還有香囊，平日裡可佩戴在身上，自帶香氣，打造屬於妳的專屬味道。」

喬喜兒說的這種感覺挺像香水的，可不是，這些都是純天然的，味道能達到相似。

姑娘們很多都沒有佩戴香囊的習慣，聽她這麼一說，買了首飾，還會順便挑個香囊，香味挺多樣的，玫瑰花、茉莉花、桂花等等都有。

喬喜兒根據她們的外貌特色和性格，挑了合適的香味。

「好，一起拿了。」

「我要兩個香囊。」

姑娘們都不甘示弱，看別的姑娘家買了，各自也會紛紛購買，況且聽喬喜兒一說，她們就覺得這香味挺重要的，也挺有講究，看來在變美的路上，也得注意細節呢。

有了喬喜兒在，何宇根本沒有插嘴的機會，他樂呵呵的收錢時，總時不時瞅著她，覺得能站在她身邊就是一種幸福，根本不敢妄想其他的，真羨慕她相公，能娶到這麼好的媳婦兒。

何宇看得認真，根本沒想到除了他，還有個人目不轉睛的看著喬喜兒。

聶軒揮了揮手裡的摺扇。「若是咱們鋪子裡的夥計都這麼能說會道，咱們還愁有賣不出的貨？這姑娘太可愛了。」

「公子？您的意思是？」隨從看得一愣一愣的。

「沒什麼，去明月酒樓。」聶軒心想著，若是相親的姑娘是眼前這位，那他很樂意成親的。

畢竟也到了該要娶妻的年紀，禁不住母親的嘮叨，只是，相親也那麼多回了，沒有遇上一個他真心喜歡的女子，他也實在是無感了。

他轉了個方向，朝著明月酒樓的方向走去。

另一頭，張翠尋了個藉口讓娘親在明月酒樓等候，自己則拿著錢袋子依計而行，獨自上街。

她在人潮中尋到了攤位前的那抹俏麗身影後，瞇了瞇眸子躲在了隱密的角落處，四處張望了會兒，沒多久，就見一個賊眉鼠眼的男人出現了。

「翠姑娘，人都找來了。」

說話的男人正是劉海，長得跟瘦皮猴似的，正是東河村裡跟喬喜兒相過親的劉家男子，他身後還跟了幾個不知名的混混。

張翠前陣子在鎮上目睹了這男人跟喬喜兒的衝突，見其對喬喜兒不滿得很，便有了今日的主意。

她給他一點銀兩，要他安排人手在喬喜兒上街擺攤之際尋釁找麻煩，給她個教訓。

「很好，你們待會把她的攤位給砸了，再狠狠往她臉上招呼。」張翠說這話時，哪還有天真少女的樣兒，那血紅的眼睛像極了毒蛇。

幾個男人被這狠辣勁給嚇到了，不過轉念一想，這有銀子可賺，雖說這姑娘家劃花了臉挺可惜的，他們倒還可以占點便宜。

「行，我們去砸場子了。」

幾個男人湊在一塊兒，互相使了個眼色，便朝著前方攤位走去。

張翠瞇了瞇眼睛，嘴角咧開嗜血的弧度，朝著另一個方向走去。

她還得相親呢，耽誤不得，三對一，也不怕喬喜兒能逃脫，她就坐等著好消息。

「幾位客官，需要點什麼？」

喬喜兒在清點香囊，何宇便自覺的招呼，那幾個混混也不搭理何宇，瞅著喬喜兒的花容月貌，一個個眼睛都直了。

這山裡姑娘還能出個天仙人物，也就喬喜兒了。

可這女人邪門啊，竟然剋夫，他們雖心裡頭癢癢，但無福娶回家，只不過呢，調戲一下還是敢的。

「姑娘，在賣什麼呢……」

「喲，美人賣香囊啊，讓我瞧瞧有什麼新花樣沒有……」

男人說著就伸出鹹豬手，往喬喜兒臉上摸去，沒料到伸出的手被何宇一把抓住。

「你們誰啊？再這樣騷擾良家婦女，我可要報官了。」

「呦，喬喜兒，原來妳喜歡這樣的小白臉啊，看著跟軟腳蝦似的，這樣的態度，怎麼做生意的啊？是欺負我們是不是？」劉海從後頭走了出來。

「一看就是欺負我們啊！咱們還跟他廢什麼話，直接搶人砸攤位唄！」一個瘦弱的混混大聲一吼，三個男人頓時一擁而上，兩三下就將攤位給砸了。

喬喜兒見機想要報官，還沒走幾步，胳膊就被一隻粗糙的手給攥住了。

「喬喜兒，妳放心，我會對妳溫柔的，妳看看妳選的什麼窩囊男人，還不如跟了我，我定不會讓妳拋頭露面。」

「滾開！」

喬喜兒大力甩開劉海的鹹豬手，看到這個男人如此噁心，還咧著一嘴的黃牙，抬腳就往他的命根子踹去，只聽見震耳欲聾的嚎叫聲，劉海就倒地了。

另兩人怒罵了一聲。「臭娘兒們！」就衝了過來。

何宇來不及心疼被砸的攤位，他雙手難敵四手，很快就被打趴了。

「喜兒，妳別管我，妳快跑！」

喬喜兒倒是想跑，只不過除了躺地捂褲襠的男人，另外兩個凶神惡煞的大男人可是將她圍住了，而街上一旁在看熱鬧的行人都趕緊閃到了一邊，生怕殃及池魚。只有幾個得了喬喜兒恩惠的攤主，見狀趕緊去尋管事的捕頭，現場一片狼藉。

「喬喜兒，看妳往哪裡跑！妳行啊，剋夫掃把星，把相親的男人都害得倒楣透了，還不賠錢，這回讓哥哥們親下，這些帳就算一筆勾銷。」

一個混混說著就去抓她的臉，何宇頂著鼻青臉腫的傷護了上去，還沒靠近，就被混混一腳踢開。

何宇痛苦的哀號，喬喜兒嚇得喊道：「何宇，你、你沒事吧？」

怎麼辦？她的福袋空間是能藏人，但這大白天的，她不可能拉著人當場玩失蹤吧。

就在她六神無主、急得跟熱鍋上的螞蟻似時，來人突然拿出一把匕首朝她凶狠警告。

「臭娘兒們，還不趕緊過來，看我怎麼劃花妳的臉，叫妳四處勾引人！」

鋒利的匕首在陽光下展露鋒芒，眼看著就要朝她臉上呼嘯而過……

眼前突然有道人影閃過，等喬喜兒反應過來，就見一雙骨節分明的大手握住了匕首，鮮血從刀尖滾落，一滴一滴的泛著血腥味。

而此刻的刀尖離她的臉蛋只有一指甲蓋的距離，也就是說，差一點，她就被毀容了。

「秦、秦旭，你來了……」喬喜兒的心跳從未像此刻這般沒規律，看著這個如天神般降臨的男人，瞬間有了安全感。

秦旭看都沒看她一眼，冷哼一聲，手一用力，那個拿匕首的男人便摔倒在地，他一腳踢過去，就見男人的一顆門牙飛了。

慘叫聲連連，另一個混混見狀不好，立馬和劉海扶著倒地的混混逃跑了。

「快，快跑！這小賤人有幫手。」

秦旭正欲追去，被喬喜兒一把攔住。

「算了，秦旭，你別追了，你手都受傷了。」

他滿手都是血，她看了就瘮得慌，趕緊從衣袖裡掏出繃帶以及金瘡藥，給他麻利的包紮。

「笨死了，一點功夫底子都沒有，盡是被人欺負。」秦旭看了看何宇，又看著喬喜兒那認真包紮的樣子，冷哼了一聲，也不知道這話是說給誰聽的。

「是是是，全虧你武功高強，這次多虧了你，謝謝你。」喬喜兒口齒伶俐的反駁，手中的動作卻不帶停留的，麻利的把他的手裹成了個粽子。

秦旭嘴角抽抽，敢情這女人是隨身帶著這些東西是嗎？看著她包紮時動作認真、神情專注的模樣，還挺動人的嘛……哎呀，他在想什麼呢？這分明就是朵帶刺的玫瑰，麻煩精！

「算了，妳別太感謝我，就當還妳治我內傷的恩情。」秦旭面無表情的說著，見喬喜兒包紮完他的傷口後，又忙著給何宇上藥，他的臉色沈了沈。

最後，喬喜兒將一地的狼藉收拾了下，內疚地說：「對不起，何宇，這件事看來是我惹出來的，我得罪的人太多了，也不知是何時惹上了麻煩，要不你看看攤子上的東西有什麼損壞的，儘管算在我帳上，我可以賠你。」

「不用了喜兒，是、是我沒用，差點讓妳受傷。」何宇很是受挫，保護不了喜歡的人，只要人沒事就好，東西毀壞就毀壞了。

他這是第二次在秦旭面前出洋相了，身為一個男人的尊嚴已然掃地，以後更不敢想能配得上喬喜兒了。

「這不能怪你，你別這麼想。」喬喜兒安慰道，他雖然沒什麼功夫，卻是個真性情，危險來臨，拚了命也要護著她，這人還是不錯的。

秦旭見她對某人如此關懷，一抹醋意在心頭，忍不住壓低聲音譏諷道：「呵，真是沒用，連個女人都護不住，有些人眼光就是如此，特別喜歡這種軟腳蝦。」

喬喜兒也不吭聲，看在他今日英雄救美的分上，就不跟他計較了。

她堅持要賠銀子給何宇，對方堅決不要，僵持不下後，喬喜兒也隨他了。

不一會兒，有巡邏的捕快趕了過來詢問情況，幾個攤主也圍過來關心。

「喜兒東家，妳沒事吧？」

「是啊，這些人一看就是故意找碴的，還好有這位英雄及時出現。」

「我們也想幫忙，但看對方帶著匕首，硬是不敢過去，只得報官了，東家，妳不會怪罪我們吧？」

幾個攤主你一言我一語的說著抱歉的話，喬喜兒點點頭，表示理解。

「我沒事，謝謝大家關心，我能理解的，大家在外做生意，自身安全要緊，都有一家老小要顧，可得多注意些。這幾個都是混混，估計報官也於事無補，可能也抓不到人，還是下次各自小心點。」這些人中她只認得劉海一個，無意多加追究，以免節外生枝，事情鬧大。

只當他是對她心存不滿，故意找事出個氣，氣出完就算了，根本沒想到背後還有人指使。

「沒事就好了，不過今天這些混混知道東家有人護著，估摸著下回也不敢來了。」攤主又道。

「成，大家都先回去忙吧。」喬喜兒安撫好攤主，給何宇收拾好攤位後，便邀請秦旭吃飯，後者來者不拒。

第八章

喬喜兒和秦旭來到了明月酒樓。

鎮上的明月酒樓生意雖比不上對門的明華酒樓火爆，但這會兒臨近中午，也是生意極好。

「兩位客官裡面請，樓上有雅座。」夥計看見來客人了，熱情的招呼。

「那我們坐樓上吧。」喬喜兒對著秦旭比劃了個請的姿勢，後者沒說什麼，表情淡淡的跟了上去。

靠窗的雅座，能將整條街道的熱鬧喧譁盡收眼底。

「兩位要點些什麼？」夥計過來詢問。

喬喜兒將菜單推到秦旭跟前，聲音比平日裡柔和幾分。「你來點，想吃什麼就吃什麼，不用替我省錢。」

這頓飯算是請救命恩人的，她自然不會吝嗇。

秦旭見主動權在他這裡，也沒推辭，點了三個招牌菜、一壺酒。

「行，就這些。」就兩個人，多了也吃不完。

「好咧客官，請稍等。」夥計記好菜名，便繼續忙碌了。

等待上菜的期間，斜對面的那桌美味佳餚正飄散著熱氣，食物的香氣很是勾人，想必這家酒樓的手藝可以。

她記得秦旭還賣過獵物給這家酒樓呢，不知道掌櫃還記不記得他們？

對桌那邊有聲音響起。「翠兒，妳別愣著了，聶公子給妳挾菜呢，還不快點說謝謝。」

張母見閨女走神，忙頂了頂她的胳膊肘。

這聲音挺熟悉，喬喜兒定睛一望，正好就跟張翠的眼神對上了。

「呀，那不是張翠嗎？」喬喜兒下意識地脫口而出。

看起來這陣仗似乎是在相親呢，再看那位貴公子穿著一身紫色衣袍，面如冠玉，俊朗不凡，想不到這張家可以啊，居然能約到這種極品。

不同於喬喜兒驚訝的眼神，張翠的表情卻是一臉見了鬼似的驚恐。

她、她居然好端端的坐在這兒，毫髮無傷？那幾個廢物，真是沒用，連個女人都傷不了。

還有，秦旭怎麼來了，他今日不是不來趕集嗎？

兩女相望，兩男也不動聲色的打量著對方。

秦旭對那一桌的人無感，態度顯得漫不經心。然而聶軒不同，能在這兒看到喬喜兒，心裡蕩漾起漣漪的同時，也不免好奇。

「翠姑娘，妳們認識嗎？」

張翠的臉色不太好看，勉強點了頭。「嗯，同一個村的，那位姑娘叫喬喜兒，是我們村裡出了名的剋夫命。」

張母見聶公子的注意力竟被別的姑娘引去，桌下的腳冷不防踢了閨女一下，以示提醒。

張翠收到母親的暗示仍不以為意，目光死死的看著那對男女。

聶軒看出了端倪，揮著扇子笑問：「那男人長得十分英俊，是喬喜兒的哥哥嗎？」

「不是，是喬家的上門女婿。」

「……」聶軒一愣，一臉茫然的看著張翠，語氣略有些遺憾。「他是喬喜兒的相公？」

「算是吧，不過，很快就不是了……」張翠此時已無心相親，反而三言兩語就把喬喜兒的底給揭了，說她如何用下作手段逼人當上門女婿、對方如何不願，這門親事遲早告吹，一五一十把村裡人所知道的部分全說了。

「原來如此。」聶軒恍然大悟的點點頭，卻對喬喜兒更加好奇了，這姑娘竟如此彪悍，竟對男人下藥？

只不過在他看來，她憑這副容貌就能讓很多男人趨之若鶩了，又何須出此下策？至於剋夫命之說，他內心也一笑置之，這些都是江湖騙子的一面之詞。

張母意識到這公子全程都沒有提到重點，忍不住插嘴。「聶公子，吃菜啊！我這閨女人美心善，跟您很是般配，張家雖是比不得你們聶家，但我想你們是不看門第的，聶家家大業大，事兒想必挺多，只有淬鍊過的花兒才能面對風雨，您說是吧？」

她意思就是她閨女不同於一般嬌滴滴的千金大小姐，更抗得起風雨，更能擔任大戶人家的當家主母位置。

聶軒不說話，小幅度的咀嚼食物，優雅的吃相像極了皇家貴族，末了，他才擦了擦嘴。「張嬸子、翠姑娘，這頓飯就到此結束，一會兒我會給媒婆回話的。」

張母還想說什麼，最終被張翠拉走了，而說要離開的聶軒則是換了個靠窗的位置，觀察著另一位有趣的姑娘。

這會兒，喬喜兒那桌點的飯菜來了。

秦旭慢條斯理的喝著酒，喬喜兒也跟著喝，一邊小聲問道：「秦旭，你剛剛有沒有看清楚，張翠相親的那個公子如何？」

「不怎麼樣，怎麼，妳看上人家啦？」秦旭擰眉，心裡更加不舒坦。

喬喜兒就好這一口，喜歡的男人都是這種書生類型，相對比杜啟明，這個男人面如冠玉、溫潤如風，看起來是書生型的精華版。

「呦呦呦，我怎麼聞到了一股醋味，你吃醋了？」喬喜兒探著腦袋湊近他，看他吃癟的樣子，心裡暢快。

秦旭冷冷一哼。「誰吃醋了？自作多情。」

喬喜兒笑得十分開懷，又抿了口酒，往他的杯子碰了下。「不是最好，別忘了咱們的約定，掙了錢就散夥。在這期間，你若注意分寸，我可以讓你找備胎，來個無縫銜接。」

「什麼意思？」某人眉頭蹙得更深。

「就是你只要不幹出格的事，可以提前物色姑娘，等我們散夥後，你可以立馬跟別人成親……」

喬喜兒話還沒說話，人就被秦旭拖著走。

她不由掙扎。「喂，你幹什麼，我還沒吃完呢！」

「吃什麼吃，丟人現眼。」秦旭的臉黑沈得嚇人，這女人真沒酒品，喝了點小酒就開始發酒瘋了，什麼話都敢說，沒看見別人都盯著這桌看熱鬧嗎？尤其是那位紫衣公子，完全一副看好戲的樣子。

就算他不愛喬喜兒，也容不得這小東西踐踏他。

秦旭壓著心裡頭的怒火去櫃檯結帳時，就聽見掌櫃驚喜道：「這位公子，原來是你啊！你那桌的錢有人結過了。」

在他酒樓賣過獵物的，他自然是印象深刻。

「誰？」

「我。」

此時聽了半天好戲的紫衣公子聶軒搖著摺扇，風度翩翩的走了過來，看了眼被他攥在手裡的喬喜兒，臉蛋紅撲撲的，還真是可愛得緊。

想到剛剛張翠說的話，他心頭一喜。

這姑娘雖然嫁人了，但跟這公子並非你情我願成親，甚至可能不過是假夫妻，不知為何，他聽了這話就忍不住嘴角上揚。

「這位公子，我們認識？」秦旭面色一冷，警惕的問。

「現在不就認識了？交個朋友，我叫聶軒，請問你們怎麼稱呼？」聶軒客氣的問，看喬喜兒投緣，真心想交個朋友。

卻不想秦旭轉身便走，他趕緊跟了上去，就見後者頓住腳步，冷聲警告。「離喜兒遠一點。」

聶軒笑道：「如果我沒猜錯的話，你們只是假扮的夫妻。」

「與你無關。」

秦旭冷哼一聲，一把將半醉半醒的喬喜兒打橫抱起。

他站在路口等牛車，就見另一邊一抹靈動的身影跟蝴蝶似的翩翩而來。

「秦大哥，你怎麼從明月酒樓出來？你去那裡用膳？怎麼不來明華酒樓？」說這話的不是別人，正是明華酒樓的當家大小姐明玉鳳。

她看著某人小鳥依人的窩在秦旭懷裡，緊蹙的柳葉眉更加深沈了。

秦旭沒有應聲，倒是聶軒輕咳一聲，面上帶了幾分驚喜。「原來是玉鳳姑娘，怎麼，你們也認識？」

明玉鳳神色冷淡。「聶軒哥哥，你也真是的，明明跟我家有生意往來，也不來光顧我家的生意，這明月酒樓就這麼好，值得你們一個兩個的去光顧？」

聶軒揮著扇子笑笑。「玉鳳姑娘，妳這就冤枉我了，我今日出來為的是相親，地點是對方選的。再說，我平日裡可是帶了不少達官顯貴去照顧妳家生意，這些妳都忘了？」

「是，沒忘，沒忘。」明玉鳳敷衍著，心思都在秦旭身上，只想跟他多說幾句話，卻見牛車來了，對方一句話都沒多跟她說，抱著喬喜兒就直接上了牛車。

牛車揚長而去，揚起一片灰塵，將兩人嗆得一臉灰，明玉鳳氣得直跺腳。「秦大哥，總有一天你會是我的！」

他以為不來賣獵物，不來光顧酒樓的生意，就能切斷他們兩人之間的聯繫嗎？休想！她明玉鳳從小到大要什麼沒有，這個男人她看上了，就必須是她的！

聶軒被她大言不慚的言論給驚嚇到了，鼓掌道：「玉鳳姑娘真是勇氣可嘉，居然看上了有婦之夫。」

明玉鳳被他嘲諷的眼神給激怒，氣罵道：「你管我？他們本來就不相配，你等著，這秦旭肯定會是我的男人。」

「哦，那就先祝玉鳳姑娘得償所願了。」聶軒瞇著眼睛看著牛車消失的方向，心裡蕩漾出一絲異樣。

這是二十二年以來他第一次明顯的感覺到心在劇烈跳動，原來他不是不好女色，而是沒有碰到令他心動的女人。

此刻，喬喜兒半醉半醒的靠在牛車上，等牛車快要出了鎮，這才反應過來。「等一下，我還要去拿輪椅。」

「輪椅？」秦旭發問。

「嗯，就是你說過的那家，我給大哥訂製了一輛輪椅。」喬喜兒說著又醉醺醺的躺在了他懷裡。頭好昏啊，他點的這什麼酒啊？這麼烈，她酒量也太差了吧，怎麼一杯就倒啊……

好在秦旭知道地方，立時讓趕牛車的大爺朝店裡的方向行駛過去。

他將剩下的銀子給了，讓店家將完成的輪椅放上了牛車。

木製輪椅上了暗紅色的木漆，上頭刻著簡單的花紋，秦旭在兩邊的扶手試著按壓了幾下，木頭選得不錯，挺結實的，兩個輪子也靈活，東西還可以，喬喜兒沒被忽悠。

她願意花大錢給喬松訂製輪椅，這說明在這個小妮子心中，親大哥的地位還是滿重要的。這小東西，看不出還挺重情義的，若是對他態度能好一些那就更好了。

牛車回村，秦旭特別多花了幾文錢，讓牛車順道把他們送回家，很快的，牛車穩穩當當的停在了喬家門口。

方菊跟喬蓮兒聞訊出來，就看見秦旭將喬喜兒抱在懷裡下了牛車。

方菊緊張的問：「女婿，喜兒這是怎麼了？」

「岳母放心，喜兒沒事，就是在鎮上用了午膳，喝了點小酒，醉了。」秦旭解釋道。

「原來如此。」方菊這才放心，一轉頭見喬蓮兒盯著車夫剛從牛車上搬下來的龐然大物，又十分震驚的問：「這、這是什麼？」

「回岳母的話，這是輪椅，是喜兒特意買給大哥的。」秦旭又道。

「原來這就是輪椅啊，聽說老貴了，喜兒果然疼哥哥。」喬蓮兒呵呵一笑，迫不及待地摸著上面的花紋。

她也沒見過這東西，只是聽鎮上的人說過，這價錢不便宜，怎麼也得幾兩銀子吧。妹妹一掙到錢就想起買這個，這份心意實屬難得。

「這孩子……」方菊不知該哭還是該笑，一方面覺得掙錢不容易，一方面覺得閨女懂得疼哥哥，挺欣慰的。

「岳母，喜兒是想讓大哥早日習慣坐輪椅，這樣以後出去也方便些，還能生活自理。她有這份心意，想著哥哥，挺難得的。」

秦旭頗為感慨，喬喜兒這段時間的變化他都看在眼裡，就跟換了一個人似的，他挺震驚的。想起她以前對他做的那些下作事，估計是怕嫁不出去了，才會慌不擇路的。

方菊點點頭，見他還抱著喬喜兒，趕緊將門拉開一些。「你別站在這兒了，趕緊抱喜兒進去歇息，辛苦了。」

秦旭連忙將人抱去屋裡，輕柔的放在床上。

這小身板太瘦弱了，抱在手裡都沒什麼重量。

他扯了條薄被蓋在她身上，瞅著她粉粉的臉頰，忍不住伸手掐了一把。近距離看她，發現她皮膚白裡透紅，好到連個毛細孔都看不見，眼睛緊閉的時候，更加顯得下垂的睫毛纖長，鼻梁可愛挺翹，唇瓣微微緊抿著，睡著的時候可真像個瓷娃娃，帶著稚氣未脫的孩子氣。

喬喜兒的長相是真的水靈，也很美，尤其是那一雙眼睛，睜開的時候除了清澈，還很勾人，搭配精緻的瓜子臉，再加上那張揚的性格，整個人確實耀眼奪目。

可惜這樣的女子偏偏命運多舛，因為剋夫命遭人排擠嘲諷，以致言行乖張。想起從前的她，秦旭不免蹙起了眉頭，好在她沒有一再試圖強逼要跟他「生米煮成熟飯」，那就證明喬喜兒心地還是善良的……

秦旭被自己的想法驚得瞠目結舌，他竟然在找藉口給喬喜兒開脫，真是魔怔了。

起身準備離開，喬喜兒突然踢了踢被子，嘴裡嘟囔著。「好熱。」

這動作過大，衣服上的腰帶瞬間散開了，露出了一小截優美的脖頸和胸前的肌膚。只一眼，秦旭就感覺到喉嚨發緊，這女人知不知道她這樣對男人是種極大的誘惑！她酒量也太差了，以後絕不能讓她在別人跟前喝酒，好在現在是他陪著，若換個男人，後果不堪設想。

他想也不想的給她蓋上被子，喬喜兒又費勁的踢開了，秦旭去扯，竟被她拉了一下，整個人毫無預兆的跌落在她身上，薄唇湊巧親上了她的粉唇，這一下就跟星火燎原一般，讓他整個人都燃燒了。

他艱難的移開唇，還來不及回味甘甜，就見喬喜兒攥著他的胳膊，嘟囔道：「別走。」

「喜兒……」秦旭心頭一喜，難不成喬喜兒喜歡他，不願意他離開喬家？

然而下一句某人的話，直接澆滅他滿腔的火苗。

「走就走啊，誰稀罕啊？你以為……我喬喜兒離了你就活不了嗎？三條腿的癩蝦蟆不好找，兩條腿的男人滿大街就是！」喬喜兒頓了下，分明還在熟睡中。「你小子豔福不淺，散夥後就可以左擁右抱，我也不差，我看那個……什麼公子就挺不錯的……」

秦旭越聽越窩火，這個喬喜兒果然聰明，將他的心思看得明明白白。

行啊，她覺得反正留不住他了，乾脆「移情別戀」了，眼光不錯嘛！居然看上了個貴公子，難怪在酒樓那會兒會跟他討論聶公子怎麼樣，原來是打這主意。

喬喜兒這會兒睡得正迷糊，唇瓣微微動著，像是在吐槽什麼，秦旭越看越來氣，不及細想，索性直接堵住她的唇，原本是懲罰的咬一口，但那柔軟的香甜，直接讓他沈醉了。

他隨著本能去撬開她的貝齒，勾著她的小舌追逐。

喬喜兒睡得迷迷糊糊，總感覺舌頭被一隻怪物吃著，她掙脫不掉，費勁的睜開眼簾，就瞧見一張放大的俊臉，等看清楚這個人是秦旭後，嚇得酒醒了一大半。

「你做什麼？乘人之危嗎？秦旭，我沒想到你是個登徒子。」

秦旭驚得回了神，想起剛才的一臉陶醉，他在幹什麼？

他絕不會承認是對方秀色可餐，是他沒有克制好。

秦旭扯過被子蓋住她衣衫不整的樣子，清了清嗓子，聲音冷冷的。「喬喜兒，妳真是將欲擒故縱的老把式玩得爐火純青，明明是妳抓著我的手不讓我走，是妳主動親上來的。」

「你、你說什麼？這怎麼可能？」喬喜兒連連捶了幾下自個兒的腦門，難不成她真的發酒瘋了？不過是一杯酒下肚，這酒品也真是讓人不敢恭維。

「要不然呢？」

「你！就、就算如此，你也應該一把推開我，而不是從了我吧！」喬喜兒氣急敗壞，這個男人平時不是挺討厭她的嗎？居然還配合，腦子壞掉了吧？

「怎麼說妳也是個美人，被妳占了便宜，我不吃虧。」秦旭沒想到小姑娘還挺單純，便將計就計。

喬喜兒驚呆了，難不成自己真的趁喝醉對人「那個」？

她臉更紅了，羞惱的指著他。「你們男人果然是下半身思考的動物，對不喜歡的女人也能來者不拒，你還不滾開。」

喬喜兒越說越惱，隨手拿起一旁的枕頭砸去。

秦旭動作俐落地避開，直接將門給合上，隔絕了某個小女人發著脾氣。

畢竟是個小姑娘，還挺單純的，秦旭嘴角上揚著，其實親她的感覺挺不錯的。

喬喜兒氣得酒都醒了，在房裡坐了一會兒後，她先去灶房洗了把臉，這才想起輪椅好像拿回來了。

她跑去院子，就見喬松挨著窗戶口，衝她招手。「喜兒。」

喬喜兒跑進屋，發現他家裡沒人，只有喬松一個人孤孤單單的坐在裡頭，輪椅就放在他的床前，他只能看著摸著。

她忍住一臉的心酸，跑過去問：「哥，這輪椅……」

「喔，這是娘跟蓮兒搬過來的，她們不會弄，說是要等妳來。」喬松笑著說，表情又變得心疼。「這要不少錢吧，妳說妳剛掙了點錢，怎麼就不知道要存些錢，還在亂花錢。」

說著他便有些激動，他都躺習慣了，這輩子也就這樣了，沒什麼指望的。

「哥，你再這麼說，我可要生氣了。你可是為了我受傷的，你放心，這輩子我就算砸鍋賣鐵，也要把你的腿治好。」喬喜兒一臉堅定的樣子，不容人反駁。

喬松知道她的性子，他動了動蒼白的唇瓣，最終沒說什麼，心裡還是暖乎乎的，被人明目張膽的在乎感覺真好，這妹妹也不枉費他當初的守護。

「好，哥聽妳的。」他笑了笑附和，實在不想打擊小姑娘的自信心。

喬喜兒這才咧嘴笑。「哥，話不多說，你趕緊試試輪椅。」說著，她就去扶喬松。

他到底是多年沒下床，這身子軟得很，扶起來十分費勁。

喬喜兒用了九牛二虎之力，再加上喬松的配合，總算將人弄到了輪椅上。

坐上去後，感覺到十分舒適，這手感也好，喬松觸摸著這深色的花紋，眼淚都湧了出來。

「好，真好。」

「哥，有了這個你就能出去走走了，整天窩在房間裡，也不利於身心健康。」喬喜兒說著，邊給他介紹這輪椅的功能。「哥，你看，雙手放在這裡，推動輪子就能動起來，這個輪子的把手可以用來煞住輪椅。」

喬松聽得雙眸閃閃發亮，就像蒙塵的珍珠，一下有了光澤。

他雙手顫抖起來，迫不及待的想要試試。

喬喜兒看出他的心思，推著他的輪椅出了房門，來到平坦的院子裡。「哥，你看是不是很方便？我推你去村裡走走。」

車輪在鄉間的土路飛揚，這路上雖然平坦，但小石子多，喬喜兒慢悠悠的推著，帶著喬松欣賞田園風光，他在家裡躺了那麼久時間，現在看什麼都是新鮮的。

他興奮不已地看見天空是那麼藍，天邊的晚霞是那麼的變幻多端，遠處的高山層層疊疊，一片翠綠。稻田裡滿是青色的稻穗，菜地裡盡是各種蔬菜，低矮的茅草屋，一間挨著一間，回家的老黃牛、路邊嬉戲的孩童，一切都是那麼生機勃勃。

喬松貪婪的看著，心裡跳躍的同時，他有些怕見光，也有些怕見人。

夕陽的餘暉落在他的臉上，他不自然的瞇了瞇眼睛。

路過的村民看到這一幕，均是好奇的議論。

「這是喬松嗎？好久沒看到你了。」
「是啊，你這輪椅是剛買的嗎？看起來不便宜呢！」
「這喬家有了個上門女婿就是不同，眼看著日子一天天的好起來了。」
面對村民的反應，喬松不知怎麼搭話，只是附和著點頭，行為舉止都有些尷尬。
喬喜兒也不覺得如何，只對他道：「哥，我們沿著河邊走走，那幾棵柳樹可青翠了。」
喬松點點頭，任由妹妹推著輪椅走。
這呼吸了新鮮的空氣，就好像把隱藏在黑暗多年的渾濁之氣全都吐出，他還是比較喜歡在外頭逛逛。
「呦，二房家的人牛啊，都買輪椅了。」挑水路過的馬氏見到這一幕，陰陽怪氣道：「一個殘廢還不如躺在屋裡頭，出來丟什麼人。」
「就是，有這個錢還不如攢著給喬蓮兒當嫁妝。」喬珠兒跟在母親身後，也附和著說風涼話。
「珠兒說得對，這當棄婦的人，不比妳黃花大閨女好嫁人，這二房就是個拎不清的。」馬氏又道。
說起這嫁妝，喬珠兒立馬帶勁了。「娘，妳說啟明到京城了吧？他學問那麼好，定能撈個一官半職，等他回來就是娶我之時，那我的嫁妝呢？準備得如何了？」
「這……妳放心，娘定會讓妳風風光光的大嫁，比村裡所有的姑娘出嫁都要風光。」馬氏說到這兒，有些底氣不足。

她感慨手裡的銀錢不夠，置辦不了太多嫁妝，想她平日裡資助大兒子不少，這次怎麼也要他們吐點出來，要不然就再等等，等杜家送了餘下的彩禮，再將這嫁妝補上。

「好的，娘，妳真好。」喬珠兒撒著嬌，瞅著喬喜兒漸行漸遠的距離，高傲的揚眉。

這會兒的喬喜兒推著喬松來到河邊，路過的村民看見了說什麼的都有，不管是好的壞的，她都一笑置之。

「哥，這些人的話，你可千萬別放在心上。生活是自己過的，不是別人過的。」生怕喬松聽了會悲傷，喬喜兒連忙安慰。

喬松也是見過風浪的人，自然不會在意這個。

「妳放心，我沒事。這有了輪椅果真方便，以後也方便去鎮上，妳嫂子跟寶丫可是抱怨我好久沒陪她們出去了。」

「對了，嫂子呢？總是不見她人影，她在忙什麼？」喬喜兒試探的問。

「應該在村裡串門子。」

喬松話剛說完，喬喜兒就眼尖的看見河對岸有個熟悉身影，那個位置幾棵柳樹相互纏繞，形成了天然屏障，若不細看，根本看不到有人。

「哥，我想去一下茅房，你一個人在這兒等會兒行嗎？」喬喜兒盯著那邊來了個男人，眼睛眯了眯。

「行，我自己能行。」喬松試著推輪椅，他一個人也能走遠。看大哥沒在注意她，喬喜兒就著這小路，直接奔到了河對岸。

這條長河有四、五米寬，這邊挨著村莊，那邊挨著山腳下，河水嘩嘩流淌，越往山腳那邊，越是遮擋得隱密。到了近處，就看得更加真切了，喬喜兒清楚的瞅著那兩個拉拉扯扯的人。

「死鬼，你怎麼來了，好大的膽子，居然敢來村裡，小心喬松打斷你的腿。」劉碧雲看著面前的男人，既驚喜又驚恐，見四下無人，也就對他的胸膛捶捶打打。

這個男人，喬喜兒在鎮上見過，十分眼熟，這會兒看見兩人肆無忌憚的在這兒幽會，她的雙眸都要噴散出火花來。

「那個殘廢連生活都不能自理，頂個什麼用？話說，妳什麼時候跟他和離，我可要等不及了。」男人說著就猴急的將她按在柳樹下，好一通亂親。

劉碧雲喘著氣，抱著男人的腰道：「別急，總得給我點時間，我這一下子說要和離，名聲多不好聽，我總要尋點由頭吧？」

「妳呀，到現在還在乎名聲，這喬家的名聲不早就爛透了？」

男人捏了她一把，就見女人改勾著他的脖頸，柔情似水。「好了，心急什麼？咱們不是還有來往？只是這村裡你別來了，省得被人發現。」

「怕什麼，這天也快黑了，我不想走了，不如咱們就在這兒當一次野鴛鴦。」男人說著就解著劉碧雲的衣裳，手探進去一陣亂摸。

這邊山腳下到處雜草叢生，都有一米高呢，這人躺下去，根本不會被發現的。

看著劉碧雲嘴裡哼哼，半推半就的樣子，喬喜兒眼睛看得冒火。

這一對狗男女，她定要讓哥哥過來抓個現場版。

這一轉身，不小心踢到了腳下的一塊石子，石子飛落到河裡，濺起了水花，蕩起了一圈圈漣漪，聲音落入人的耳朵裡，也格外的響亮。

「誰？誰在那裡？」男人被驚擾，厲聲低喝。

「快跑！」劉碧雲心虛的推著對她上下其手的男人，等他跑得不見蹤影了，這才慌慌忙忙的整理衣物，四處偷瞄。

見是喬喜兒站在那兒，驚呆的同時鬆了一口氣。

「喜兒，妳怎麼會在那兒？」她打著馬虎眼，還在自欺欺人的認為對方什麼都沒看見。

「我什麼都知道了。」喬喜兒冰冷的語氣，直接粉碎了她的幻想。

看著劉碧雲跟沒事人似的，更加的氣人。「那男人是誰？是大嫂的老相好？」

劉碧雲尷尬的擺手。「妳亂說什麼呢？那、那個人是問路的。」

「呵，問路能又摟又親的？」喬喜兒語氣犀利，面色如烏雲般沈了下去。「上回你們就在鎮上幽會了，現在妳還有什麼好說的。」

這個男人的面貌她看得還不太真切，但人只要站在她跟前，她必定能認出。

劉碧雲沒想到她早就發現了，以她火爆的脾氣居然沒有張揚，那肯定就是沒有證據了，一想到這兒，她底氣就足了。「喜兒，妳瞎說什麼，我怎麼會幹出這種事，妳一定是看錯了。」

「有錯沒錯，妳心裡清楚。」

劉碧雲冷哼一聲，狂妄的笑了笑。「是又怎麼樣，妳有什麼證據？妳敢去說嗎？好啊，那妳現在就去喬松跟前說，看他信不信妳。」

那個傻男人，什麼都聽她的，若是喬喜兒敢說，喬松定會跟她急，反正沒有現場抓住，她死不承認就是了。

喬喜兒怒了。「妳還真是厚顏無恥！」

「彼此彼此，妳當初不也給秦旭下藥嗎？手段又比我磊落多少？」劉碧雲有恃無恐，她守著一個殘廢多年，也算是仁至義盡了，誰也不能說她什麼。

喬喜兒洩氣的踢打著路邊的石子，看著她的眸光冷得結冰。「好，妳等著，我會撕開妳的假面具的，妳好自為之……」

她還沒說完，就聽見喬松的聲音在遠處喊：「喜兒，妳在那邊嗎？」

喬松推著輪椅，慢悠悠的晃過來，他好像看到了媳婦的身影，似乎在跟妹妹有什麼爭執。

「呀，喬松你怎麼出來了？這坐的是輪椅吧？好別致。」劉碧雲率先跑了過去，體貼的推著他，笑咪咪的問。

「是喜兒買的，好讓我多出來走走看看。」喬松一臉欣慰。

「呦，小姑子還真是出手大方，那就多謝妳了。」劉碧雲陰陽怪氣的說著，見某人咬牙切齒卻不能把她怎麼樣，更加的張狂。

這會兒夕陽西下，整個山村都被暈染成溫柔的顏色，家家戶戶炊煙裊裊，站在河邊都能聞到別家的飯菜香。

「大哥大嫂，我先回去了。」

劉碧雲譏笑的看著這個落敗的人兒，好笑道：「這就走了，妳是怕妨礙我們兩夫妻嗎？」

「大嫂，妳若是真的這麼想就好了，我希望妳對自家相公是真心實意的，別表面一套背後一套。說實話，妳也挺偉大的，無怨無悔的照顧大哥多年，不像我在鎮上看到的那個村婦，在外偷人，對自己家的殘廢相公愛理不理的，還總想著和離。」喬喜兒笑著比喻了一番，不能說實話，她含沙射影，膈應一下她總行。

劉碧雲的臉色立馬難看起來，她剛想反駁，就聽見喬松道：「說什麼呢？妳嫂子又不是這種人，妳在鎮上看到的那個婦人若真這麼壞，那可是要浸豬籠的。」

在他看來實在過不下去可以和離，但給自己相公戴綠帽，那便太可恥了。

「……」劉碧雲瞪了她一眼，但最終是收斂了。「喬松，我們也回去吧，你也餓了，我給你做飯。」

「好。」喬松享受妻子的柔情，這樣溫和的劉碧雲，讓他越發想起她初嫁過來時的溫柔模樣。

喬喜兒冷哼一聲，走在兩人跟前。

她回到家，就看見方菊在灶房忙碌，桌上已有幾個菜餚出爐，聞著就勾人脾胃。

「喜兒回來了，我聽村民說，妳推妳哥出去了。」方菊一臉慈愛的問。

「嗯，帶哥哥出去，讓他熟悉一下輪椅，哥已經會用了。娘，妳放心，他的腿會好的，現在的困難都是暫時的。」

方菊以為她說的是掙錢請名醫，她相信女兒有這個能力。

「好，娘相信妳。」方菊說著，又指了指桌上分好的菜餚。「妳大嫂還沒做飯，妳把這些菜端過去。」

「娘，嫂子說了，她會做飯。」喬喜兒臉色有些沈，想到某人那明目張膽的樣子，就一陣噁心。

「這不還沒做飯嗎？咱們有多的，就送過去。」方菊不解，這閨女平日裡挺積極的，這會兒怎麼磨磨蹭蹭的。

喬喜兒眸光一冷。「娘，大嫂都這樣了，妳也不管管，她最近越發過分了，吵架了就回娘家，一回來就作威作福，好吃懶做。這樣的人，真能照顧好大人跟孩子嗎？」

方菊擱下手中的鍋鏟，不解的看著她。「喜兒，妳這是怎麼了？是在挑刺，還是要讓家裡鬧不和？」

喬喜兒一臉平靜。「娘，我是想說大嫂沒有想像中的那麼好，妳還是多留個心眼。」

「她好不好，不用妳說，娘都看在眼裡的。」方菊嘆了口氣，又道：「妳哥這情況妳知道的，做成她這樣算好的了。」

方菊這話音剛落，喬喜兒就明顯聽到門外有動靜，看到某個一晃而過的身影，她不由得冷笑幾分。

呵，這個劉碧雲居然過來偷聽，不是說不怕嗎？到底是作賊心虛。

喬家多餘的飯菜，喬喜兒心不甘情不願的送過去了。

只見劉碧雲小聲的在屋裡哭泣著，不知道在說些什麼，喬松眉心緊蹙，溫和的拍著她的背，小聲安慰。

將兩道菜餚擱在桌上，喬喜兒瞥了一眼。「哥，娘讓我送菜過來。」

劉碧雲看見來人，抽泣得更加大聲，喬松嘆了口氣，推動著輪椅過來。「喜兒，妳怎麼能跟妳嫂子那麼說話，她照顧這個家已經不容易了，只要她把分內的事做好，我不在乎她出去串門子，偶爾偷一下懶。」

「呵。」喬喜兒笑了，看了某人一眼。「真行啊，好大一朵白蓮花，我都沒說什麼，妳倒惡人先告狀了。」

劉碧雲用手指著她，振振有詞道：「喬松，你都看到了吧，我好歹也是她的大嫂，可你看她有該有的恭敬樣子嗎？」

一時間，喬松神色複雜的看著喬喜兒。

後者則是一副坦坦蕩蕩的樣子，只是在心裡暗嘆，這個劉碧雲比她想像中狡猾，這下打草驚蛇，必定會收斂的，那要抓她的把柄恐怕不好抓了。

「喜兒，妳真對妳大嫂說那些不敬的話了？」喬松不太相信，又帶著幾分教訓的口吻。「不管怎麼說，她都是妳大嫂，妳不應該是那麼小心眼的人，到底怎麼了？」

他也感覺出來了，自從劉碧雲從娘家回來，喜兒便時不時流露出厭惡的神情。

「哥，這個女人跟你想的不一樣，你還是多留個心眼吧。」既然撕破了臉皮，喬喜兒也沒那麼畏縮了。「劉碧雲，別以為我哥愛著妳，就可以由著妳玩弄股掌之間，妳幹了什麼，我可是看得清清楚楚，遲早要撕掉妳的假面具，妳好自為之。」

「妳……」劉碧雲又羞又惱，氣得直跺腳，她求救的看著自家相公。

喬松的臉立馬沈了。「喜兒，妳夠了，太不懂事了妳！」

「哥，我在家怎麼樣，你是清楚的，我沒必要針對她。」喬喜兒看著那個偷笑的某人，義正辭嚴。「好，劉碧雲，若這就是妳的手段，那我接著，也不過如此。」

喬喜兒撂下狠話，就氣沖沖的走了。

劉碧雲吃了癟，心慌的搖晃著喬松胳膊。「你看看你妹妹，就是被慣壞了。」

「妳這當嫂子的，別跟她一般計較。」

「行，看在我相公的面子上，我就不計較了。」劉碧雲做了虧心事，也不敢過於放肆，對喬松比之前更加溫柔。

喬喜兒回去後，越想越委屈，鬱悶的吃了晚飯，就回房發呆。

秦旭剛從河裡洗了澡回來，只穿著一條褲衩，露出結實有力的肌肉。

他一進房來，喬喜兒就感覺眼前一片幻影晃過，抬眸就對上他這副接近裸體的樣子，知道他身材好，但這般近距離的看到，還是讓她看得臉紅心跳。

他的八塊腹肌很明顯，蜜色的肌膚流淌著水珠，充滿誘惑力，那條人魚線直下……這身材是典型的穿衣有型、脫衣有肉，連她看了都會走神，更何況那些春心蕩漾、情竇初開的小姑娘了。

「看夠了沒？」秦旭冷冷的聲音，總算將她的思緒拉回來。

喬喜兒不以為然的晃悠了下腦袋。「神氣什麼，當別人沒見過啊？再說了，你不看我，怎麼知道我在看你？」

秦旭隨手在衣櫃拿了件外衫穿上，看著她這副能言善辯的樣子，不由嗤笑。「能把偷看說得這麼清新脫俗的，果然是妳喬喜兒。對了，妳晚飯悶悶不樂，是不是有心事？」

「要你管，反正我說話也沒有人信，我自己存著。」喬喜兒氣呼呼的往床上一躺，扯過被子將自己蒙在裡面。

秦旭也不知怎麼回事，不自覺地會注意她的情緒。現在他好像總是不由自主的會去觀察她的喜怒哀樂，對她的感情很是複雜，也說不上討厭，就是不太習慣一向大大咧咧的人，突然就跟霜打的茄子一般。

「妳暫且說說看，我相信妳，妳有事這樣悶在心裡不難受嗎？」秦旭鼓勵道。

看到他深邃如海的眼睛，喬喜兒就像是被蠱惑到了，不管他信不信，她都想一吐為快。

「我大嫂偷人。」喬喜兒一語驚人。

「什麼？」秦旭也愣住了。

「呵，看吧，你也不相信我，我親眼看到的，在鎮上一次，這次劉碧雲更是明目張膽了，居然在村裡幽會那男人！我今兒個本還想帶哥哥去現場抓姦呢，但哪來得及，對方倒打一耙。」喬喜兒越說越鬱悶。

「我相信妳。」秦旭沈思了會兒，看著她道：「喜兒，妳這段時間小心點，我怕她會對妳不利。」

對於劉碧雲他沒有多所交集，不太喜歡那個女人，總感覺陰得很。

「你、你居然相信我？」喬喜兒有些意外，這種被信任、還被關懷的感覺不錯。

這男人也不是那麼討厭呢，想到他腦中的瘀血都被清理得差不多了……

她不免問道：「秦旭，你恢復記憶了嗎？」

一說起這個，秦旭的腦子就有些痛，他捶打自己的腦門，有幾分激動。「我……還是什麼都想不起來。」

喬喜兒湊過去，把他那雙亂捶的大手給拿下來，用指腹輕柔的按他的太陽穴。「這樣好點了嗎？你不要著急，這個是要看機緣的。」

手中的觸感，十分柔軟，又帶著難以言喻的舒坦，秦旭只覺得太陽穴的地方像著了火，卻又該死的舒服。

「喜兒，妳是希望我儘快恢復記憶嗎？」他問得忐忑，心裡湧出奇怪情緒。

若是恢復了記憶，他們還能像這樣心平氣和的相處嗎？

喬喜兒點點頭。「我當然希望你能恢復記憶，這樣你就可以找回你的家人，也可以自由了。我感覺你不是尋常人，搞不好你家是什麼富貴人家，那你回去當你的貴公子不好嗎？」

這話，就是迫不及待的想跟他分開，秦旭聽著心裡發冷，低沈嗓音更加冷了幾分，直接將她的手指挪開，道：「別按了，時辰不早了，妳早點睡。」

喬喜兒本來就想睡，聽了這話不疑有他，上床翻身裹好被子，沒多久就沈沈的進入夢鄉。

而秦旭卻是睡不著，他還保持坐在她床邊的姿勢，怔怔看著她的睡顏，腦海浮現著她的音容相貌，一想到總有一天他會離開，心裡竟然逸出一絲不捨來。

難不成，他愛上喬喜兒了？

不，這不可能，他曾經是那麼討厭她、不屑她。

喬喜兒睡得迷迷糊糊，總感覺身旁有個人盯著她，嚇得她一下驚醒，對上黑漆漆如雕像般的鬼影，她嚇得尖叫。「鬼啊！」

「是我，大半夜的，妳喊什麼？」秦旭捂住她的嘴巴，感受柔軟在他手心，又燙手般的鬆開。

喬喜兒掀開被子坐起身，等眼睛適應了黑暗，這才看清楚秦旭的臉，她不由吐槽。「你也知道三更半夜，你還不睡？是不是想家了？」

他天天那麼賣力掙錢，不就是想早點離開嗎？

秦旭的表情在黑暗裡隱晦不明。「是有點想家，話說，我的內力妳有沒有把握恢復？」

「呃……」喬喜兒有些噎住，這個讓她怎麼說？總不能說她等著藥箱自動產藥吧？

「再等等，你藥還沒吃完，我在研製呢，你知道的，這又不是普通的藥丸，定要查閱古籍，又要採集各種草藥。」

「需要什麼藥，我幫妳採。」

「……」喬喜兒見他那股認真勁上去了，還真給人挺大壓力的。「不用了，你又不是學醫的，越幫越忙。」

「那妳學醫的，師出何人？」

聽對方在套她的話，喬喜兒不免有些惱怒。「你什麼意思？既然懷疑我，那我就不費這個功夫了。」

「不是的。」見她生氣了，秦旭捉住她的手，深眸翻滾。「喜兒，到底哪一個才是真的妳，我感覺妳跟從前判若兩人。」

喬喜兒有些心虛，抽了抽嘴角。「說什麼呢？我難道還是別人不成？」

她不由的嘀咕，這男人要不要那麼精明。

「我不知道怎麼說，我覺得妳變得跟從前很不一樣，雖然性格還是那般潑辣，但妳做事不像之前那般不講理，什麼都是有根有據的。如果妳會醫術，為何一開始在你家人救了我時，不親自來治我，而是請了大夫，欠了那麼多醫藥費。」

「……」喬喜兒不由感慨這男人心思縝密，這回想起來，確實漏洞百出。

但她該怎麼說呢？還沒有碰到那種生死之交，她不會吐露自己的秘密。

她現在只能這麼說：「秦旭，我知道你有疑惑，等到合適機緣，我會告訴你真相的。」

「好，我等妳。」秦旭堅定的說完後，便不再刨根問底，想起他接的跑鏢任務即將來臨，近期就要出一趟遠門了。「對了，我過幾天要出遠門一趟。」

「幹麼去？有多遠？你要去找你的親人，還是你的記憶有了一星半點兒的恢復？」喬喜兒好奇的問。

秦旭不打算細說跑鏢的事，只是簡略帶過。「算是吧，我得出去打聽打聽消息，或許會有些收穫。」

「好，那你要離開之前說一聲。」

「嗯，妳早點睡。」秦旭聲音不由溫和了幾分，給她掖好了被角，又理了理她凌亂的頭髮。

這樣的溫柔，真讓喬喜兒雞皮疙瘩都起來了。

次日，天色一亮，喬喜兒睜開眼，發現秦旭依舊跟往常一般，早早出去了。

又是陽光燦爛的一天，夏天腳步來臨，天氣熱了起來，大早上都有蟬鳴孜孜不倦的叫著。

早飯溫熱著，喬喜兒吃著早飯，便看見方菊從河邊洗衣回來，正在晾衣服，看見她便道：「喜兒，起來了。」

「嗯，娘辛苦了。」喬喜兒撒嬌的說著。在這個家，不用洗衣做飯，過得跟千金小姐一樣，她覺得幸福極了。

她的香囊生意已經步入了正軌，隔段時間就有人拿貨，而她們兩姊妹則是每逢幾日就會去街上擺攤。

這樣算算，一個月能淨賺好幾兩銀子，相當於過去喬家一年的收入。

對於這個收入，喬家都挺滿意，也很震驚，但喬喜兒想著這樣積累財富太慢，她還是想將她的本職醫術發揚光大。

正當她沈思著，就見方菊擦了把手，走過來笑問道：「喜兒，妳過來，我有話跟妳說。」

見方菊神秘的將她拉到一旁，喬喜兒不明所以。「娘，妳想說什麼？」

方菊問話之前，先是檢查她手上的那顆硃砂，見明晃晃的還在，不免有些失望。

「都這麼久了，妳怎麼還是黃花閨女？」

「娘，這種事急不來，妳知道秦旭這人認死理，他對從前我做的錯事，還有些計較。」喬喜兒如實說。

方菊懂這個理，但她發現女婿最近不太一樣，時不時瞅著喬喜兒看，她是過來人，自然能看出其中愛意。

這兩人的感情分明有升溫，但就是進展太慢了，真是急死她了，也不知什麼時候能抱上孫子。

「我看女婿最近也沒喝藥了，他那方面應該沒問題了，你們抓緊時間。」方菊說完，就去忙了。

喬喜兒瞪大眼睛，臉紅撲撲的，這什麼跟什麼，期待她跟秦旭的孩子？還不如靠喬蓮兒成親生子比較實際。

她苦笑一聲，就去找喬松了，發現大哥居然不在屋裡，而是去喬蓮兒那兒幫忙。

他坐在輪椅上，手腳麻利的把香料塞入香囊中。

自從大哥殘疾後，躺床上都幾年了，這次見他不僅出來了，還主動幹活，著實讓人吃了一驚。

這就表示，他已經積極的向陽光裡生活。

見喬喜兒來了，喬松笑著招呼。「喜兒，妳起來了。看，我們都做了好幾個香囊了，蓮兒縫製，我來裝香料，配合得還不錯吧？」

方菊這會兒也來幫忙了，聽了這話均是樂呵呵。「松兒能幹些簡單的活兒挺好的，總算不用再躺著了，這多虧了喜兒。」

「哥，你加油。」喬喜兒鼓勵道。

喬松點點頭。「我真沒想到妳還會做香囊，聽蓮兒說，妳給我買輪椅的錢，就是靠這個掙來的。」

他得努力做事，把這錢給補上。

「哥，這行行出狀元，不管做什麼，只要做到極致就是一種成功。像你以前的木工活就挺好的，等你下地了，你還可以去實現自己的夢想。」喬喜兒一臉堅定。

「真的？」喬松俊臉透著激動，以前這種事不敢想，但從妹妹口中說出，就是有種魔力，讓人相信。

「為什麼不可能？這世界之大，不缺名醫。」喬喜兒鼓勵著，看著喬松臉上燃起了希望跟鬥志，她就覺得自己的苦心沒白費。

她得提前培養他的鬥志，等他意志力堅定後，再遇到媳婦偷人這樣的挫折也能扛過去。

喬蓮兒興致勃勃，唯妹妹馬首是瞻。「哥，你就聽喜兒的話，現在這個家她最有主意，咱家只要掙到錢，以後就有本去求名醫。這日子還長著呢，大哥還這麼年輕，千萬要給自己信心。」

方菊贊同的點點頭。「蓮兒說得極是。」

此時，劉碧雲經過外頭，剛才幾人的談話她均是收入耳中，見狀，腦子轉得極快，也有了主意。

這段時間，她光顧著跟老相好幽會，都忽略了喬家的變化。她聽村裡人說過，這喬喜兒的香囊賣得火熱，有不少人上門拿貨，村裡好多村婦都在幫忙縫製香囊，掙工錢。

「碧雲，妳來了。」喬松眼尖的看見媳婦兒，笑著招手。

喬喜兒瞥了一眼，強壓住內心的憤怒，裝作視而不見。

「大媳婦，妳若是沒事做，也可以過來幫忙，到時讓喜兒給妳算工錢。」方菊也道。

這大媳婦一整天沒事做，總是在村裡晃悠，這時間長了，難免被冠上懶惰名聲。

「娘，大嫂不是在繡手帕嗎？那活兒可精細多了，工錢也高多了，大嫂也繡習慣了，做香囊這種粗活，怕是不適應的。」喬喜兒語氣涼涼。

「喜兒，妳這麼說可是折煞嫂子了。」劉碧雲走過來，小鳥依人的站在喬松旁邊。「這些活兒，簡單容易上手，若是家裡人需要我幫忙，我也是可以的。」若能拿到香囊的縫製過程，她也可以自立門戶。

方菊熱乎的眸光裡，一切如常，大媳婦若肯一起幹，那最好不過，總之都是一家人，其樂融融的比較好。

「碧雲，妳坐下幫忙。」喬松坐在輪椅上，還不忘給媳婦兒搬凳子。

一旁的喬喜兒臉色鐵青，心裡憋著一口氣，卻不好發作。

她故作感嘆。「大哥，我都站這麼久了，你也不搬凳子給我，果然心裡只有大嫂。」

喬松臉紅了紅，順手拖過一把椅子。「好了，就妳嘴貧，給妳椅子，還不趕緊坐下。」

「謝謝哥。」喬喜兒嘴巴跟抹了蜜一般，讓人聽了心頭愜意。

喬松心情明媚起來，有了妹妹給他加油打氣，對生活充滿了希望。

而被喬喜兒旁敲側擊後的劉碧雲，心裡一直虛著，好在喬松的心裡一直有她，這才沒有被讒言攻掠。

可喬喜兒畢竟是他妹妹，她一定要在喬喜兒想出辦法對付自己之前，將她給收拾了。

第九章

籬笆小院外，一輛奢華馬車高調經過，引起路過的村民注意。

車裡的人這會兒挑開簾子，看了喬家一眼，等看到喬喜兒，心頭一喜。「原來她住這裡。」

隨從見他醉翁之意不在酒的樣子，不免吐槽。「公子，我說您怎麼興沖沖的要來這裡，原來是衝著喬姑娘來的。」

聶軒不回答，算是默認了。

他瞅著籬笆小院配上幾間茅草屋，看著簡陋，但打掃得乾淨整潔。剛驚鴻一瞥，眼尖看到那雙狡黠眸子，像是在打什麼壞主意，這姑娘果真有趣。

想起張翠說的話，他們這樁親事不長久，他心裡就再也按捺不住了。

眼瞅著喬家人都湊到外頭去看熱鬧了，喬喜兒也好奇跟上，她看見馬車晃晃悠悠的在張家門口停下。

原來是找張家的，那就不稀奇了。

作為村裡的首富，張家那兒經常有貴人到訪，這樣的殊榮，連村長都羨慕嫉妒恨的。

村民這會兒湊到了張家，熱鬧誰不愛看？尤其是鎮上來的人，大家都十分稀罕。

從馬車裡下來的是位如玉公子，他穿著白色衣袍，膚色白皙，一雙迷人鳳眸往上挑，配上挺直的鼻梁、輕抿的薄唇，個人魅力無不張揚。

再看他的穿戴，髮束玉冠，腰間佩戴一枚玉質清透的玉珮，就連手上拿的那把扇子，都像極了名家之作。

這公子的一舉一動，在這些村民眼裡，無一不展現出一個大寫的豪字。

不等大家去猜他的身分，屋裡的張家人聽到了動靜，熱情的迎了上來。

「真是稀客啊，什麼風把您給吹來了？」

「聶公子，您請進。」

「翠兒，妳快看，聶公子來了，快點去沏茶。」

聶軒的到來，讓張家人一陣興奮，他們動作麻利的將招待貴客用的乾果、點心、好茶全都擺了上來。

聶軒看著滿桌的擺設，看得出張家人對他的殷勤，看來他們對他這個相親人選十分滿意。

他的魅力一向旺盛，喜歡他的姑娘幾乎可以排成長隊了。但他這個人挑剔，非要找到那個能讓自己心跳加快的女子不可。

他不要求對方的身分背景以及門第，只要自己喜歡即可，這不，他已經找到了。

眼前這個心不在焉在沏茶的張翠，明顯不是他的菜。

張翠作為富戶家的閨女，是專門學過禮儀的，連泡茶的姿態都行雲流水，只見她將沏好的茶先端給了聶軒。「聶公子，請喝茶。」

聶軒擺弄著茶盞，等茶氣退散了些，才輕抿了一口。「不錯，想不到翠姑娘還有這等手藝。」

張福笑了笑。「聶公子，別的不說，我家這個閨女可是一等一的好，從小我們也很細心培養，讓她識文斷字，學習禮儀，就是想她有朝一日能找個好人家。雖說張家跟聶家一比，是小巫見大巫，但我知道聶公子不是個只看門第的人。」

聶軒贊同的點點頭，語氣模稜兩可。「這倒是，只要我聶軒喜歡，家裡人是不會說什麼的。」

張福連連笑道：「對，畢竟這媳婦是要過一輩子的，喜歡是最重要的。」

聶軒換了個話題。「對了，這村子裡除了你們張家有在做買賣，還有哪戶人家有做？」

張福瞇了瞇眸子，不知他是何意，只如實道：「除了張家，還有喬家小打小鬧的賣香囊。」

聶軒挑了挑眉。「小打小鬧？我看他們的香囊生意挺不錯的，假以時日，弄不好能成村裡的第二富戶。」

張福有些納悶。「公子您似乎對喬家挺有興趣。」這個聶公子是個商業奇才，看他把家族的產業弄得有聲有色的，喬家賣香囊那種不起眼的小東西，他應不會放在眼裡。

「沒，就隨便問問。」聶軒對某人越發的感興趣，他眼光一向毒辣，那個喬喜兒肯定不簡單。

「呀，聶公子，您難得過來一趟，就別談這些公事了。」坐在一旁聆聽，半天沒有吭聲的張母，忍不住插話道。

「談私事？」

「對啊，就是您的終身大事。聶公子二十出頭，想必家裡催親事催得緊，要不然您也不會奔赴一場又一場的相親宴，我看您跟翠兒很是般配，我們也同意這門親事，就不知道聶公子這邊……」張母的話直白得不能再直白了，在她看來，遇到好的女婿就要趕緊下手，晚一點可是要被人搶走的。這個聶公子不僅長得英俊，家境也好，比那秦旭不知好上多少倍，若跟這樣的人成了親家，那張家就此要飛黃騰達了。

聶公子搖搖頭，看著唇瓣緊抿的張翠道：「這個不著急，這關係到姑娘家的終身大事，還是考慮清楚再說。」

這話說得也是，但張母心裡一陣不安，總怕這個要到手的女婿飛了，隨著他的話又附和道：「那你們年輕人就得多處處。」

聶公子看著張翠這副敷衍的樣子，忍不住笑道：「不過，看翠姑娘這樣，像是根本沒看上本公子。」

張翠瞪圓了眼睛，想回一句「你知道就好」，卻被娘親狠狠的頂了下胳膊肘。

她笑呵呵的補充了句。「哪兒的話，這感情就得多處處。」說著推了張翠一把。「咱們村裡的景色不錯，妳帶聶公子四處轉轉。」

這話正中聶軒下懷，對於一會兒跟喬喜兒的碰面，隱隱有了期待，便順水推舟道：「那就有勞翠姑娘了。」

被點名的張翠，心不甘情不願。「聶公子，那請吧。」

兩人一前一後的出來，可讓村民有眼福了，大家也不好明目張膽的跟著，於是藉著去田邊澆灌的理由，時不時跟在後頭。

到了沒自家人在看的地方，張翠也懶得演戲，聲音冷冷道：「聶公子，我不知你看上我什麼了，但我有喜歡的人了，我是不會嫁給你的。勸你別浪費時間，我爹娘那邊，還請你去說個清楚。」

聶軒驚訝她的直接，一想到他這個受人追捧的公子，在這裡如此不待見，不免有了幾分惱意。

「張姑娘就這麼看不上本公子？本公子好歹才貌雙全，家世顯赫，配妳一個村裡富戶的閨女，綽綽有餘。」

張翠雖覺得可惜，但一想到自己所愛之人，便堅持到底。「不，聶公子，你很好，是翠兒配不上你。」

聶軒是何等聰明之人，見她盯著某個方向癡心不已，回想她在酒樓說的話，便故作驚訝。「妳喜歡喬喜兒的相公？」

不知道那個男人叫什麼名，在酒樓匆忙的一瞥，印象還挺深刻。

男人挺拔高大，英俊不凡，一雙深邃眸子自帶吸引力，若是定力不好的姑娘，肯定抵擋不住這魅力。

他也不強人所難了，反正他也沒看上她。

見他目光如炬，張翠大方承認道：「是，我喜歡秦旭，但他不是喬喜兒的相公。」

「妳為何如此肯定？沒聽過日久生情嗎？雖然如妳所說的，他們初始成親可能並非情願，不過這孤男寡女同一個屋簷下，遲早要擦出火花的。再說那喬喜兒生得貌美如花，我想沒幾個男人能抗拒得了吧？」他私心的想要打聽更多。

張翠面露嘲諷。「我都偷聽到了，他們還沒圓房，我就知道秦旭是被迫娶了這喬喜兒，定是不願意碰她，這兩人遲早要和離的。」

這番話確實在聶軒心裡掀起驚天巨浪，既然是對有名無實的夫妻，那他不就有機會了？

「好，既然翠姑娘心有所屬，那本公子也不勉強妳，我會跟妳爹娘說明一切的。」聶軒十分有氣度道。

張翠這才點點頭。「多謝你的理解，我相信你會遇到心愛的姑娘。」

「但願吧。」

聶軒走著走著，停留在喬家簡陋的茅草屋前。

他看見屋裡的幾人在縫製香囊，其中那個最耀眼的身影便是喬喜兒，她一舉一動都透著賞心悅目，不知不覺就看愣住了。

「聶公子，你在看誰？」張翠心裡挺不是滋味，就算是她看不上的人，也不希望他看上喬喜兒。

「隨便看看，就是感覺這戶人家挺特別的。」聶軒揮著摺扇，閒庭漫步過去，湊得近了，能聞到那滿屋子的清香。

喬蓮兒是個靦覥的人，見有個陌生男子走來了，還是這般的俊美男子，當即紅了臉。

她晃了下妹妹胳膊，小聲道：「喜兒，妳認識這位公子嗎？」

她認出來了，這個公子剛去了張家，是跟張翠相親來著，他來這裡做什麼？

喬喜兒應聲抬眸，就對上一張妖孽面孔。

美男如玉，鳳眸逼人，貴氣不凡。

他站在那兒，微風吹起他的長袍，配上背後的茅草屋，儼然一幅優美的風景畫。

「呦，這不是張翠的未婚夫婿嗎？過來買香囊嗎？」喬喜兒笑著招呼，來者是客，自然禮貌相迎。

張翠被這話氣得夠嗆，怒目圓睜。「喬喜兒，妳少胡說八道，我們相親沒成。」

喬喜兒哦了一聲，似笑非笑。「那是這位公子眼光高，看不上妳嘍。」

這兩人站在一塊兒，分明差距太大，不管是家世還是外貌，都毫不匹配。

張翠氣得鼻子都歪了。「感情的事不能勉強，是我心有所屬！喬喜兒，妳不是知道的嗎？何必明知故問。」她喜歡秦旭，整個村都知道。

喬喜兒冷哼一聲。「是啊，感情是不能勉強的。秦旭他以前不喜歡妳，現在也不喜歡妳，以後更不會喜歡妳。我勸妳，別浪費時間了。」

聶軒一聽這話就樂了，這話怎麼那麼耳熟，剛張翠不就是劈頭蓋臉那麼說他？這喬喜兒果然伶牙俐齒，瞧瞧某人節節退敗，被虐得連渣子都不剩。

張翠氣得冒火。「妳，不要臉。」

話一說出，她又覺得底氣不足。「妳就嘴硬，我看你們的姻緣何時能散，原本就是妳算計來的，注定不長久。」

她說完就氣沖沖的走了。

喬喜兒衝著她的背影扮鬼臉，這樣段位的村姑，她真不放在眼裡。

「不好意思，這位公子，讓你看笑話了，請問你要什麼樣的？」喬喜兒氣走了那個討厭鬼後，就開始一本正經的做生意。

剛上山打獵回到村裡，就有村民跑過來，跟拎著布袋子的秦旭好一陣耳語。

「嘿，秦旭，你聽說了沒，村裡剛來了輛馬車，是鎮上的貴公子去跟張家閨女相親了！

你說說，咱們這窮鄉僻壤的，怎麼難得會來個人物，你小子還不跑快點，一會兒就見不到真人了。」

「有什麼好看的？貴公子也是凡人，難不成他多一雙眼睛不成？」秦旭輕哼一聲，不以為然。

「你呀，好大的口氣，我們就指望著有個貴人能帶著咱村發財呢。」村民們大多是作這樣的美夢，希望有貴人帶領這個山村，改變貧窮的日子。

一個村婦聽見了不禁插嘴道：「你消息可真慢啊，這大戶人家的公子就是不同，眼光高著呢，沒看上張家的閨女。那張翠是個拎不清的，還說什麼心有所屬，也不看看自己那模樣，連喬喜兒都比不過，秦旭，那公子現在逛到你家去了。」她剛才跟著聶軒跟好久了，他走到哪兒跟到哪兒。

秦旭聽著，便蹙起了眉頭。

這個男人來喬家做什麼？他趕緊拎著手中的布袋子回去。

此時，在自家院子裡喬喜兒聽聶軒說是來買香囊的，便將人迎進屋去。

她拿著香囊，一個個生動的介紹。「聶公子是做什麼生意的，看看能不能捎帶香囊？這個主打艾草，是驅蚊的。這個主打薄荷，是提神的，我們這兒的香囊類型很多，香味也很多樣，可以慢慢挑選。」

看著小丫頭眼睛亮晶晶，忽閃忽閃的，分明就是個小財迷，他笑了笑。「我們家是以布莊為主，開了很多成衣鋪子，也有為貴人訂製衣服的。」

喬喜兒瞬間就明白了。「公子成天跟布疋打交道，那這個香囊很配啊，若是客人買衣服贈送一個香囊，心情定是美著呢。至於那些訂製的衣裳，我們也可以匹配相應的花色製作香囊。」

她就喜歡跟有錢人打交道，這些人就愛注意細節，都喜歡獨特香味，古代又沒有香水，她覺得這個香囊完全可以當香水來用。

聶軒正愁著怎麼接近喜歡的姑娘，這個主意正合他心意。

「我上回路過妳的攤位，就發現生意挺不錯的，想必這香囊定有獨到之處。」聶軒說著，便大手一揮。「那就先來五十個吧。」

喬喜兒面上一樂，這人坐在家裡都有生意上門，可見她們將這口碑做出去了。

她算了算價錢。「公子，共四百八十文。」

「行，給妳半兩銀子，不用找了。」聶軒一臉大方。

他沒想到自己不起眼的一個舉動，以後卻對他的生意產生了錦上添花的作用，當然這些是後話了，他現在滿腦子是怎麼靠近心上人。

「多謝聶公子。」喬喜兒收了銀子，手腳麻利的給他裝袋。

末了，便看見秦旭高大的身影走過來，並將手裡的布袋扔在地上，眾人就看見裡頭有東西在蠕動，伴隨著嗤嗤的聲音，可怕極了。

「蛇，是蛇嗎？」聶軒嚇得連連後退，臉色瞬間蒼白了。

距離他不遠處的隨從就衝過來護駕，剛想抽開寶劍將這布袋斬碎，就見秦旭揚手攔住。

「這是我的蛇，怎麼處置我說了算。」

見某人嚇得夠嗆，他不免面露嘲諷。「又是個軟腳蝦，這蛇都被裝袋了，還怕？」

他只在山腳下走了走，就抓了幾條蛇，準備一會兒拿去鎮上，又能得點銀子。

喬喜兒聽著軟腳蝦這三個字，總覺得他意有所指，臉色不太好的衝過來道：「秦旭，你搞什麼鬼？這可是我的客人，你別把人嚇跑了！」

「妳確定是客人？我怎麼看著某些人醉翁之意不在酒。」身為男人，秦旭最是能看清同為男人眼裡的那抹光芒，分明是對喬喜兒感興趣。

「你說什麼呢？」喬喜兒瞪了他一眼，將裝好的香囊遞給聶軒，見只是受驚了，便放心道：「聶公子，若沒別的事，我送您上馬車吧？剛才的事十分抱歉，我替他跟您道歉。」

「不用了，時辰不早了，我也該回去了，若是這香囊客人喜歡，下回還過來跟妳拿。」

聶軒說著，便心有餘悸的上了馬車。

奇怪，張翠不是說這兩夫妻有名無實嗎？可他作為一個男人的直覺，感覺秦旭十分在意喬喜兒。也是，若是他也有這樣一個小媳婦，定會豁出命的在乎。

想起那袋子裡蠕動的東西，他的雞皮疙瘩都起來了。他原本是不怕蛇的，就因為小時候，姨娘對他下手，偷偷的在被窩裡放了蛇，當時那東西也是這般蠕動，他這是有心理陰影，想到在喬喜兒跟前出了醜，他不免有幾分懊惱。

秦旭將地上的袋子多打了個結，便拎著進屋了。

喬喜兒頭皮發麻。「秦旭，你還真行，蛇都能捉回來，這若是跑出來，咬到人怎麼辦？」

「妳放心，等等就拿去鎮上賣，都是劇毒無比的蛇，能賣個好價錢。」秦旭聲音淡淡。

喬松詫異。「秦旭，小心點，現在天氣熱了，蛇很多，掙錢是好事，但性命更重要啊。」

喬蓮兒也點點頭。「是啊，妹夫別太拚了，現在喬家多了份收入，不需要你再冒險。」

兄妹倆你一言我一句的，就是將他當自家人，擔心他的安全。

秦旭也一陣感動，這些小錢累積的速度太慢了，也就幫人打打擂臺掙了些。他過幾天便出去跑鏢，去幹票大的。

「好，我知道了。」說著他進灶房喝口水，就拎著袋子去鎮上了。

這來去一陣風似的，喬喜兒忍不住吐槽，就被喬蓮兒拉到一旁教訓。「妹妹，妹夫這是吃醋了呢。」

「吃什麼醋，什麼莫名其妙的？」喬喜兒不解，她總覺得秦旭這個人陰晴不定，性格更是難以琢磨，有時厭惡她，有時又抱著她親，不就是男人嗎？下半身思考的動物，哼……

喬蓮兒嘆了口氣，這個妹妹是聰明，就是在感情方面反應有些遲鈍，她看不出，那聶公子對她有意思嗎？

難怪秦旭會生氣，由此可見，這妹夫很在乎妹妹呢。

「總之，妳跟別的男人保持好距離。」喬蓮兒戳了戳她的腦門，點到即止。

次日，清晨。

喬松早早起來便過來幫忙，有了這輪椅後，他整個人都勤快起來。

這樣一來，喬家又恢復了吃大鍋飯，每天飯菜多做一些，讓喬松一家人一塊兒吃。

寶丫對此十分高興，不僅可以跟兩姑姑坐一塊兒，還可以吃喜歡的肉，小姑娘這陣子被養得好，個子竄了點，皮膚又白了不少，果然底子好，是個小美人胚子。

至於劉碧雲不知在忙什麼，大清早就出門了。

家裡人擱了點剩飯在鍋裡熱著，就見王秀嫂子路過此處道：「喜兒啊，我剛從村口回來，就見有個男人到處在打聽妳。」

這樣一句話，就讓喬家人所有的目光往她身上聚集。

喬喜兒也是莫名其妙。「什麼啊，難不成是過來拿貨的？」

「不太像呢！那男人三十不到，個子不高，看起來挺有錢的，他一路問喬喜兒住哪家屋。」王秀嫂子對那男子的印象不太好，心想著喬喜兒怎麼會認識這樣的男人，跟個老流氓似的，一雙細小的眼睛總是亂瞟，那走路虛浮無力的樣子，像極了縱慾過度。

喬喜兒覺得奇怪，這樣的人她應該不認識，正想反駁，就見那人循聲過來了。

王秀嫂子驚道：「喜兒，就是這男人。」

等喬喜兒看清那男人的長相，驚訝得張大了嘴巴。

天殺的，這是劉碧雲的那個情夫啊，回想她大清早出去，到現在都沒回來，就知道她走的是哪一步棋了。

喬喜兒身正不怕影子斜。「請問你找誰？」

「喜兒，我找妳。」

喬喜兒先被這稱呼給噁心了一地，聲音凌厲。「不好意思，我不認識你。」

「妳敢說不認識我？」男人一臉怒意，衝過來就攥著她的手，順勢摸了她的臉。「妳跟我好的時候、拿我的錢時，可不是這麼說的。」

「你有病吧，出門沒照鏡子嗎？我放著英俊不凡的相公不要，跟你這種噁心男人在一塊兒？我勸你別玩什麼栽贓嫁禍，後果你承擔不起。」喬喜兒也怒了，揚手就是給他一巴掌，豈有此理，居然敢摸她的臉！

方菊也急，怕閨女吃虧，忙衝過來道：「你這人耍流氓呢！哪裡來的滾哪裡去，要不然我們報官了。」

喬家的名聲本就爛了，若是再鬧這麼一齣，喬喜兒該怎麼辦？秦旭指不定會信以為真，跟閨女和離了呢。作為一個母親，她不能讓這種事發生。

喬家人都十分震驚，秦旭自然相信喬喜兒，但他不明白這個男人是從哪兒冒出來的。

「你誰啊，在這兒胡說八道什麼？」他冰冷的語氣落下，能讓人抖三抖。

鬧事的男人顫抖了下，心想這男人好大的氣場。

他咬牙道：「我是喜兒的相好，她沒成親時，為了錢跟我好過，現在她成了親，就想甩了我，沒這麼美的事。」

接著他就將喬喜兒的事抖出來，什麼跟秀才好過，還跟幾個人相親過，還有喬松的腿是怎麼斷的，都說得明明白白，這讓人足以認為，他就是認識喬喜兒的，他說的話就是真的。

喬喜兒真要被氣笑了，見秦旭望著自己，解釋道：「這男人就是劉碧雲的姘頭，他們真是好計謀啊，賊喊捉賊。」

她原本就在想著怎麼對付這姦夫淫婦，他倒是送上門來了。

喬松一直在看戲，他自然是相信妹妹的。但聽到自家媳婦被詆毀，忍不住問：「喜兒，妳胡說八道什麼，這男人怎麼可能跟妳嫂子……」

「是啊，喬喜兒，妳就不要血口噴人了。」鬧事男子衝著喬松喊：「這小賤人生性就浪蕩，她在外幹出齷齪事，居然還敢推給她嫂子，你是她大哥吧，這樣的鬼話你相信嗎？」他瞅著喬松怒吼，還打量著他。

呦，小模樣生得挺俊俏的，看著也老實好拿捏，怪不得劉碧雲會選他，可惜是個殘廢。想起劉碧雲跟他在一塊兒熱情似火，像是釋放不完的嫵媚。看來，是這男人沒用，滿足不了自家媳婦。

「閉嘴，我相信我妹妹。」喬松大聲呵斥道，氣得就要從輪椅跳下，就見秦旭先他一步，將這男人給拎起來，一把丟在了院子外。「滾，再胡說八道，我廢了你。」

這男人人高馬大的，發怒的樣子，就好像冰山崩塌，看起來挺可怕的。

鬧事男子見很多村民在指指點點，見自己的目的達到了，便撤離道：「喜兒，我愛妳，我給妳在鎮上買了宅子，我會一直等妳，我們定能過上幸福美滿的生活。」

這男人，真是夠賤啊，氣得喬喜兒肝疼。

秦旭到底是習武之人，反應機敏，他已經發現躲在牆角邊看熱鬧的劉碧雲，便不動聲色的跟了上去。

到了村口前方的小路處，就見這兩人抱在了一起，兩人旁若無人的親吻了一番，劉碧雲喘著氣。「怎麼樣？這一招高明吧，經過今日這一鬧，喬喜兒的名聲就更臭了。她本來就是這樣的人，這樣的罪名安在她身上，也不枉然。」

男人摸了一把她的臉，心想著不夠柔滑啊，到底是生了孩子的婦人，就是不如小姑娘的皮膚。

他咧著一口黃牙笑。「妳這個小機靈鬼，居然還會這招，這就叫做無中生有，雖然冒險，但總比那小妮子主動供出我們的強。」

劉碧雲點點頭。「就是，她一個爛名聲的人，就算說真話也沒有人相信，喬松不就沒相信她嗎？」關於相公對她的忠貞，這一點她還是拿捏得比較準的。

「嗯，儘快讓這件事發酵，等事情鬧大了，妳就說喬家容不下妳，提出和離，到時咱們就能遠走高飛了。」

「好，那這段時間，咱們別見面了。」劉碧雲小聲交代後，就趕緊往菜地小路返回了。

秦旭眯著眼睛，這就是真相，被他給抓個現行了，看來喬喜兒說的都是真的。敢欺負他的「媳婦兒」，也不問問他同不同意。

秦旭闊步回去後，就聽見滿村的議論，大家看到他時，面露同情，彷彿他頭頂上已有了綠油油的帽子。

張翠樂在其中，覺得她的機會來了，她屁顛顛的跑過去。「秦大哥，你都看到了吧，喬喜兒就是個不安分的人，昨日勾搭貴公子，今日又跟老男人糾纏。」

她把她能想到的所有骯髒詞彙，都用在喬喜兒身上，似乎這樣才能洩心頭之恨。

「閉嘴，不准妳詆毀我媳婦。」秦旭眉心蹙得老高，怒聲道，這話也是同樣警告那些說喬喜兒壞話的人。

很多路過議論的村民，見狀都顫抖了幾下，他們可不敢惹秦旭。

這傻小子以前不是挺討厭這媳婦兒，現在是鬼迷心竅了？幫忙說好話？看來這長得好看的女人，就是能勾魂。

「秦大哥，事實擺在眼前，你還有什麼看不明白的？我勸你趕緊跟她和離了，要不然丟人的是你。」張翠無視某人怒氣騰騰的俊臉，繼續加油添醋。

「夠了，喜兒不是這樣的人，我相信她。」秦旭通過這段時間的觀察，還有什麼不明白的。

喬喜兒根本就不是別人口中說的壞姑娘，相反的，她聰明伶俐、孝順、心地善良，還心靈手巧會醫術。

秦旭列舉完某人的優點，心不由的震驚了一下。

他這是愛上喬喜兒了嗎？

反正他就喜歡這樣的喬喜兒，喜歡她每天很有朝氣的在他身邊晃悠，然後用那張小嘴去挑釁他，就倍覺有趣。

想到這兒，秦旭心頭一甜，便闊步走了。

張翠見挑撥沒有用，越發憤憤不平。

都這樣了，這男人也沒什麼過激反應，非要喬喜兒紅杏出牆才死心嗎？

原本她還忌諱喬喜兒搶了她的相親公子，但轉念一想，若是喬喜兒真的跟聶軒好上了，那秦旭豈不是順理成章是她的？

想到這兒，她雙眸一眯，計上心頭。

秦旭回家後，就見喬蓮兒在院裡著急徘徊。

見他回來了，忙不迭解釋。「妹夫，你去哪兒了？你相信喜兒嗎？我跟你說，這絕對是誤會……」

「我相信。」不等她說完，秦旭便肯定道。

方菊也出來了，一副愁眉苦臉的怒罵。「也不知道是哪裡來的登徒子，在喬家大放厥詞，等我逮住了他，定要撕爛他的嘴，讓他胡說八道。」

「岳母，這件事我會去查的，我定會給喜兒一個公道。」

方菊見他這麼說，甚是欣慰。「女婿，你能這麼想，我就放心了，你知道的，喜兒絕不是這樣的人。」

秦旭點點頭，看了一眼屋裡的人，面色柔和。「她是個善良的姑娘。」

「這人也不知從哪兒來的，抽什麼瘋呢？」方菊說著又來氣了。

「岳母放心，這種血口噴人的人，是要付出代價的。」秦旭冷聲說著，便瞥到躲在牆角偷聽的劉碧雲。

他的雙眸過於冰冷，像極了一把冷箭直嗖嗖的射過來，劉碧雲只覺得渾身顫抖，手心裡都冒冷汗。

奇怪了，這兩人不是不和嗎？他現在這副護妻的樣子做給誰看？還有喬喜兒會告訴他事情的緣由嗎？

劉碧雲以為喬喜兒還是過去那個性格狂躁、無腦魯莽的女人。

她絕對想不到此時的鋌而走險，會讓自己陷入萬劫不復之中。當然，這是後話了。

秦旭進了屋，見喬喜兒跟個沒事人一樣在忙活。這人倒是挺想得開，換成一般的姑娘，聽到村裡的那些言論，估摸著要含恨而死了。

「喂，我說你，都站了一刻鐘了，有話快說。」喬喜兒被人盯得難受，抬眸對上那雙浩瀚星眸，忍不住焦躁道。

「沒什麼。」秦旭惜字如金。

這樣樂觀的喬喜兒，他絕不能讓她蒙冤，受此委屈。

喬喜兒卻將計就計，打算將和離書落實。

等房間沒人了，她就用意念去了趟空間。

看著那幾畝寶地全都長滿了豐富香料植物，她費了一番勁，將香料收割，平鋪在木屋門口，任由著陽光自然烘乾。

空間裡一段時間沒來，木屋門口平白冒出一些小草以及不知名的野花，井水常年冒著汩汩熱氣，空氣中透著甘甜味道。

喬喜兒迎著霧氣走向木屋，裡面飄散著好聞的香味，那個古老的藥箱裡正躺著好幾瓶新增的藥丸，藥丸大都是褐色的，她打開聞了一下，味道都大同小異。看來這是給秦旭恢復內力用的。

她一直期盼著這些東西能儘快出現，看來空間也是讀懂了她的心意，有了這些藥丸，是他們該分道揚鑣的時候了。

喬喜兒將四瓶藥丸全都收入囊中，臉上帶著一抹堅決。

勉強的感情是不會長久的，況且這段時間她也想通了，秦旭是個不錯的男人，她願意放他自由。

當晚，喬喜兒沒有回房睡。

秦旭回來時，感覺到房間裡空無一人，瞬間覺得氣氛怪異。

床頭上放著四瓶藥丸，上面還貼著一張紙條。

「秦旭，這是能讓你恢復內力的藥丸，一日三次，每次各一顆。」

他打開蓋子就聞到了濃郁的藥味，吃了一顆，舌尖有些泛苦。

不管這東西有沒有用，只要是喬喜兒給他的，他就毫不猶豫服下。

次日，喬喜兒起來後，就發現今日村莊有些不同。

她聽到村民議論的聲音，以及他們大步往村口跑的樣子，其中有人在喊：「大家趕緊去村口看熱鬧去吧，村口來了群官兵，聽說是來送信的。」

喬家人聽了這話，也跟著出去看熱鬧。

「是不是啟明高中了？」喬家大房一陣驚呼，馬氏一驚一乍的衝出院子。

她速度很快，幾乎是擠著人過去的，村民見狀也紛紛給她讓出一條路來。

村口一群官兵聲勢浩大的敲著鑼鼓進來，看著村民，威嚴問道：「鄉親們，請問杜啟明家在哪兒？」

人群一陣譁然，果然是關於杜啟明的，那不是高中是什麼啊！

村民一陣激動，七嘴八舌的說：「就在村中央的位置。」
「我、我們帶您過去。」
於是一大隊的人，浩浩蕩蕩的過去了。
杜母聽到消息，激動萬分的出去迎接，帶頭的官兵客氣問道：「請問這是杜啟明的家嗎？」
「官爺，我是杜啟明的母親。」
官爺見狀，便從衣袖裡拿出一份蓋了玉璽的文書遞給杜母，尊敬萬分道：「恭喜杜夫人，您兒子杜啟明中了探花。」
不等杜母反應，村民們咋咋呼呼的議論起來。
「天啊，探花郎啊！」
「是啊，那不是前三甲嗎？」
「天啊，咱們村太了不得了，居然出了個探花，杜啟明太給咱村爭氣了。」
杜母聽到這個消息也是喜不自禁，看著文書上的字，她顫抖著雙手，連話都快說不清。她是不識字的，但經常幫兒子收拾書本，那杜啟明三個字是認得的。
「太好了，啟明高中，有出息了，可以為朝廷效勞。」
杜母雖然為人勢利，但基本的規矩還是懂的，高興之餘，還不忘回屋裡拿銀錢打賞官兵，給的銀錢也是很豐厚的。「幾位官爺，辛苦了，這點小意思，拿去喝茶吧。」

官爺立馬笑笑，拱手道：「夫人客氣了，您的福氣在後頭呢，萬歲爺對杜啟明非常滿意，以後的好日子就要來了，也不枉費這十年的寒窗苦讀。」

「多謝官爺。」杜母聽了一陣欣慰，熱情的要留這群官爺吃飯，對方婉拒後，便目送著這群人離開。

末了，就迎來了一波馬屁，村民們扎堆說著討喜的話，一時間，整個村最為風光的就是杜家了。

門口圍滿了人，馬氏肥碩的身子費了好大勁才擠進去。

她大嗓門一個勁兒的嚷。「哎喲喂，我家女婿就是了不得，居然中了探花，親家母，恭喜妳了。」

「嗯，同喜。」看到這婆娘來了，杜母的臉瞬間就僵住了。

她知道自己的兒子文采好，弄個小官當當是不成問題的。誰能想到居然是探花，那可是前三甲，要去京城當官的，到時要什麼樣的千金小姐沒有？這麼一對比，那喬珠兒就不算什麼了。

她原本還想等兒子回來，好好問問對未來的打算，卻不想這馬氏不要臉的湊進來，那高興的樣子，好像是她兒子高中了似的，真夠不要臉的。

「太好了，親家母，妳等著，我喊珠兒過來。」馬氏說笑著，又一陣風的跑開了。

「……」杜母原地呆愣，沒多久就看到她一手拎著一隻老母雞，一手拉著喬珠兒風風火火的過來了。

喬喜兒也在看熱鬧，心想著老天還真是不公平，居然讓個渣男進了前三甲。看來，某些人感情上比較氾濫，但文采還是挺好的。

這都跟她沒關係，她看了熱鬧就準備走，卻不想被村民給圍住了。

大家衝著她指指點點。「喬喜兒，妳還敢出來。」

「就是啊，後悔了吧，瞧人家秀才現在都中探花了，妳啊，就是沒有當官夫人的命。」

「就是，妳都什麼眼光，看上的男人一個比一個差，最近還跟什麼流氓老男人搞在了一塊兒，真是有辱家門。」

村民在落井下石時，張翠也不閒著，在一旁幸災樂禍的看著，末了，也送出了一句話。

「喬喜兒，我若是妳，就該去跳河了。」

流言蜚語是可怕的，但喬喜兒已經練成了一副盔甲，刀槍不入。

她不怒反笑。「妳這麼不要臉都還活著，我當然會好好的，妳就死心吧，秦旭是看不上妳的。」

「妳……」張翠被踩中痛處，怒不可遏。「妳囂張什麼？妳才是最慘的。看看妳堂姊喬珠兒，妳們同人不同命，妳這個剋夫命能有什麼好下場。」

「瘋子。」喬喜兒懶得理她，正要走時，就見馬氏走過來。「喜兒啊，翠姑娘的話雖然難聽了點，卻是事實，妳也別太難過了，妳就是沒那個命。」

杜啟明今日就能回來了，兩家的婚事就要提上議程了，等珠兒成親後，她勢必要跟著去繁華京城的，到時他們喬家大房也搬遷過去。

她要去住京城，天子腳下，長河村這樣落魄的地方，她可是再也不想久留了。

看馬氏這得瑟的樣子，喬喜兒想笑。有時高中是件好事，但對某些人來說，也可能是件壞事。

「大伯母，妳也別高興得太早，今時不同往日，凡事等成了定局再出來得瑟，以免到時被啪啪打臉，就好笑了。」

喬喜兒說著，就仰起脖頸，如一隻美麗高貴的白天鵝，從她們眼前走過。

「妳什麼意思？嘿，妳這個賤人就是狗嘴裡吐不出象牙，妳這是嫉妒！」馬氏氣得夠嗆，這都什麼跟什麼。

杜啟明是一定會娶珠兒的，等他回來，她就趕緊問問，這親事一天不成，她心裡也跟著堵得慌。

杜啟明高中探花這件事在村裡熱鬧了一天，傍晚，隨著杜啟明的到來，又是炸開鍋般的熱鬧一波。

杜家的門檻都快要被踏破了，大晚上的都不消停。

今夜星光璀璨，月光照耀著整個村屋。

喬喜兒剛洗了澡，準備溜去喬蓮兒房間時，就被一道高大的身影攔在了那裡。

月光透過門縫灑了進來，將兩人身影映襯得隱隱綽綽，喬喜兒詫異的看著他，秦旭很少有這樣嚴肅的一面，眼下這番深沈，讓她挺不習慣的。

秦旭今日去了鎮上一天，打聽了一些事。回來時，就看到杜啟明高中回來，成了村裡的風雲人物。

別人高不高中，本跟他無關，但喬喜兒的黯然神傷，讓他心裡隱隱揪痛。

看她今晚又要去別的屋裡歇息，擺明了要跟他劃清界線。

「喬喜兒，妳的舊情人回來了，妳是不是在作什麼美夢？自古男人三妻四妾是很正常的，更何況是高中探花的杜啟明，他今後定是少不了女人的，妳若是加把勁，或許可以跟喬珠兒共侍一夫。」

反正那兩人好過，一個舊情難忘，另一個正是風光。

喬喜兒咋舌，這秦旭抽什麼瘋呢？什麼亂七八糟的，她會惦記杜啟明那樣的渣男嗎？

喬喜兒意味深長的看著他。「秦旭，你太不瞭解我，看來我很有必要給你上一課。」

她打開微微敞開的門，徑直走了出去，看著今晚的夜色，緩緩道：「我喬喜兒的愛情觀就是一生一世一雙人。我選擇的男人，我愛他，他也愛我，我們是彼此的唯一，我們的愛必須純粹，不夾帶任何利害關係，以及別的女人。」

這番話，著實讓秦旭愣住了，也讓他耳目一新。他也喜歡心心相印，兩個人的愛情世界剛剛好，三個人未免太擁擠。

但從喬喜兒嘴裡說出來的話，他震驚之餘，又疑惑萬千。「喜兒，可妳要知道，這樣的男人幾乎沒有，除非是窮得娶不到媳婦，或者身心殘疾的。」

有家底的男人都會三妻四妾，這在世人眼裡再正常不過。

卻不想喬喜兒一臉堅決。「若是遇不到這樣的男人，我終身不嫁。」

言下之意，這杜啟明分明不是她的如意郎君。

秦旭鬆了口氣，雖她的言論奇怪，但他卻莫名贊同。

是他錯怪喬喜兒了，她不是那種會藕斷絲連的人，心裡有莫名暢快。

秦旭展露笑顏，剎那間如曇花盛開，驚豔了月華。

喬喜兒微微失神，在心裡唾罵一句，真是個妖孽。男人長這麼俊美做什麼？真是藍顏禍水。

就在她走神的空檔，秦旭的聲音在她耳邊吹拂。「喜兒，過幾天我就要出遠門了，好好照顧自己。」

「啊？你要去哪兒？」

「我不是說過了，為了恢復點記憶，想去查證下。」秦旭打哈哈道。

他根本沒記起來什麼，腦子裡總感覺被迷霧罩住了，很多情景恍惚得看不清楚。

他不著急，等到契機出現時，他定會想起來的。

眼下，他要去跑幾次銀鏢，掙一筆鉅款給喬喜兒。倒不是他想著給錢「贖身」，而是不想讓喬喜兒再去拋頭露面。

「哦，那你小心點，臨走時，把我給你備的那些藥全都帶上。」喬喜兒語氣淡淡，要去哪兒是秦旭的自由，她無權過問。

再說失憶這東西挺痛苦的，就好像完整的人生缺失了一半，不管怎麼樣，她都希望秦旭早日找到家人。

次日，天剛剛亮，院裡滿是喧譁，喬喜兒揉了揉昏沈的腦袋，循聲打開窗一看，就看到喬家大房那邊擠滿了人，到處都是過來賀喜的村民。

這些村民有的提著雞鴨，有的提著一籃雞蛋，再不濟的會提籃地裡摘的菜。偌大院子被圍得水洩不通，可見這喬家大房也是跟著長臉了。

而被村民圍在中間的馬氏跟喬珠兒娘兒倆，臉色紅潤之餘是笑顏如花，一時間，可謂是出盡了風頭。

從喬家屋簷剛掛上的幾個紅燈籠來看，他們家正在布置，難不成婚事將近了？

村民七嘴八舌的拍著馬屁。「馬嬸，恭喜妳了，妳還真是個好命的，女婿是個探花郎，等珠兒成親後，妳就跟著享福了。」

「是啊，這等好命十里八鄉也找不出第二個來，妳可真是個有福氣的。」

「是啊，珠兒這快要成親了吧？到時需要幫忙，儘管直說。」

喬喜兒知道這幫忙是說得好聽，大家無非就是想喝喜酒，占便宜。

「好好好，鄉親們的祝福，喬家大房收到了，到時定會喊各位喝喜酒的。」馬氏高調的喊道，那大嗓門響亮的，恨不得全村都能聽到。

倒是喬珠兒害羞的扯了扯她的衣角。「好了，娘，咱們別在這兒嚷嚷了，什麼時候跟杜家商量個成親日來，再準備也不遲。」

「怕什麼，早準備早好，妳還怕他們不娶不成？」馬氏可是準備妥當，為了給閨女嫁妝，從兒子那兒也搜刮了一些。

等他們的彩禮錢補足後，他們這嫁妝也就更為厚重了。

喬珠兒紅著臉。「娘，妳真好。」

她為自己的眼光叫絕，早就看上了杜啟明這個人才，這下，官夫人的地位穩穩的，不是旺夫命是什麼？而喬喜兒就沒這個命。

正說著，母女倆就看到喬喜兒站在院子裡看熱鬧，這樣的奚落機會，她們可不願錯過。

「看什麼看，妳就算把眼睛看穿，也沒有妳的分兒。」馬氏插著腰，看著這破舊的茅草屋，大聲喝道。

很快的，他們就不用住破房子了，而喬喜兒家得把這破草屋住爛。

喬喜兒不惱，雙手擊了幾下清脆的掌聲，笑了笑。「大伯母，我說妳也太高調了，不知道的還以為是妳家兒子高中了呢？」

「俗話說得好，女婿就是半個兒子。怎麼，妳不服？」馬氏洋洋得意，斜著眼睛。

「俗話也說了，人算不如天算。這還沒成親呢，誰知道到時有沒有變故。大伯母在村裡搶盡了風頭，也不怕杜家不服？」喬喜兒意味深長的提醒。

這話踩中了她們的痛腳，馬氏張牙舞爪。「喬喜兒，閉上妳的烏鴉嘴，妳再敢說這些不吉利的話，我就撕爛妳的嘴。」

這小蹄子分明就是嫉妒，還想挑撥兩家的關係，真是作夢。

喬喜兒倍覺無趣，便不再搭理這對母女，任由她們繼續蹦躂。

正準備回屋時，就見杜啟明穿著一身銀色衣袍，身形挺拔的過來了。

他髮束玉冠，腰間掛了個香囊，行走間，多了幾分飄逸，人逢喜事精神爽，看看這都探花郎了，定是少不了賞賜。這有了錢後，穿戴也跟之前的窮書生明顯不同了。這番打扮後，倒有幾分大戶人家的貴公子風範。

看到來人，喬珠兒喜不自禁。她小跑著衝過去，耳環撞擊在皮膚上，發出清脆響聲。

她故意選在喬家二房院裡，跟情郎相會，就是為了膈應喬喜兒。

「啟明，你過來了，我好想你。」一手握了過去，兩人十指交纏。

相對於她的相思溢出來，杜啟明倒是神色淡淡。被她緊握住的手，不動聲色的抽了出來。

「嗯。」他應了聲，表示回應。

喬珠兒有些摸不著頭腦，以杜啟明往日對她的熱情，這會兒兩人別離這麼久，應該把她拉到牆角處，狠狠親吻一通才是，怎會如此平淡？

她瞥了下喬喜兒，見那臭丫頭正坐在門口縫製香囊，還不時抬頭，一副看好戲的樣子。喬喜兒剛那麼說她，她越是想要表現一番，把場面給贏回來。

當即拉著杜啟明往偏僻的牆角處走，這個位置是喬家大房跟二房的交接處。在這個位置恩愛，喬喜兒也能看到。

「啟明，我好想你，每天都茶飯不思，你想我嗎？」她的手指撫上他的臉龐。見他清瘦了許多，這考取功名就是辛苦，再加上這一路奔波，著實不容易。但即便如此，這個男人還是俊美得讓她臉紅心跳。

「珠兒，妳別這樣，這裡人來人往的，不太方便。」杜啟明臉上掛著幾分尷尬，一雙眼眸到處瞅著，生怕被人看見。

「怕什麼，你我馬上就要成為夫妻，誰敢說什麼？」喬珠兒美麗的臉龐滿是憧憬。她可忘不了他的親口承諾。高中之日，便是求娶之日。算算日子，就這一、兩天，就能把親事定下來。

杜啟明張了嘴，想說什麼，卻又欲言又止。避開她的親密，俊臉帶著幾分疲倦。「珠兒，我這幾天會很忙，有些話，我遲點跟妳說。」

喬珠兒不解。「我以前找你，你那會兒要讀書很忙。你現在高中回來了，還能忙什麼？」說著，她轉念一喜。「哦，我知道了，你在忙婚事，是想給我一個驚喜。」

杜啟明抽了抽嘴角，卻不作聲，領略了京城的繁華跟莊嚴，他的心早就飄了。

在進京趕考的路上，他無意中邂逅了尚書千金，就連尚書大人也私底下約過他，對他寫的文章讚不絕口，且有意將千金許配給他。

以前在村子裡的時候，是喬珠兒主動招惹他。

她美麗有情調，溫柔又嫵媚，他沒見過什麼女人，為她所傾倒也屬正常。

但現在有了比較，就知道兩者之間的雲泥之別。

他是探花郎，要的是能在仕途上助他一臂之力的女人，而不是這個拖後腿的。

看喬珠兒高興的樣子，杜啟明也沒有直接潑她冷水，反正過幾天她便會知道他要悔婚的事，現在他得跟母親商量這退婚要怎麼退才能更體面，他想要娶尚書千金。

他語氣淡淡道：「好了，珠兒，過幾天妳就知道了，我還有事，就先去忙了。」

喬珠兒神色一怔，就見杜啟明已走遠。

那頭也不回的瀟灑姿勢，可是落在了喬喜兒的眼睛裡，剛才她可是豎著耳朵聽的。試問一個男人在美麗熱情的女人跟前，燃不起半點火花，那多半是這個男人有了更好的選擇，尤其是杜啟明這樣的鳳凰男，太正常不過了。

他若將喬珠兒放在心裡，昨晚回來時就會過來傾訴思念之苦，而不是這般敷衍，這杜啟明只要是個有野心的，必定會做出選擇。

唉，她的好堂姊，怕是要淪為棄婦了。

此刻，喬松家的門敞開著，傳出了吵嚷的聲音，夾帶著小孩的哭聲。

喬喜兒奔過去，看到吵成一團的兩夫妻，她瞪著劉碧雲。「你們在吵什麼？」

看到這個不速之客，劉碧雲眉心蹙得厲害，不過轉念一想，背鍋的是喬喜兒，村民已先入為主，她也沒什麼好害怕的。

「我要和離，既然喬家容不下我，我們母女也沒必要在這兒惹人嫌。」

秦旭跟著走了過來，聽到這番話，震驚的看著她。

倒是喬松不知自己做錯了什麼，被提出和離，心都碎成了無數片。「碧雲，快別說胡話了，讓人看了笑話。」

劉碧雲看了看秦旭，又看了看喬喜兒，冷笑連連。「笑話？你們喬家現在還缺笑話嗎？這個掃把星早就敗光了名聲。我不想跟著喬家被戳脊梁骨，我們還是和離的好。」

這裡動靜鬧得太大，就連喬蓮兒也過來了。「大嫂，妳在說什麼？」

「沒什麼。」喬松眸光一斂，攥著某人的胳膊。「妳嫂子跟我鬧脾氣呢。」說著一邊推著輪椅，將人往屋裡帶。

夫妻倆的事情，就該關起門來解決，弄得人盡皆知，還怎麼收場。

「喬松，你放手。」劉碧雲一把甩開了他，對付個殘廢，她還是有力氣的。

「媳婦，有什麼話屋裡說好嗎？」他的聲音帶著幾分祈求。

劉碧雲冷哼一聲。「夠了，喬松，這些年我受夠了，今日必須和離，我不想再跟你過這樣的日子，我受夠了被人指指點點。我出門都不敢說是喬家的媳婦，就怕被人丟爛菜葉。」

劉碧雲聲嘶力竭的吼著，一旁的寶丫嚇得哭得更加大聲。

喬蓮兒心疼的抱住孩子，一臉怒氣的看著她。「大嫂，妳在說什麼？日子好好的，鬧什麼和離？」

喬喜兒瞅著這兩人吵架，倒不驚訝。

原來這就是劉碧雲的手段，先賊喊捉賊，又亂潑髒水。

她看了看一旁的秦旭，對方倒是跟個沒事人一樣，清冷的俊臉一臉淡定。

喬松是絕不可能和離的，眼看著自己從陰暗中走出來，對未來的日子充滿憧憬。

「碧雲，喜兒她是被冤枉的，這件事總會水落石出的。」

喬蓮兒十分生氣，她一向呵護妹妹，絕不容許劉碧雲這麼說喬喜兒。「大嫂，喬家都分家了，妳這樣鬧有些太過，還是說妳心虛了？」

這會兒，她想起喬喜兒曾經說過的話，額頭突突的跳起，心裡有不好的預感。

「喬蓮兒妳懂什麼，這事是喬喜兒惹出來的，憑什麼讓我跟著受累？妳們不要臉，我還要臉呢，妳知道外頭人都在說什麼？說喬家盡出娼婦……」

她話剛說完，臉上啪的一聲就挨了一記。

眾人抬眸，見是喬松出的手。這一下，大快人心的同時，也讓人震驚。
劉碧雲長著一張嬌媚的臉，皮膚也白淨，這會兒臉上印了個巴掌印，雖不至於讓她臉偏了去，但也挺瘆人的。
劉碧雲震驚萬分，她不敢相信一向對她百依百順的喬松，為了喬喜兒打了自己。
喬松看著顫抖的手，不敢相信自己真的打了人，當即後悔。「碧雲，我、我錯了，我不該打妳。」
「喬松，你混蛋！你居然打媳婦，我受夠你了，我再也不要伺候你這個殘廢了，今兒個必須和離、和離！」劉碧雲怒吼著，那尖叫聲就要掀開房頂，方菊也聞訊趕來。
就聽見喬喜兒冷哼一聲，怒不可遏道：「和離就和離，誰怕誰啊，喬家才不要妳這種偷人的媳婦。」
這話讓劉碧雲更加火冒三丈，方菊急道：「喜兒，妳在說什麼？」
「哥、娘、姊姊，你們都被她給騙了。那天找我麻煩的男人，不是別人，正是劉碧雲的情夫，我親眼看見他們幽會，對此我若是有半句虛言，便遭天打雷劈，不得好死。」
喬喜兒發著毒誓，就見劉碧雲嗤笑道：「妳有什麼證據？」
證據兩字讓現場瞬間安靜了……
劉碧雲正洋洋得意時，就見秦旭突然冷聲道：「證據就在寶丫身上。」
這一句話，如同一塊巨石，落入湖裡，掀起了驚天巨浪。

「你、你胡說什麼？」劉碧雲顯然被這話嚇住了，臉色蒼白。

她等不了了，這些年過慣了苦日子，再見到富得流油的吳有志，再也禁不住誘惑了。

她之前還沒嫁進喬家，兩人就好過，當初就是因為吳有志窮，在外賭博，惹了一屁股債，才婚事告吹的。可現在不同啊，吳有志對她百依百順，帶著補償心理給大把的銀子讓她花，她還有什麼理由賴在喬家？

喬喜兒見秦旭提起寶丫兩個字，腦袋就跟開過光一般。她瞅著哭得眼淚汪汪的小姑娘，雖長得好看，但沒有半分像喬松，仔細觀察，跟那個猥瑣男人還有三分像。

她瞅著秦旭，就聽見男人的聲音，低沈有力。「寶丫不是大哥的孩子，這證據還不夠嗎？」

這話一出，瞬間就跟驚雷一般，將在場的人雷得外焦內嫩。

喬松就跟癱瘓似的從輪椅上滑落下來，方菊捂住嘴巴。「這，怎麼可能？」

事實證明，喬家人沒人願意相信這個事實。

倒是喬喜兒反應過來，立馬回去端了一碗水，手裡的銀針對著被喬蓮兒抱住的寶丫手裡，輕輕一戳，那血滴子就落到了碗裡。

「哥，就差你的了。」

喬松顫抖著手，已明白喬喜兒要做什麼。

劉碧雲就跟瘋子般的衝過來，打翻了瓷碗，怒吼道：「喬喜兒，妳敢，妳這個瘋子。」

「呵，心虛了？」喬喜兒一直找人盯著吳有志，見他這幾天十分規矩，到沒有露出破綻，沒想到寶丫居然是個轉捩點。

這個過程是有些殘忍，看著孩子眼淚汪汪的樣子，她這個當姑姑的也十分心疼。

但喬家的血脈，可不能讓劉碧雲這樣的女人給玷污，她必須要滴血認親。

「娘，趕緊按住她。」

方菊是個幹慣農活的婦人，有的是把力氣，毫不費力的將劉碧雲給按住。

喬喜兒重新端了碗水過來，用銀針刺破這對父女的手，兩滴血落入了瓷碗裡，相互追逐，並沒有融合在一塊兒。

再看劉碧雲視死如歸的表情，喬家人還有什麼不明白的？

「天，寶丫居然不是大哥的骨肉。」喬蓮兒懊惱的驚呼，原來妹妹說的都是真的，劉碧雲她……

「天殺的，妳怎麼能幹出這種事？敢情妳嫁過來時，就大了肚子，這才找我兒背鍋。」

方菊後知後覺的反應過來後，連連掐著她的胳膊，又打又罵，整個人都跟瘋了一般。

喬松喃喃道：「為什麼要這麼對我？為什麼？」

疼愛了這麼多年的閨女，突然跟他說不是親生的，任誰也受不了。

劉碧雲見事情敗露，索性破罐子破摔。「是又怎麼樣？你也不想想，就憑你這樣的殘廢，憑什麼娶到好姑娘？」若不是當初被人搞大了肚子，她又怎麼會急著找人接手？誰讓喬松符合她的要求，老實厚道，又喜歡她。

一時間，屋子裡一陣譁然。方菊氣得只想打死這個喪心病狂的，卻被喬松給阻止了。

「娘，別打了。」

就算打死她，也無濟於事。當初他可是為了娶劉碧雲，攢了好多彩禮，也高興了一陣子。可沒想到，對方的不嫌棄，只是一場算計。

「哥、姊，現在該怎麼辦？這樣的女人按照規矩是不是要浸豬籠？」喬喜兒冷聲問道。

「對，浸豬籠。」方菊恨恨道，都快要將銀牙給咬碎了。「我這就去告訴村裡人，讓大家都看看這個不要臉的東西，做了醜事還嫁禍給喜兒，真是可恨。」

「娘……」喬松喊住了她，這一刻，他神情頹廢得跟老了好幾歲般。「算了，念在她這些年照顧我一場，和離吧。」

劉碧雲倒沒想到是這個結果，抹了一把眼淚。「喬松，算你還有良心。」

方菊氣得又想衝過來打人，喬喜兒攔住了她。

喬松隱忍的承受力讓人看了心疼，這件事若是宣揚出去，怕是讓他的承受力雪上加霜。畢竟哪個男人都接受不了，被戴了綠帽，還給人養了娃。

最終是一紙和離書解決了此事，劉碧雲得到了想要的，便迫不及待的收拾包袱，帶著哭哭啼啼的寶丫離開了。

第十章

劉碧雲的事能完美落幕，跟秦旭的功勞是分不開的。

喬喜兒將他拉到一旁問：「你這人還真是深藏不露。快說，你是什麼時候知道這件事的？」

這輕輕的四兩撥千斤，一下就把劉碧雲給滅了，實在是高。早知道他出手這麼厲害，她就沒必要特意找人去跟蹤吳有志了。

秦旭挺喜歡她的欣賞眸光，賣了個關子。「沒什麼，只是在一次機緣巧合下發現，那男人看寶丫的眼神帶著疼愛，再加上打聽到的一些事，推斷出來的。」

喬喜兒豎著大拇指。「高，實在是高。只是我沒想到，你會管我的事。」

「我畢竟是個男人，也是好面子的。」

喬喜兒恍然，看來村裡對她的那些議論，他是在意的。也是，哪個男人願意聽到自家媳婦偷人的消息？

「秦旭，這件事我要謝謝你。」

「不用客氣，妳也算是我的救命恩人，我幫妳是應該的，這樣的跳梁小丑算不得什麼，以後多注意點。」秦旭說完後，心想著喬喜兒再彪悍，也終究是個女子。有些事又想不到那麼全面，是需要人保護的。

喬喜兒抽了抽嘴角，敢情她費了半天勁，都沒能給自己洗脫罪名，倒是他掐中了關鍵點。突然間，她對他不討厭了，甚至很佩服。

「好，那你過兩天出遠門，也要注意安全，若是需要幫忙，儘管直說，希望你早日找到家人。」

喬喜兒由衷的祝福完後，便去關注喬松的情緒。

見他神情頹然，沒有想不開的跡象，便鬆了口氣。

「哥，早點認清也好，這樣的女人根本不值得。你放心，喜兒一定會找個好姑娘來照顧你的。」喬喜兒安慰道。

看著自家哥哥也是一表人才，踏實又能幹，年紀也不大，定會找到真心喜歡他的姑娘。

喬松苦笑。「我這樣的殘廢，怎麼會有人看上。」

看見他絕望的眼神，還真是讓人心疼得很。喬喜兒語氣軟了幾分。「哥，我有把握治好你的腿，你敢讓我試試嗎？」

喬松很是意外，不免咋舌道：「妹妹，妳就別開玩笑了。」

他從小看著妹妹長大，怎麼不知道她會醫術呢？

「哥，我既然說這話，那我肯定是跟著人學過的，你躺在這兒好幾年了，又怎麼知道我這幾年的近況？」喬喜兒不想說得太直白，話模稜兩可，給人留下幻想空間。

喬松咧嘴笑了笑。「行，任由著妳折騰。」

反正他心如死灰，也沒別的念想，瞅見喬喜兒這副關懷的樣子，不好推託，便任由她去吧。

喬喜兒趁著他坐在輪椅上，捲起他的褲腿，認真的瞅著他的腿。

喬松當初傷筋動骨沒有及時調理，造成了肌肉萎縮，這說起來難也不難，但也不容易，要三個月才能好徹底。好在她的中醫學得很到位，治療起來也不費勁，先針灸一段時間，讓裡面的血液活絡，再配合空間裡的藥草、藥丸，應該會有效果。

兩天後，秦旭出了遠門，喬家人體恤他的身世，並沒有想多，誰知對方是為了掙錢押鏢去了。

這一趟目的地正是京城，路途遙遠，來回將近一個月，收入也是頗豐的。

此時喬喜兒為了幫忙打聽他的身世，正跟喬蓮兒一塊兒在鎮上晃悠。

現在喬家的香囊都以外人拿貨為主，兩姊妹擺攤的次數是越來越少，薄利多銷後，她們收入也十分可觀。小半個村子裡的婦人都在縫製香囊，喬喜兒樂得清閒，趁著在鎮裡走動走動的時間，也一邊看看還沒有別的錢可以掙。

酒樓裡出入的人多，每天都有形形色色的食客路過，喬喜兒覺得在酒樓裡打聽消息，最為可靠也最為靈通。兩姊妹便來到了明月酒樓，這會兒還沒到飯點，酒樓裡只有零星客人。

她們一進來，夥計便熱情的招呼。「客官往裡走，位子多著呢，請問要吃點什麼？」

「小二，我們不吃飯。」

喬喜兒禮貌的擺了擺手，就朝櫃檯走去，衝著正在撥算盤對帳的掌櫃笑了笑。

「王掌櫃，在忙呢？還記得我嗎？」

王掌櫃乍然一看櫃檯邊站著兩位如花似玉的姑娘，尤其是說話的這位，模樣水靈，長得標緻可人。

這姑娘跟那位賣過獵物的男人，可謂是郎才女貌，讓人印象深刻，王掌櫃自然記得。

「姑娘，何事？」

喬喜兒道：「也沒別的事，就想跟您打聽一件事，你們這酒樓在鎮上也開了挺多年的，消息一定靈通吧？」

「那當然，別說本鎮的消息，就是這附近的消息，甚至是京城的消息，都會知曉一些。」王掌櫃可不是吹的，這每天接觸的人多了，走南闖北的，訊息也就多了。

「那您可有聽過，這附近的城鎮有走失公子的人家？」

接著喬喜兒就將秦旭的身世說了一遍，就見王掌櫃搖頭。

「倒是不曾聽見。」

見喬喜兒面露失望後，他又補充了一句。「姑娘放心，妳既然都說了，那我就會多留意，幫妳打聽，一有消息就通知妳。」

「如此，就多謝掌櫃了。」

喬喜兒見這掌櫃人還不錯，便在酒樓裡晃了晃，等到了飯點順便在這兒用膳。

喬蓮兒一開始覺得這酒樓裡的飯菜貴，但知道喬喜兒是為了打聽秦旭身世的消息，也就沒說什麼。

兩姊妹點了簡單的兩菜一湯，細嚼慢嚥的吃著。

她們坐的這個位置能看到整個酒樓的情況，卻發現即便是到了飯點，用膳的人也不多。

倒是對面的明華酒樓，人潮一撥一撥的往裡湧，看得人眼熱。更甚著，有幾個客人腳都邁到了這邊，卻看到那邊人多，也跟著人潮湧過去。

店小二在門口招呼了半天，那些客人都去了斜對面，就連掌櫃都嘆息不已。這樣下去，他們明月酒樓就要開不下去了。

喬喜兒瞧著這兩家酒樓的區別，不是過於明顯，但實際上既然雙方走的路線不同，那就拉開這種差距，顯得差異化更好。明華酒樓走的是奢侈高貴路線，那麼明月酒樓何不親民一些，另殺出一條血路來？

畢竟這是在鎮上，有錢人家那是占據一小部分，絕大多數都是普通老百姓，且鎮上有幾處地方，幹活的壯漢都挺多的，他們不都需要伙食嗎？

想到這兒，喬喜兒覺得商機來了，她衝著掌櫃打了個手勢。「王掌櫃，可否借一步說話？」

「好。」

見對方同意，喬喜兒駕就輕熟的來到二樓靠窗雅座，這個位置正好將整個明華酒樓的大門口盡收眼底，那門庭若市的樣子，可讓王掌櫃羨慕嫉妒恨。「這位姑娘，妳有什麼話直說吧！」若不是知道她的性格，真懷疑她是故意來刺激他的。

喬喜兒也不兜圈子，開門見山道：「王掌櫃，怎麼我一段時間沒來，你酒樓生意差了這麼多？」

王掌櫃瞅了一下對面，訴苦道：「這明華酒樓有手段，以前都是那千金管著，一個姑娘家畢竟不太懂這些酒樓路子。現在連那個庶子也插手了，這公子花樣多得很，給包間的用膳客人安排唱曲的姑娘，還有人肉沙包供客人出氣，就連傳菜的夥計都眉清目秀的。」

喬喜兒明白，人家這是將有錢人家的喜好摸得清清楚楚，走的是上流路線。

「王掌櫃，既然對方這麼多手段，你們酒樓也可以更有手段。」

「談何容易呢？請這些人鎮場，那是需要額外花錢的，若是跟他們較勁，那就是雞蛋碰石頭。」王掌櫃哭訴完後，對上喬喜兒水靈靈的大眼睛，又懊惱的拍桌苦笑。「哎，我真是病急亂投醫了，跟妳這個小姑娘哭訴什麼？妳能懂什麼？」

「誰說我不懂的？」喬喜兒冷哼一聲，敢小看她，一會兒就讓他跌破眼鏡。「掌櫃的，我有辦法，你要不要聽聽？」

「真的？」王掌櫃不太相信這小丫頭還懂這生意場上的事，但這會兒閒著聽聽也無妨。

「好，妳倒是說個所以然，若是能採納，我定會跟東家稟明，給妳一筆獎勵。」

「痛快，我就喜歡跟你這樣的爽快人談生意。」喬喜兒纖細的手指，比劃了下街道。「這鎮上大大小小的酒樓、飯館還不少，但有特色的少之又少，既然明華酒樓走的是奢侈路線，你們追趕不上，也捨不得掏錢，不如走平民化路線。」

見她說得有幾分道理，王掌櫃也來了興趣，找了個位子坐下，讓店小二上了兩盞茶。「姑娘，妳繼續說。」

「這鎮上的碼頭、採石場，就有好多工人，這批人是怎麼解決吃飯的？」

「他們都是自帶乾糧。」

「乾糧哪能吃了有力氣？」喬喜兒接著就把現代速食模式給說了一遍，建議酒樓特地做幾輛推車，推車上貼上酒樓招牌，上面擺著十幾道精緻的家常菜，價錢就是五文錢二菜一湯、七文錢一菜一葷一湯，米飯任由著吃飽。

每逢飯點就推車過去，長期駐紮在人多的地方，這樣知名度就打出來了。有了口碑後，那些想要環境好的，必定會親臨酒樓現場；沒有時間來酒樓慢慢吃的客人，就直接在推車點餐，現成的餐點都有。時間一長，這人氣就有了，後續還怕沒生意嗎？

掌櫃聽得很是認真，很多詞語他都聽不明白，也不恥下問道：「什麼是速食？」

「速食就是快速供應、價格合理、方便普通老百姓的餐食。王掌櫃你想想，鎮上的富人有多少？普通老百姓有多少？既然比奢侈咱們比不過，不如就把平民化做到極致，你可別小看這幾文錢的，數量一多，一天的收入十分可觀。」喬喜兒越說越過癮，若是條件允許，她自己都想插手了。

王掌櫃沈默了下，喬喜兒的這番話，饒是見多識廣的他，也是前所未聞的。真沒想到這小姑娘，想法如此異於常人，聽起來就覺得新鮮。

「妳說得挺有道理的，可妳怎麼知道能掙錢呢？」

「薄利多銷你沒聽過？王掌櫃，我是做香囊的，你若出去打聽，就知道我在鎮上擺攤有多火爆。只因我是姑娘家，家裡人不喜歡我常出來拋頭露面，我便以出貨的形式，供給別的攤位去賣，雖掙得少了，但數量多了，銀子累積起來也快。」喬喜兒說著，就把隨身攜帶的香囊給了他。「這個是薄荷香囊，能提神醒腦，掌櫃經常跟帳本打交道，佩戴這個挺管用。」

王掌櫃一看這個香囊就挺有印象的，他還特意買過幾個，沒想到是出自喬喜兒之手，這下倒有些遇知音的感覺。「好，我相信妳，妳的方法值得一試，若是有成效，明月酒樓不會虧待妳的。」

喬喜兒笑咪咪道：「放心吧，一定會有成效的，一般人我也不告訴他。這一旦推行，就需要人手，掌櫃的可以先在碼頭、採石場試行，後面再遍布整個鎮上。我這兒還有一些家常菜的菜譜，希望後續有合作的機會。」

作為現代人，每天少不了下館子，做菜她不擅長，可吃的話，她還能不擅長嗎？各種菜餚、小吃，她都能說得頭頭是道，隨便說幾個菜譜，都比這中規中矩的古代廚子要好。

「好。」掌櫃見她說得口沫橫飛，嘴巴都乾了，便給她十兩銀子。「喜兒姑娘，這是訂金，望笑納。您放心，我家東家是個惜才之人，只要姑娘的點子有用，必定重金酬謝。但明月也有個條件，那就是這個點子不能給別人使用，為了保險起見，一會兒還請姑娘同酒樓簽個合作協定。」不是他不信人，做生意最怕的就是口頭承諾，必須白紙黑字的變成協議才最為妥當。

這正合喬喜兒的意，雙方簽訂好協議後，這項合作就算成了一半。

忙完這一切，喬喜兒出來時，就見喬蓮兒還在原地坐著，手托著下巴，百無聊賴狀態。

「喜兒，妳找掌櫃聊什麼？秦旭的事，他不是不知道嗎？」喬蓮兒臉色俏紅，剛坐在這兒，就有好幾個男人望著這邊，看得人怪難為情的。

喬喜兒笑著，把兜裡剛拿到火熱的十兩銀子遞給她。「姊，我跟掌櫃談生意去了，這是預付的十兩銀子。」

「什麼？」看到這錠銀子，喬蓮兒幾乎都沒反應過來，她不太相信。「談生意？我們跟酒樓有什麼可合作的地方？」

上回那個貴公子是做布莊的，那跟香囊生意還挺搭的，可這酒樓，都是來吃飯的人，能跟香囊有什麼關係？

「姊。」喬喜兒摟著她的胳膊，語氣帶著幾分撒嬌。就知道她想得沒那麼全面，於是她將剛才的事情說了一遍，就見喬蓮兒又是激動、又是高興。

「天啊，這樣也行？喜兒，妳這錢掙得也太容易了，什麼都不用幹，動動嘴皮子就成。」

想想喬家，以前掙錢多艱難？一家人每天起早幹活，一年下來都沒幾兩銀子的。喜兒的變化也太大了，要不是她天天瞅著，還真以為自家妹妹換了一個人。

喬喜兒被看得有些心虛。「姊，時辰不早了，我們回去吧。」

「好。」

兩姊妹準備付飯錢的時候，卻見店小二告知，這頓飯記在了掌櫃的帳上，給免了。

喬喜兒越發覺得這個掌櫃會做人，這樣接觸起來也省心。

兩姊妹並肩走出酒樓沒多久，喬蓮兒就跟迎面而來的男人撞了下，她的臉立馬紅了，連連說道：「對、對不起。」

那男人從地上爬起來，衝著她就喊道：「臭娘兒們，沒長眼睛啊……」

罵了半句就沒下文了，像是罵人的話卡在了喉嚨裡。

對方盯著喬蓮兒瞅，見她溫婉可人，皮膚白皙，俏生生的一朵花，瞬間就眼睛亮了。

這仔細一看，還挺眼熟，不是喬蓮兒又是誰呢？

呦，這一段時間沒見，變化還真不小，擺脫了鄉村小土妞的形象，成了俏生生的姑娘，看看這穿戴相比從前，好的不只一星半點兒，看來喬家最近的日子好過了。

流裡流氣的男人吹了記口哨，伸手就要觸碰她的下巴，就被另一隻手給打開了。「滾開你的髒手，別碰我姊姊。」

「呦，喜兒，妳不認識我了，我是妳姊夫啊！」男人正面打量喬喜兒，言語輕佻，那瞇著眼睛的樣子十分欠打。

這小姨子比之前更加水靈了，這皮膚嫩得可以掐出水，那雙眼睛欲語還休，像是會說話一般。不愧是十里八鄉的一枝花，想當初來提親的人都要踏破門檻了。

但喬家實在是太窮了，還有一個殘廢哥哥，一個名聲敗壞的妹妹。喬家人就指著他這個上門女婿當頂梁柱，可不累死他？

這不他在喬家待了不到一個月就逃之夭夭了，這四處流浪，雖居無定所，倒也樂得逍遙。

眼下看到喬蓮兒這張俏臉，他還是心癢癢的。

「滾，我們不認識你！」喬喜兒在心裡直喊晦氣，真是出門沒看黃曆，居然碰到這麼個狗東西。

看來這田泉還沒離開臨江鎮，要不是看喬蓮兒臉色發白急著走，她真想教訓一下這男人。

她們有心避讓，但田泉卻是個不識趣的，見狀更加來勁了，將兩人攔住，直接對她們污言穢語。

「蓮兒，一夜夫妻百日恩，咱們都那麼多回了，也有上千恩了，妳不知道，離開妳，我有多後悔。」

「滾！」喬喜兒將姊姊護在身後，面容冷冽。

田泉有瞬間的呆愣，嘿，這臭丫頭，裝得挺像那回事的，不就是個女人嘛，他一個大男人還怕什麼？當即一把攥住她身後的喬蓮兒往外拉。「臭娘兒們，妳再躲，也改變不了妳是老子女人的事實。我們沒和離，妳就還是老子的媳婦，跟我走……」

眼看人被他拖著走，喬喜兒水靈的眸子透著寒意，一把扣住他的手腕，用力一扭，疼得他嗷嗷直叫。

「滾，不想死的話，趕緊給我滾！」

田泉渾身僵硬，有些害怕，但喬喜兒是誰？就是個表面看著強悍的紙老虎，他堂堂一個大男人，會怕一個沒功夫的娘兒們嗎？

這街上這麼多人看著呢，他可丟不起這個臉。當即揚起手，罵罵咧咧的就要揮下去。「我打妳個多管閒事的女人……」

話還沒有說完，這手揚在半空中就被人給抓住，接著就聽見咔嚓一聲骨裂脆響的聲音，就見田泉啊的慘叫連連，抱頭鼠竄。

「光天化日之下，欺負兩個弱女子，你不嫌丟人？」說這話的不是別人，正是跟喬喜兒有香囊生意往來的聶軒公子。

他的馬車經過這裡時便瞧見圍了一堆人，見到那個被圍住的姑娘是喬喜兒，他哪還坐得住？還好他出手及時，若是喬喜兒被打了，他會心疼死。

田泉臉都綠了，捂著斷掉的手直叫道：「你誰啊？多管閒事！」

見對方又要揚手，田泉嚇得趕緊溜了。

熱鬧沒得看了，圍觀的行人散開了。喬喜兒沒什麼事，倒是喬蓮兒臉色發白，嚇得不輕，這會兒身子都發抖著。

「多謝聶公子出手相救。」

「不客氣，順手的事。剛那人是誰？要不要去收拾他？」聶軒提議，見她沒事便放下心來。

「暫且不用。」

一行人正聊著，就聽見一道清脆又銳利的聲音。「某些人還挺厲害的，趁著自家男人不在，就敢勾搭外頭的男人。」

話鋒一轉，來人又對聶軒說話，像是才發覺他那般，有些咋呼道：「軒哥哥，原來是你啊。你身分高貴，眼光一向獨到，該不是看上這賤蹄子了吧？」

這樣的蠻橫驕縱，不是明玉鳳又是誰呢？

只見她穿得依舊花枝招展，這一身的綾羅綢緞、珠光寶氣，恨不得將所有名貴的飾品都往身上堆砌，原本底子還不錯的，但她不會打扮，硬是將自己折騰成一個暴富少女模樣。

她身旁還站著一個身形挺拔的男人，面容十分普通，一雙上挑的眸子充滿算計，揚起的下巴弧度，帶著高傲跟不屑，看著跟明玉鳳有點像呢，原來是明玉鳳的兄長明遠華。

「明姑娘，妳別一口一個賤蹄子的喊，知道的是妳惦記著別人相公，不知道的還以為妳沒教養。」喬喜兒語氣冷冷。

「妳！喬喜兒，妳有什麼資格說別人？妳不也背著秦旭在外勾搭野男人嗎？」明玉鳳反駁。

「噗……」喬喜兒也不惱，對著一旁的聶軒道：「聶公子，她說你是野男人。」

聶軒忍住想笑的衝動，這丫頭就是口齒伶俐，一般人哪是她的對手。若能當她的野男人，他榮幸之至。

明玉鳳表情一滯，氣得直跺腳。「軒哥哥，你別聽她胡說，我不是這個意思。」

「那妳是什麼意思？」聶軒反問。

他是何其聰明的人，從兩人的對話中，就能理出一點頭緒來。看來喬喜兒跟秦旭只是表面夫妻，這麼說，他就是有機會的。想到這兒，心也是樂顛顛的飄著。

明玉鳳一時語塞，恨不得破口大罵，但顧忌著這是大街上，不能自毀形象，便忍下這口氣，紅著眼眶裝柔弱。「軒哥哥，你怎麼幫著外人說話，這喬喜兒名聲臭得很，你還是少跟這樣的人在一塊兒，以免沾染臭氣。」

說完就冷哼一聲，如一隻驕傲的孔雀，仰著頭就走了。

明遠華冷眼瞧著喬喜兒，從她身旁擦肩而過，帶著意味深長的眸光。

等這兩人走開後，只覺得周圍的空氣都清新了許多。

聶軒的笑容裡帶著幾分尷尬。「喜兒，不用理會他們。」

「多謝聶公子解圍。」

「不客氣，既然妳們都來鎮上了，不如去我那鋪子看看？我還有些問題請教妳們。」

聶軒都這麼說了，喬喜兒見時辰還早，也不急著回去，就跟喬蓮兒一塊兒過去看看。

這裡離布莊很近，聶軒也沒再上馬車，而是並肩步行。

一行人到了一處很大的布莊，從門口看有好幾間門面，這氣勢一下將附近鋪子碾壓了。

牌匾上龍飛鳳舞的寫著「聶氏布莊」四個大字，站在門口的夥計見有客人過來，立馬笑臉相迎。「幾位客官，往裡請，往裡進。」

他不認識這公子哥兒就是東家，倒是裡面的掌櫃看見了，驚愕的同時，立馬將人迎到了雅座上。「公子，您怎麼來了？這兩位姑娘是？」

長得都挺如花似玉的，但從穿戴上來看，不太像大戶千金，不管怎樣，他家公子還是難得帶姑娘來布莊。

「喔，我的客人。」聶軒說著給人看座，並吩咐夥計端茶倒水，端上點心、乾果等。

喬蓮兒喝了口茶，受驚的心漸漸平復下來。

她還是有些後怕，這陣子跟著喬喜兒縫製香囊，天天忙得不可開交，早將這些傷心事給忘記了。沒想到就當她平復好心態，重新開始生活時，又看見這個討人厭的男人，還真是陰魂不散。

喬喜兒放在桌下的手，緊握住她的，示意她放心。有她在，絕不會讓任何人欺負姊姊的。

再說這聶氏布莊還真是大，她掀開珍珠簾子，看著偌大的鋪子，有兩間擺滿了布疋，中間那間都是做好的成衣。

她看到很多成衣上的腰間都掛有香囊，正是喬家的。香囊雖小，配上去，倒也不顯得突兀。

掌櫃見這姑娘逛鋪子，想起自家公子對她的與眾不同，便掛著笑意迎上去。「姑娘，這聶氏布莊可是鎮上最大的布莊，您看看有沒有喜歡的，儘管跟公子說。」

說著那眼神便打量著喬喜兒，見這姑娘不僅水靈，模樣看起來也機靈，氣質上乘，五官精緻，跟公子站在一塊兒，實在是珠聯璧合。

難得他家公子終於開竅了，他高興得連眼睛都瞇了起來。

喬喜兒見這掌櫃誤會了，忙擺了擺手。「您忙，我只是隨意看看。」

見她拿著那些香囊看，掌櫃又道：「公子也不知道搞什麼鬼，弄了這些香囊掛在這兒，倒顯得不倫不類的。」

喬喜兒笑得那叫一個尷尬。「這香囊是我親手縫製的，我覺得挺好的，跟這些衣服也挺搭的。」

再說，這帶空間靈力的香囊，佩戴時間久了，身上也會沾染藥草氣味，混合著每個人獨有的本身氣味，會自成一派氣味。

「原來這香囊是姑娘親手縫製的，怪不得看起來那麼精緻。」掌櫃的拍著腦門一臉歉意，又趕緊換了個口氣。

原來香囊是這位姑娘家的，怪不得他家公子一下子拿了這麼多，看來是醉翁之意不在酒，真有他的。

這下子，他還有什麼不明白的？反正聶夫人跟老爺只要公子能成親，只要他不是娶那些不三不四的女人，只要是好人家的姑娘，不管出身如何，只要公子喜歡，那就能成。

喬喜兒被這掌櫃別有用心的眼神，看得心底發毛。

「掌櫃的，我自己慢慢看吧。」

「好，姑娘隨意。」掌櫃嘴上說著隨意，腳步卻不急不緩的跟在後頭。

「姊，妳過來。」喬喜兒衝著珠簾雅座那邊笑了笑，為了避免尷尬，還是喊著喬蓮兒一起過來看看才好，最重要的是能讓姊姊長長見識。

只要她見了世面，還能將那個渣男前姊夫看在眼裡嗎？

古代的妞兒會比較介意貞潔，在喬蓮兒看來，她已經是個棄婦了，無權利追愛。

而喬喜兒卻不這麼想，那短暫的姻緣只維持了短短不到一個月，雙方之間又沒孩子牽絆，喬蓮兒完全可以找個更好的。

這古代是封建，但和離的也不是沒有。

「喜兒，我這心頭已經平復好了，要不，咱們走吧。」喬蓮兒之所以在那兒端坐著，手捧著一杯熱茶，完全是為了壓驚。

她還沒有從那個男人的陰影中走出來，田泉既然還在鎮上，以後會不會找她麻煩？

「姊，妳看看這布料怎麼樣？都是上等的，若是將香囊的檔次提高點，咱們可以從這裡拿點布料。」喬喜兒想著她的香囊也要做一部分，走入富貴人家。

她正準備拿下這疋布料，就見另外一雙手比她更快，抬眼看清楚來人，她不由得咋舌。居然是喬珠兒。

「我嫁妝什麼的都準備好了，就差嫁衣跟幾件新衣服了，這聶氏布莊的布料都是上乘的，好漂亮。」喬珠兒故意拿起喬喜兒摸過的那疋布料，在身上比來比去。

呵，喬喜兒這樣的庸俗村姑，居然也敢逛這樣的布莊，真是不知道丟臉兩個字怎麼寫的。

她都快要成了探花夫人，那這穿著自然是要最好的，萬萬不可給杜啟明丟人。

「珠兒姊姊，真不好意思，這疋布料我先看上的，我要先扯一些。」喬喜兒才不將她放在眼裡，更不會退讓。

「喜兒妹妹，這買東西可不分先來後到，而是要看誰的腰包鼓。」喬珠兒高傲的揚著下巴。「這可是聶氏布莊，全鎮最大的布莊，就妳一個賣香囊的，妳買得起嗎？再說妳這氣質，這麼貴的布料披在身上，配得上嗎？」

「堂姊說得極是，看妳這樣子，能買好多布料了，畢竟妳是馬上就要當官夫人的人。」喬喜兒示弱的說，就見喬珠兒果然上鉤了。

她高傲的揚著頭顱。「算妳識相。」

說著就喚來掌櫃。「這疋、還有這疋，給我來三身。」

喬喜兒瞧著她那財大氣粗的樣子，不禁好笑。「堂姊，這三身哪夠？妳當了官夫人後，可是要出席各種場合，跟那些貴婦人打交道的，千萬別被比下去。依我看，五身還差不多。」

喬珠兒想著是這個理，手指隨意的指了指。「這兩疋也給我量一身。」

掌櫃以為是個大單，態度熱絡。「夥計，趕緊給這姑娘量下身形，剪裁下布料。」

看喬喜兒跟這姑娘認識，他準備跟公子請示下，價格上是否讓利些。

就聽見喬喜兒像是會讀心術般。「掌櫃的，這布料該多少就算多少。你放心，我堂姊可是官夫人，不差錢。」

一口一個官夫人，可把喬珠兒砸得暈頭轉向。這三個字對她來說，太管用了，簡直就跟灌了迷魂湯一樣。

她頗有幾分氣勢道：「沒錯，這五種花色我都要一身，不差錢。」

她甚至已經幻想到以後混入了貴夫人的圈子裡，是如何的揚眉吐氣，眼下的行頭自然是不能差的。

這個喬喜兒雖然討厭，但她的話還是挺中聽的，等喬珠兒反應掉坑裡去時，已是後知後覺。

掌櫃見狀讓夥計把價錢算好，報了數。「這位姑娘，這五種花色的料子，一共是三兩半銀子，考慮到您買得多，已抹去了八十文的零頭，還請這邊結一下帳。」

三兩半銀子是什麼概念，是普通村民一年的收入，是姑娘家彩禮的三分之一。

區區五件料子，對有錢人家來說，連九牛一毛都算不上。可對喬珠兒來說，無疑是一大筆支出。

這下，她已是說話結巴，早沒了剛才的驕傲之色。「什麼，光是布料還沒縫製成衣裳，都要三兩半銀子？」

喬喜兒忍不住笑了，看來某人要出洋相了。「堂姊，妳剛才不是說了嗎？這可是聶氏布莊，鎮上第一大布莊，這價格我倒還覺得不稱妳身分呢！」

喬喜兒拿剛才喬珠兒說過的話，堵她的嘴。

喬珠兒被說得啞口無言，只得怒氣沖沖的掏了掏錢袋子，雖一臉肉疼，但面對喬喜兒的嘲笑，她暗暗告訴自己不能慫。

咬咬牙，氣勢不服輸道：「好，我要了。」

啪啪啪，喬喜兒誇張的鼓掌，一臉笑咪咪。「果然豪氣，堂姊妳可真是了不得。」

喬珠兒雖覺得不值當，但想到自己的身分，又十分有優越感。看著喬喜兒那狗腿的樣子，冷哼一聲。「那當然，這些只是開胃菜，等我嫁人以後，必定比現在買的還好。倒是妳喬喜兒，掙點錢不容易，若是要買這些，指不定要想很久吧？」

「也不用多久。」喬喜兒笑嘻嘻的說完後，將早就看上的那幾疋布料全都拿了。

她不是像喬珠兒那般，每樣只量了做一身衣裳的料子，而是拿了整整三疋料子。價格雖沒她選的那麼貴，但也算是中等料子。

三疋料子付了二十兩銀子，喬喜兒眉頭都不皺一下的。「掌櫃的，可以送貨上門嗎？」

「當然。」掌櫃一臉客氣。

只要上了十兩銀子，他們都會送貨上門，更何況她跟公子認識，一會兒還得退差價呢。

聶軒將這一幕看在眼裡，忍不住暗暗發笑，口中的茶水都差點噴出來。

這個喬喜兒太有意思了，將對方整得有話不能說，還帶動了他的生意。嗯，這不由得給了他啟發。

有時布莊遇到難纏的客人，也可以採用這種先揚後抑的方法。

這個喬喜兒還真是個商業奇才，就衝著她這點子，一會兒怎麼也要讓掌櫃退她五兩銀子，並送些布料。

喬喜兒怎麼也沒想到，這些舉動，讓她得了個大讓利。
喬珠兒瞪大眼睛，不可置信道：「裝什麼土大富，一下子就花了二十兩銀子，看妳回家怎麼交代。」
她不免好奇喬喜兒的香囊生意做多大了，一下子花了二十兩銀子，眼睛都不眨一下的。
「這就不用堂姊操心了，妳還是好好想想回家怎麼跟大伯母交代吧。」喬喜兒說著，就跟聶軒打了招呼，拉著喬蓮兒便要回去，反正布莊送貨到府，她們正好可以搭免費的馬車。
倒是喬珠兒費勁的抱著那一堆布料，身上帶的銀兩花得所剩無幾，馬車也坐不起，只好在門口等著牛車回去，見她們那得意洋洋的神情，氣得直跺腳。
喬喜兒跟喬蓮兒因為馬車的便捷，提前回到了村裡，到了村裡，便感受到了不一樣的氣氛。
從村民口中得知，杜家來客人了，聽說那客人是來自京城的官宦千金，千里迢迢過來找杜啟明的。
這下村民都在議論，杜家跟喬家的這門婚事定是要告吹的。
喬喜兒對於有關喬珠兒的事多留意了一下，畢竟這個堂姊是搶了她「前男友」的人，她還是挺想看她的下場。
跟村民喜歡看熱鬧一樣，她湊到了杜家跟前。杜家確實熱鬧，門口停了輛豪華馬車，站著好幾個隨從跟丫鬟，這大陣仗可是讓沒見過世面的村民好一通議論。

再看屋裡，杜母對那千金熱乎得不行。

光是一個側面，就可以看出千金美人如玉，皮膚白皙，那身段曼妙，說話吐氣若蘭，讓人不由得感嘆，這哪是什麼千金小姐，分明是天上的仙女下凡。

千金在屋裡喝了口茶，便告辭去了鎮上，村民盯著仙女離去的馬車，久久不能回神。

馬氏聽聞此事，非常著急的上門過來討說法，剛好瞥見千金的馬車揚長而去。人她是沒看到，但聽村民的議論，就足夠她紅了臉。

「杜家的，我說兩家的婚事到底什麼時候辦？我們喬家都已經準備好嫁妝了，就等著你們選好日子。」馬氏一來就開門見山，說得很直接。

杜母頓了下，神色複雜的看了她一眼。「不好意思，這門親事我們杜家打算退了。」

此話落下，就跟水滴到了油鍋裡，瞬間濺了人一身一樣。

村民震驚過後，也覺得是在意料之中。畢竟仙女跟村姑，傻子都知道該怎麼選，更別說探花郎了。

馬氏盼星星盼月亮，就等著準女婿回歸的一天，這下希望落空了，她哪肯甘休？當即火氣騰騰的攔住杜母，不讓她進屋。「妳說什麼？這婚事不結了？那怎麼行，當初訂婚時不說得好好的？再說，我們喬家都準備好了嫁妝，妳怎麼可以這樣？」

杜母看到喬珠兒來了，神情更加嫌棄，以前就不怎麼瞧得上，這下有了對比就更瞧不上了。

她冷著臉。「訂親又怎樣？不能退嗎？你們這門婚事怎麼來的，不清楚嗎？我們杜家就是不喜歡喬家。話已經撂在這兒了，你們再鬧只會丟姑娘家的臉，到時嫁不出去，可別怪我們杜家。」

「妳……」馬氏氣得就要衝過去扭打，卻發現喬珠兒不知何時過來了，那身形搖搖欲墜，隨時都要暈倒的樣子，她急忙扶住。「閨女，妳別怕，娘定會為妳作主。這門親事，要杜啟明說了才算，他娘算個什麼東西。」

杜母一聽這話，更是冷笑連連。「我兒子的婚事，我這個當母親的必定是能作主的，明兒個退親文書就會送到你們家，等著吧！」

說著，就不願搭理這對母女，直接進屋，把門關得砰砰響。

這副態度徹底把馬氏給逼急了，她顧不得有村民在看笑話，直接上前拍打木門。「杜家的，妳給我出來！憑什麼不要這門婚事？當初說得好好的，卻臨時變卦，你們也太欺負人了。杜啟明，你個陳世美，你給我出來，出來！」

這動靜鬧得那麼大，幾乎是整個村的村民都出來看熱鬧了，眾人議論紛紛，說什麼的都有。

方菊看過熱鬧後，倒是鬆了一口氣，將兩個閨女拉走，邊說邊教導。

「這杜家還真不是個東西，過河拆橋呢。好在我們家的喜兒選了個好夫婿，多謝杜家的不娶之恩。」

「大伯母就是太要面子了，以堂姊這條件，必定能嫁個好的，訂親那會兒她就到處嚷嚷，這下是搬起石頭砸自己的腳了。」喬蓮兒頗有感慨道。

有時女人就是當局者迷，認定一個男人，心心念念就是他，不撞南牆不回頭，就好比是她自己，想到那個男人又出現在鎮上，喬蓮兒十分後怕。

「呵，杜啟明說白了就是個鳳凰男，再攤上那麼個娘，能做出這樣的舉動正常，估摸著他自己不敢當面說，才讓他娘出面的。」喬喜兒可是個人精，還有什麼看不明白的。

現代那會兒，鳳凰男就多，古代也一樣。能娶富家千金飛黃騰達，能有幾個抵擋得住誘惑？

只是喬珠兒眼皮子淺，沒想得那麼周全，想起她在鎮上裝有錢，買了那麼多的布料做新衣裳，回頭鐵定挨罵。這算是自作自受，大快人心啊。

母女三人正閒聊著，就見喬珠兒哭喪著臉拉著馬氏回來，馬氏這個塊頭，喬珠兒一個人拉起來費勁，最後還是大嫂方金桃一起夾著走，才拉回來。

「婆婆，妳就別生氣了，那杜家太不是東西了，一個探花郎了不起啊？就珠兒這樣貌，完全可以嫁給鎮上公子。」方金桃勸道。

原本一家子都指望著小姑子過好日子，順帶他們也能跟著好過，現在希望落空了，大家心裡都憋著火。

喬珠兒一聽這話，又落淚了，跟個楚楚可憐的小白兔似的，毫無之前的高傲自信。

她是不甘心，但她不會跟母親一樣大張旗鼓的鬧。

她私底下一定要找杜啟明問個清楚，憑什麼退親？兩人那些卿卿我我、山盟海誓怎麼就不能算數了？

馬氏見閨女落淚，心疼得跟什麼似的，瞪了兒媳婦一眼。「妳懂什麼，杜家這是背信棄義，他若是敢不娶珠兒，咱們就得鬧，鬧得他連探花郎都當不了。咱們不好過的，他也休想好過！憑啥他能退親，還要娶富家千金，想得美！」

馬氏將喬珠兒拉進門，就見她繃不住，淚流滿面了。

她合上門後，便用手指戳著她腦門。「哭哭哭，就知道哭，哭有什麼用？這件事不能這麼算了，這杜啟明必須娶妳，咱們得想辦法。」

「娘，還能有什麼辦法？他偏不娶，咱們也沒辦法強迫啊。再說，他現在人都不現身，說理都沒地方說去。」

「妳別急，先等。」馬氏這會兒冷靜下來，附在她耳邊嘰嘰咕咕了一陣。

喬珠兒聽了後，目瞪口呆，又羞又惱後，隨即點點頭。「娘，妳說得對，我知道該怎麼做了。」

喬家大房這事成了村裡的飯後談資，喬喜兒則是事不關己高高掛起。

等到晚飯時，喬石從地裡回來，喬松也過來吃飯，就聽見有村民喊：「喬家的，有人找。」

喬喜兒忙探出頭來，心想著，會是誰來找呢？真是會挑時候。可當看到人時，她整個人都震驚了。回頭看喬蓮兒，臉色已經僵在那兒。

這樣堂而皇之進村來找喬家的人不是別人，正是在鎮上碰見過的田泉。

這個該死的男人，居然還有臉過來這兒！

方菊也看出異樣來，見是這個負心漢，立馬回去拿了把掃帚追出來。「我打死你個沒良心的東西，竟還敢來喬家，你怎麼不死在外頭，你來一次我打你一回，還不快點滾！」

田泉是個臉皮厚的，見狀也不惱，臉上反而掛著嬉皮笑臉。「岳母大人，您別生氣，我當初不告而別是有苦衷的，還不是想給喬家多掙點錢才出去打工。現在我回來了，一家人總算能團聚了。」

喬喜兒嘴角抽了下，聽著這一本正經的胡說八道。

這男人還真是撒謊不眨眼。看到喬蓮兒氣得鐵青，渾身都發抖，她直接去柴房找了根粗木棍衝出來。

「這可是你自己送上門來的，看我不打死你！」喬喜兒揚起木棍狠狠打，那幾下可謂是敲中骨頭，打得對方跟隻老鼠一樣四處亂竄。

她打的位置很巧妙，是膝蓋處、胳膊肘處，這打成了骨裂，足夠養傷個把月了。

方菊怕閨女將人打出人命來，阻攔過後，面色不屑的對著他吼。「田泉，你還不滾，是想死在這裡？」

田泉神色憤憤不平，一段時間不見，這個被村裡戳脊梁骨的喬家居然這麼硬氣了。

要不是他在鎮上混不下去了，也不想吃回頭草。他以為只要自己低個頭，好好賠個不是，這個家依舊可以容忍他，誰讓這個家那麼缺男人。

沒想到喬喜兒比從前更加潑辣狠厲，他再不走的話，還真要被活活打死。

「我會回來的。」他丟下這句話，便捂著傷口狼狽離去。

看著那走路一拐一拐的樣子，喬蓮兒痛快過後，後怕的攥著妹妹的胳膊問：「喜兒，這人不會有事吧？」

喬喜兒翻了翻眼皮。「姊，放心吧，死不了的，最多會讓他躺一個月。」

喬蓮兒一臉後怕。「這人太無賴了，怎麼辦？他肯定還會再來的。」

現在是晚上，還沒什麼村民看見，他若是還來騷擾，保不齊村民都知曉了。

這事在村裡本就是一個笑話，她不想悲劇重演。

喬喜兒憤憤的捏著拳頭。「姊，妳放心，這件事交給我，我會讓他不敢來的。」

若是他還敢來，她定要廢了他，看他還怎麼蹦躂！

方菊一臉後怕之後，將菜端上桌。「好了，咱們先吃飯吧。實在不行，就下和離書，報官去。」

碰到那個黑心肝的過來煞風景，喬家人吃飯都沒什麼胃口。

「哥，後天便是集日了，你要不要跟我去鎮上逛逛，我想買牛車，還得靠哥哥幫忙把關。還有，哥，我幫你聯繫了隔壁村的木匠，你可以跟著他學木工。」

「好，只要喜兒需要哥哥，儘管喊一聲。」喬松嘴角勾起一抹苦笑。

他心裡也沒底，對未來十分迷茫。還好有喬喜兒鼓勵，還暗中幫他治療腿疾，隔三差五的給他治腿藥，讓他吃下。

「哥，你能振作起來就好。」喬喜兒一臉欣慰。

喬家人看了也有些高興，經歷了劉碧雲跟田泉的背叛，眼下看著喬松的振作，也算是一件喜事。

吃了飯，喬喜兒推著輪椅送喬松回去。返回時，卻瞅見喬家大房的院裡，有拉拉扯扯的兩人。定睛一看，竟然是喬珠兒跟杜啟明。

喬珠兒顯然看到了喬喜兒，不但不掩飾，還十分高傲的揚頭。「妳放心，我不會讓妳看笑話的，啟明會娶我的。」

杜啟明一臉難色。「珠兒，我會給妳一個交代。」

「我不管，三日之內，你必須娶我，還有你娘太過分了，必須道歉。」喬珠兒含嗔帶怨，今日受了這麼大的委屈，她一定要扳回顏面。

到底是旁觀者清，喬喜兒這個旁觀者將兩人的小算盤看得一清二楚。

她嗤笑一聲，當場便潑了冷水。「堂姊，妳不用向誰證明，妳成不成親，跟我們沒關係，妳開心就好。」

杜啟明聽她這麼說特別尷尬，像是自己的內心早就被窺視了一般。

他是不可能娶喬珠兒的，他是想要仕途的人，太明白得力的賢內助有多大的作用。早知這喬珠兒那麼難纏，當初離開喬喜兒之後，就不應該禁不住誘惑。

喬珠兒臉色青白交錯，她現在心裡也沒底，只知道去抓住杜啟明這最後一根稻草。她心氣高，受不了別人的指點，也受不住被喬喜兒笑話。

當即挽住杜啟明的胳膊，語氣帶著幾分撒嬌跟氣憤。「啟明，你看到了沒，連喬喜兒都這麼笑話我，這口氣讓我怎麼出？你現在就告訴她，你會娶我的，你放心，我一定會相夫教子，做好你的賢內助。」

杜啟明怎麼可能會說這種搬石頭砸自己腳的話，他顧左右而言他。「好了，珠兒，妳先別哭了，現在天色晚了，這些事明日再商量。」

他在鎮上待了一天，特意選在天黑才回來，誰能想到這女人那麼執著，居然守株待兔的等著逮住他。

喬珠兒見杜啟明沒給她承諾，暗自咬牙，看喬喜兒這副雙手環抱胸前，等著看笑話的樣子，她氣個半死。

眼下杜啟明不給個說法，定是要回去思考，她也不想逼得太急，在他臉上印下一吻。

「好，啟明，時辰不早了，你早點回去休息，我明日等著你回話。」

說完，她便衝著喬喜兒揚眉得意的笑，蓮步輕移的回屋了。

喬喜兒只覺得可笑，這個喬珠兒腦子秀逗了，她又不是她情敵，衝她擺什麼譜？有本事衝著今日那位仙女擺譜才是。

次日，喬喜兒便收到一張紙條，看字跡像是出自於喬珠兒之手，對方約她申時三刻去小樹林，說要讓她見證奇蹟，讓她心服口服。

這個喬珠兒在搞什麼鬼？不是想在她面前賣弄什麼吧？

喬喜兒算了算時辰差不多，便想去一探究竟，就拉著喬蓮兒道：「姊，妳跟我去趟後山小樹林。」

她倒要看看喬珠兒在搞什麼鬼？

——未完，待續，請看文創風948《農門第一剩女》下

為流浪貓狗加油 和貓寶貝 狗寶貝 廝守終生(一定要終生喔！)的幸福機會

對人來說，貓寶貝狗寶貝只是生活的一部分，
但妳（你）對牠們來說，卻是生活的全部，領養前請一定要考慮清楚——

▲ 用笑容等待福運降臨的 波妞

性　　別：女生
品　　種：米克斯
年　　紀：將滿6個月，2020/9/9出生
個　　性：聰明、親人也親狗、很愛撒嬌
健康狀況：基本預防針已全數施打完畢，非常健康！
目前住所：南投縣埔里鎮（暨大動保社犬舍內）

本期資料來源：國立暨南國際大學動物保護社

『波妞』的故事：

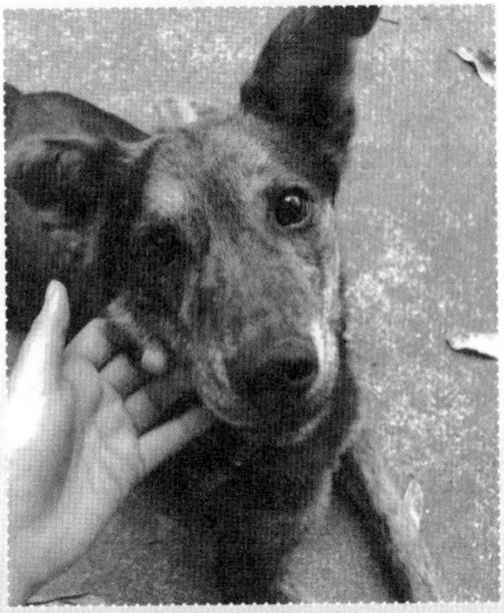

波妞的媽媽波尼，在去年暑假時被棄養到學校，帶去檢查的時候發現已經懷孕好幾個月，我們也不忍心拿掉這些小生命，於是一群波寶寶們出生了。

與其他九個兄弟姊妹相比，就數波妞最不起眼，牠沒有可愛的皺臉、沒有乾淨的小四眼，個性好安靜，會乖乖吃著飯也不會去爭吵，睡覺更是牠每天的日常，讓我們都很擔心牠最後會被留下來。果然在FB第一次發領養文後，儘管見過三組有意願的人，但不是覺得牠沒有照片中的胖胖可愛，就是說要回去跟家人討論，之後也沒有下文了。

隨著一個個手足找到新家而離去，或許是感受到我們的擔憂，波妞變了，從安靜的小女孩，變得很愛叫，看到人就會一直叫，彷彿在訴說牠的寂寞。因此為了讓波妞能順利找到好人家，全體社員除了每天的照顧陪伴，還幫忙做教育訓練，結果聰明如牠，指令跟定點尿尿一下子就學會了，而且非常會看人的臉色，親人也親狗，很愛撒嬌，是個什麼都吃又吃不胖的可愛小吃貨。

雖然經過努力後，波妞的成長讓牠有了一個禮拜的試養期，但最後還是因對方還沒有作好準備而放棄。不過沒關係，波妞不是天生憂鬱的孩子，沒多久自己就振作起來，恢復了元氣，每天認真玩、認真吃，好不快樂！若您喜愛這樣樂觀開朗的波妞，就快上國立暨南國際大學動物保護社FB連繫吧，牠正等待下一個願意接納牠的家庭，波妞已經準備好了，就差看得見牠美好的您去尋牠！

認養資格：

1. 認養人須22歲以上，有穩定工作且經濟獨立者。若您是男生，希望是已當完兵再來領養。
2. 不關籠、不放養，且家人都須知道領養人要養狗，對待波妞不離不棄。
3. 認養前領養人會有個資格審查，通過後須同意簽認養寵物切結書。
4. 須同意送養人日後之追蹤探訪，會以電訪與網路聯繫為主，約莫追蹤半年至一年左右。

來信請說明：

a. 個人基本資料：姓名、性別、年齡、家庭狀況、職業與經濟來源等。
b. 想認養波妞的理由。
c. 過去養寵物的經驗，及簡介一下您的飼養環境。
d. 若未來有結婚、懷孕、出國或搬家等計劃，將如何安置波妞？

2021年4月出版

落難千金翻身記

文創風 945~946

若有人問，安隆街上誰賣的豆花最好吃？
幾乎人人都會說：「那個邊唱曲邊賣豆花的小姑娘呀！」
不是陶如意在說，她賣的豆花好吃，
全都多虧當初她死裡逃生，收留她的丫鬟一家的手藝，
但人家只是普通農戶，她不能白吃白住，
既不會砍柴種田，當然得拿出她擅長的本事幫一把啦！

市井中的浪漫，舌尖上的幸福／溪拂

陶如意貴為官家千金，又名為「如意」，
照理說該大富大貴，可她的人生一點都不如她意！
父親一代良將，卻被奸人誣衊下獄，害她家破人亡，
未婚夫在此時伸出援手，她以為終於雨過天晴，
誰知竟是上演渣男與閨密聯手置她於死地的老戲碼。
她在瀕死之際僥倖被人救活，那人還留了一筆銀子給她，
雖然她沒看清那人的模樣，但這份感激她不會忘！
逃過一劫後，她一邊賣豆花，一邊伺機要救出尚在獄中的父母，
沒想到豆花意外暢銷，還因緣際會得到一本食譜，財富隨之而來，
這期間她偶然發現到，有一位男顧客與救命恩人的背影十分相像，
可據說這男子是遠近馳名的惡漢李承元，
這樣的人會大發善心來救她，她莫不是認錯了人？

2021年4月出版

迎妻納福

文創風 942~944

齊家之道在於和，小庶女也能有大福氣！

嘴甜心善，好運自然上門來~~

人好家圓，喜慶滿堂／月舞

出身相府卻軟弱好欺，成親後遭外室毒死，腦子進水才會活得這麼慘吧？
她穆婉寧雖是小小庶女，也明白錯一次是苦命，再錯一次就是犯蠢的道理，
如今重生可不能任誰搓揉，她決定改改脾氣，當個討人喜歡的小姑娘，
除了跟兄弟姊妹和樂相處，亦要承歡長輩膝下，靠山總是不嫌多嘛～～
原以為歲月就此靜好，孰料考驗又至，她上街買串臭豆腐竟捲入刺殺案件，
被路見不平的大將軍蕭長恭救下後，得他青眼，低調日子從此一去不回頭啊……
蕭長恭的示好讓她心動又失笑，送把刀給她防身，居然想請戒殺的和尚開光！
夜探閨房更是理所當然，難道戴著獠牙面具、霸氣無雙的他真是個二愣子不成？
不過要權有權、要錢有錢的蕭長恭乃貴女們的佳婿人選，現在沒了機會豈能甘休，
但她已非昔日的軟柿子，還有宰相府和將軍府撐腰，誰敢算計她，定加倍奉還！

風 文創
947

農門第一剩女 上

國家圖書館出版品預行編目資料

農門第一剩女 / 藍夢寧著. --
初版. -- 臺北市 : 狗屋出版社有限公司, 2021.04
冊 ; 公分. --（文創風 ; 947-948）
ISBN 978-986-509-204-7（上冊 : 平裝）. --

857.7　　110003813

著作者　藍夢寧
編輯　李佩倫
校對　黃薇霓
發行所　狗屋出版社有限公司
地址　台北市104中山區龍江路71巷15號1樓
電話　02-2776-5889～0
發行字號　局版台業字845號
法律顧問　蕭雄淋律師
總經銷　知遠文化事業有限公司
電話　02-2664-8800
初版　2021年4月
國際書碼　ISBN-13　978-986-509-204-7

本著作物由廣州阿里巴巴文學信息技術有限公司授權出版

定價260元
狗屋劃撥帳號：19001626
網址：love.doghouse.com.tw　E-mail：love@doghouse.com.tw